權力巔峰

SUPREME POWER

卷4 鬥爭策略

夢入洪荒 著

目錄

Contents

第一章

真假借勢

借勢也分借真勢和借假勢，柳擎宇剛才話說得如此直白，很明顯不是真的想要孟歡去麻煩楊劍盛，而是想要從自己這裡借勢！柳擎宇真要是想要去麻煩楊劍盛的話，就不會這樣跟自己說話，而會有另外一套說話的方式。

柳擎宇剛剛回到辦公室坐下還沒有十分鐘呢，辦公室門便被人給敲響了。

柳擎宇說了聲進來，副局長陳天林推門走了進來，邊走邊滿臉含笑地說道：

「柳局長，我今天是來向您彙報工作的，在如何搞好第一批的協管人員考核上，我想聽一聽您的指示，我會堅決貫徹您的指示，一絲不苟地執行。」

他這次來找柳擎宇彙報，是思考再三才做出的決定，以前他一向保持中立，再加上負責的又是計劃生育工作，屬於絕對的閒差，所以韓明強才沒有動自己，因為自己對他沒有任何威脅，甚至有些時候還可以拉出去當替罪羊。

現在情況不同了，柳擎宇把考核工作交給自己負責，其實是一招很高明的棋，這是在逼自己選擇立場啊，權力、機會，他都給自己了，如果這時候自己還不做出選擇的話，就是不識抬舉了。

所以，陳天林思慮再三，決定來柳擎宇這兒彙報工作，試探一下柳擎宇的反應，再做出最後的決定。

而就在陳天林向柳擎宇彙報工作的同時，韓明強辦公室內，韓明強、劉天華、張新生三人再次湊在一起，商量下一步該如何對柳擎宇進行反擊。

陰謀和陷阱，在柳擎宇毫不知情的情況下再次悄悄部署起來。

劉天華憤怒地說道：

「老韓，今天的會議上，柳擎宇這小子實在是太囂張了，一點面子都不給咱們，還把財務和人事大權全都給收回去，沒有了這兩個強力武器，恐怕以後我們的日子不太好過啊。沒有財務大權，以後我們要想做點什麼事都很難，下面的人從我們這裡得不到好處，也未必會像以前那麼聽話了。」

張新生也點點頭附和道：

「是啊，老韓，柳擎宇竟然在全體大會上宣布要裁減副局長，還提議讓陳天林擔任第一批考核的主要負責人，這明顯是在暗示所有人，他要裁減的副局長將會在我和天華之間產生嘛，我們可是你提拔起來的，柳擎宇這樣做根本就是在打你的臉啊！這小子真是太不是東西了，我們必須狠狠地反擊才行啊。」

其實，此刻韓明強心中的憤怒比之兩人有過之而無不及。他恨不得揪住柳擎宇狠狠地揍他一頓。不過這種想法他也只能藏在心中，無法說出來。

韓明強大腦在快速運轉著，思考該如何給柳擎宇一個深刻的教訓，他要讓柳擎宇和全體城管局的人都清楚地知道，哪怕是柳擎宇收回了財務大權，沒有他韓明強，柳擎宇依然玩不轉整個城管局。

但是要怎麼做呢？韓明強飛快地盤算著。

突然，韓明強眼前一亮，想到了一個絕妙的點子，臉上不由得露出陰冷的笑容，說道：「嘿嘿，我有一個辦法可以好好收拾柳擎宇一頓，我要讓他知道，沒有我韓明強，他柳擎宇在城管局根本玩不轉。」

聽韓明強這樣說，劉天華和張新生都露出興奮之色，異口同聲地問道：

「老韓，怎麼辦？」

韓明強得意地笑著說道：

「你們想一想，柳擎宇雖然把財務大權給收回去了，卻並不知道，財務的事情並沒有表面上看起來那麼簡單。有些事我可以做得很好，他卻未必能夠做好。縣財政局的那幫大爺們是那麼好伺候的嗎？柳擎宇不給人家上供，人家會輕易給他批條子，批資金嗎？就柳擎宇那種性格，他會去給人家上供嗎？他不給人家上供，這矛盾不就出來了嗎？

「而且眼看著馬上就要春節，到了發獎金的時候了，我們不是已經給財政局的那些大爺們把禮金卡都準備好了嗎？現在立刻讓財務那邊取消那些禮金卡，讓柳擎宇自己去處理，到時候財政局那邊不把今年我們執法大隊罰沒款（**編按：指對違反相關法規、條例的行為和事實進行的處罰款、沒收款**）返還，我看柳擎宇如何給全體幹部職工發獎金，沒有獎金，看局裡那些人不用口水淹死柳擎宇?!

「還有，明年的財務預算雖然已經報上去了，也通過審批了，但是賀縣長不是剛剛上任嗎？柳擎宇和賀縣長之間矛盾重重，我們只需要到賀縣長那邊吹吹風，就說柳擎宇收回了財務大權，讓賀縣長在我們城管局的財務預算上稍微阻礙一下，柳擎宇肯定無法解決這個問題，他就必須再來求我。到時候，他伸手拿走的財務大權，就得乖乖地再給我送回來。哼，跟我鬥，他柳擎宇還太嫩了。」

聽到韓明強的主意之後，劉天華和張新生兩人都使勁地點著頭，道：「好，真是好主意。這一次，柳擎宇必敗無疑。我們就等著看柳擎宇的笑話吧。」

在韓明強三個人策劃著陰謀詭計的時候，柳擎宇正在辦公室和副局長陳天林討論著工作上的事情。

「陳局長，我之前制定了一個考核方案，不過那個方案屬於主管考核，我建議你們考核組在那個方案的基礎上，再增加一項新的考核內容，就是直接進行街頭調查，讓那些協管人員所負責範圍內的街頭小販們不記名投票表決。

「還有，你們還要設立一個舉報信箱，讓街頭小販、街上的商戶、普通的老百姓可以直接舉報，這樣一來，你們就可以獲得第一手的民意，這才是最客觀的反應。把這兩種方案按照不同的評分比例進行綜合評分，評分最低的，老百姓反應最惡劣的人員直接淘汰；至於表現比較差的、你們也要把意見收集起來，暫時先不動他們，到時候把反應意見交給我，暫時不進行公佈。」

陳天林有些訝異柳擎宇的指示相當專業，讓正式在編的執法大隊人員連同協管人員接受老百姓的投票，這一招可是非常厲害，大大降低了考核中上下其手的機率。陳天林不得不承認，要論起政治鬥爭來，自己還真是很難跟得上柳擎宇思維變換的速度。

這時候，陳天林終於下定決心要徹底投靠到柳擎宇的陣營中，他今年也才剛五十歲，還有十來年的政治生涯呢，他不甘心就這樣沒滋沒味地混下去，他也想在退休前有些作為，所以，他毫不猶豫地說道：

「好的，柳局長，我會嚴格按照您的指示辦事，按照您的要求做到最好；在平時的工作中，我也會尊重龍翔同志的意見，做好各項工作。」

聽到陳天林這番話，柳擎宇知道陳天林是決心要投靠到自己陣營來了，這也正是他所期待的。

他研究過陳天林的經歷，這個哥們以前可是當過副鎮長，幹得還不錯；而且他能夠在城管局這麼多次的人事變動中牢牢保住位置，絕對是有能力、有城府之人。對於這樣的人，他很樂意拉攏。

而且自己要儘快扭轉在黨組會上除了林小邪以外無人支持的局面，就必須多拉攏投靠到自己陣營來的黨組成員，林小邪是第一個，而且是最主動的一個。

第二個就是陳天林，第三個則是吳宇豪。陳天林已經來找自己了，吳宇豪還沒有來，不過柳擎宇並不著急，因為他知道心急吃不了熱豆腐，事情得一步一步來。

陳天林離開不久，林小邪也過來向柳擎宇彙報工作了。

身為第二輪考察的主導者，林小邪非常清楚身上擔子的分量，他也知道，這是柳擎宇再次向自己示好。從柳擎宇幾次出手，他充分感受到柳擎宇的政治智慧極高，跟著這樣的領導混，絕對有前途。

雖然風險也大，但是，幹啥沒有風險呢，所以，他到柳擎宇辦公室彙報工作，就是要明確地表明自己的態度，那就是，從今天開始，他正式加入柳擎宇的陣營。

林小邪立離開後，柳擎宇的臉上露出興奮之色，他在黨組會上實實在在地握住三張票了，再也不會像上一次那樣，被韓明強這個常務副局長給壓著了。

就在這時候，房門再次被敲響了。

財務科科長王玉芹走了進來，怒沖沖地道：

「柳局長，我這財務科科長真是沒法當了，財政局到現在還不把我們城管局罰沒款的退還款劃撥下來，今年春節，大家的獎金都沒有辦法發，得您這個局長親自出馬出面協調一下了。」

柳擎宇的臉色暗了下來。

王玉芹是韓明強的人，自己上任以來，王玉芹從來沒有主動向自己彙報過任何有關財務方面的工作，昨天自己剛把財務大權收攏回來，王玉芹便過來彙報了，而且還提出了這樣一個難題，這絕對不同尋常。這很可能是韓明強對自己收回財務權所做出的反擊，也許背後還藏著其他的陰謀詭計。

不過對於這些，柳擎宇並不在意。他既然下定決心要收回財務大權，就早已做好了應對韓明強有可能回擊的任何挑釁行為。

因此，聽完王玉芹的話之後，柳擎宇點點頭說道：

「王同志，有關這件事的具體情況，你這樣空口白牙的，我也搞不清到底是怎麼回事。請你寫一份詳細的書面報告，在資料中明確寫出這件事情的前因後果，你們財務科所遇到的到底是什麼問題，責任在哪一方，在資料後面你要簽字。寫好之後，拿過來給我看。」

聽柳擎宇這樣吩咐，王玉芹臉色一沉，但是由於柳擎宇之前的強勢態度，她不敢像對待前幾任局長那樣放肆，只訕訕地看了柳擎宇一眼，然後起身離開。

不到一個小時，她便拿著一份列印的連一張Ａ４紙都沒有寫滿的報告回到了柳擎宇的辦公室，然後把報告放在柳擎宇的桌上說道：「柳局長，報告我寫好了。」

柳擎宇拿過這張紙看完，隨後把紙又丟了回去，不悅地道：

「王同志，你不是個新人，不會連最基本的報告都不會寫吧，這紙上才幾個字？這份報告，你把整件事的前因後果解釋清楚了嗎？到底是誰的責任你分析了嗎？還有，我記得我提醒過你，要求你在上面親筆簽名，你這份所謂的報告上名字卻是列印的，難道我的話你聽不明白嗎？是我沒有說清楚，還是你理解力太差？拿回去修改，寫完後交給辦公室主任龍翔先審核一下，他簽字確認了再拿給我，我沒有時間幫你審核這樣的公文。」

說完，柳擎宇低下頭去批閱起其他文件來。

王玉芹氣得柳眉倒豎，杏眼圓睜，當時就要發作。

這女人可是一個潑婦級別的人物，局裡很多副局長對她都有些發怵。

柳擎宇皺著眉掃了她一眼，聲音冰冷地說道：「怎麼？你有意見嗎？」說話間，柳擎宇身上寒氣隱現。

這時候，王玉芹才想起來這位局長可是連縣長薛文龍都敢暴打之人，自己還是別在他面前撒潑了，否則的話，這哥們真要是把自己揍一頓就太虧了。所以她連忙擺擺手，灰溜溜地拿著那張紙離開了。

王玉芹回到自己辦公室後，把那張紙狠狠地撕得粉碎，銀牙緊咬，雙眼怒火沖天。

「混蛋無恥柳擎宇，居然讓老娘重寫，我寫，我寫，柳擎宇，你給我等著，看我以後在工作上怎麼收拾你。」

王玉芹把兩個下屬叫來，把工作給她們交代了一下，讓她們看著寫。

又過了差不多有一個半小時左右，兩個下屬把列印好的報告拿了過來，王玉芹一看，寫了三頁紙，滿意地點點頭說道：

「好，我看一看，沒事的話，我給柳局長那邊送過去。」

其實，等那兩個下屬離開之後，她連看都沒有看，直接簽上了自己的名字，然後去辦公室找到龍翔。

龍翔看完，又退回了報告，搖搖頭道：

「王科長，不是我說你，這份報告肯定不是你寫的吧，你看看，報告的內容根本就不到位嘛，陳述的文字也是支離破碎，根本沒有把整件事情給解釋清楚，我可以肯定地告訴你，這份報告在柳局長那邊肯定是通不過的，我建議你拿回去再好好斟酌修改一下吧。王科長啊，咱們也算是老熟人了，我跟你交個實底，柳局長可是名校畢業的高材生，他對公文的批閱水準不是前幾任局長可以比的，你是糊弄不了他的。」

說著，龍翔嘆息一聲，低頭忙起自己的事來。

看到龍翔是這種態度，王玉芹氣鼓鼓地拿起報告，咬牙說道：「好，算你們狠，這次老娘我親自寫總可以了吧！我還就不信我這份文件交不上去了。」

回到自己的辦公室，王玉芹決定親自操刀，重新寫起報告。

要論起工作水準，王玉芹這個科長也不是白幹的，否則韓明強也不會提拔她來當這個財務科科長了。

一直忙到下午一點半左右，她終於把報告弄好，列印出來，直接拿著去了龍翔辦公室，連門都沒有敲便直接走了進去，氣鼓鼓地把報告往桌上一摔，道：「龍主任，你看現在可以了吧？」

龍翔拿起報告仔細讀了一遍，二話不說便簽上自己的名字，笑道：「可以了，柳局長現在就在辦公室，你可以過去了。」

王玉芹狠狠地瞪了龍翔一眼，拿起報告向柳擎宇辦公室走去。

在柳擎宇辦公室，她可不敢像在龍翔辦公室那樣放肆，聽到柳擎宇說進來之後，這才開門走了進去，陰沉著臉把文件往柳擎宇面前一放，陰陽怪氣地說道：「柳局長，報告我加班弄完了，龍主任也簽字了，你看看吧？」

柳擎宇拿過文件看了一遍，點點頭說道：「嗯，不錯，寫得還可以，行了，我知道了。」說著，便把文件放到一邊，又低頭做起別的工作來。

看到這裡，王玉芹一直隱忍著的脾氣徹底發作了，她憤怒地瞪視著柳擎宇，怒聲說道：「柳局長，既然報告你已經看了，那麼我想代表我們財務科問你一句，我們的罰沒款返還的事，你什麼時候能夠落實？柳局長，當時韓局長負責財務工作的時候可是向我承諾過，說是明天上午財政局就會把錢給匯過來。我今天給財政局那邊打電話，他們卻說帳面上沒錢了，這分明是在敷衍我啊！

「柳局長，你要是不能在明天上午之前讓財政局撥款下來，恐怕局裡的同志會說閒話，甚至會罵人的，這可是大家辛辛苦苦幹了一年的錢啊，如果這筆獎金今年發不了的話，恐怕很多人家裡連年都過不好，咱城管局可是清水衙門，大家每年就指望著這筆獎金來過年呢！」

王玉芹憤怒之下，直接用言語擠對起柳擎宇來，雖然沒有直接罵柳擎宇，卻給柳擎宇的頭上拴了一道繩子，如果柳擎宇明天上午弄不回錢來的話，恐怕會丟面子。

柳擎宇卻仍是淡淡地說道：「嗯，我知道了，明天上午錢就會撥下來的。哦，對了，我最後鄭重地通知你一次，今後局裡的任何重要開支，沒有我的批准，都不能下撥或者報銷。以後所有的財務流程必須按照規定來執行，要是出現什麼不該發生的事，一切後果自負。行了，你可以走了。」

看到柳擎宇這種囂張無忌的態度，王玉芹狠狠地剜了柳擎宇一眼，轉身扭動著小蠻腰大屁股走了出去。

王玉芹離開後，柳擎宇的臉色一下子陰沉了下來。

他點燃一根菸，看向窗外，一邊抽菸，一邊思考起來：雖然自己折騰了王玉芹一番，但是看來這個王玉芹不僅沒有屈服的意思，反而變本加厲地配合韓明強來向自己逼宮了。

柳擎宇絕不相信王玉芹所說的明天財政局答應把錢撥下來這件事是真的，但是王玉芹既然這樣說了，那麼自己就必須把錢給要回來。

韓明強這一招真是夠陰險的，明顯是安排了一個陷阱讓自己往裡跳啊。

想到這裡，柳擎宇撥通了唐智勇的電話：「智勇，開車到樓下等我，一會兒去縣財政局。」又對龍翔吩咐，要他陪著自己去縣財政局。

就在柳擎宇這邊準備的時候，王玉芹這邊已經給縣財政局副局長王成打了個電話：

「哥，柳擎宇下午就會去你們局裡要那筆罰沒款的返還款，你一定要給我卡死了，絕對不能給他！」

王成嘿嘿一笑，說道：「妹妹，你放心，這件事韓明強已經跟我打過招呼了，我絕對讓他一分錢都從我們財政局拿不走。」

王玉芹掛斷電話，臉上露出興奮之色，銀牙緊咬道：「柳擎宇啊柳擎宇，這次我一定讓你吃不了兜著走！」

對王玉芹所做的這些，柳擎宇自然不清楚，此刻他和龍翔上了車，正直奔景林縣財政局。

這是柳擎宇第二次直奔縣財政局，上次他是為了協調蒼山市撥款被截留之事而來，因而對縣財政局並不陌生。

汽車行駛到財政局門外的時候，柳擎宇對龍翔說道：

「龍翔，你先上去打頭陣，按照正常的流程走，要求縣財政局把屬於我們城管局的錢撥給我們，如果他們不給，也不用跟他們動怒，打聽一下，看看究竟是卡在那裡，我有一種預感，這次的事情絕對是有人故意針對我的。」

龍翔點點頭：「好的，局長，我明白該怎麼做了。」

說完，龍翔打開門走下車，往財政局大院走去。

龍翔很快找到負責的科室主任，要求對方撥款，但是對方卻告訴龍翔，說是財政局的帳面上已經沒有錢了，還說等財政局的帳面上有錢之後肯定會給城管局的。

龍翔跟對方磨了半天，連送禮的手段都用出來，但是對方堅決不收，就說這件事情他也搞不定。龍翔知道，從這邊肯定是得不到什麼消息了。

好在龍翔在縣財政局裡還是有幾個好朋友，他找到其中一個，得知財政局帳面上的錢並不少，根本不是沒錢。

龍翔又找了另一個朋友打聽，這才得知，原來這筆錢兩天前就已經準備撥下去了，但是韓明強卻一直讓這邊先拖著，說是不急。而後，副局長王成直接下令暫時不要撥款。

聽到這裡，龍翔便明白到底是怎麼回事了。

龍翔回到車上，向柳擎宇回報道：

「局長，看來您的分析是正確的，在背後搗鬼的就是韓明強，財政局副局長王成故意卡著，下面的人自然不敢不聽領導的指示，所以，我認為要回這筆撥款的關鍵是要搞定這個副局長王成，要不要我們按照以往的慣例給他送點禮，打點一下？」

柳擎宇雙眼寒光一閃：「打點？我不揍他一頓就對得起他了。王成是吧，好，我來搞定他。我就不信，難道這年頭辦點事就非得請客送禮嗎？按照正常流程就辦不成嗎？難道有關部門有關人員就非得吃拿卡要嗎？我倒是要看看，這個王成到底怎麼來忽悠我！王成辦公室你知道在哪裡吧？」

「知道。」龍翔點點頭。

「好，那你頭前帶路，我來會會這位王副局長。」

柳擎宇在龍翔的帶領下，直奔王成的辦公室。

到了王成辦公室門口處，龍翔剛想敲門，柳擎宇擺擺手，直接推開門走了進去。

王成看到柳擎宇和龍翔走了進來，當即冷冷地看了龍翔一眼，說道：

「龍翔，你怎麼回事？這麼大的人了，連最起碼的禮貌規矩都不懂嗎？誰讓你們進來的？給我出去！」

柳擎宇直接走到王成的面前：「王副局長，真是不好意思啊，龍翔本來是想要敲門的，是我阻止了他。」

王成看著柳擎宇，抬著眉道：「你是誰？龍翔的下屬？你也太沒有規矩了，給我滾出去！」

龍翔趕忙說道：「王副局長，這位是我們城管局的柳局長。」

「城管局的柳局長？柳擎宇？」

聽到龍翔的介紹，王成吃了一驚，知道這位哥們是個十分生猛的主，立即變臉笑道：「啊，原來是柳局長啊，真是失敬失敬，我打電話讓人給你泡杯茶。」說著，便裝模作樣地打電話。

柳擎宇擺擺手道：「王局長，咱們之間就不必玩那些虛套的東西了，沒什麼意思，既然現在你知道了我是城管局的局長，那麼我也就開門見山。我今天來，是找你要我們城管局罰沒款的返還款的，請你高抬貴手，把這筆錢撥給我們吧，怎麼樣？」

說話時，柳擎宇俯視著王成。

柳擎宇身高本來就比王成高，再加上王成是坐在辦公桌前，此刻被柳擎宇居高臨下俯視著，心理上無形中就產生了一種自卑感。

不過這哥們是個反應很快的人，發現柳擎宇以這種氣勢壓迫自己，乾脆直接低下頭，繼續盯著電腦玩起了遊戲，一邊說道：

「柳局長，真是不好意思啊，我們財政局實在是沒有錢啊，我看你還是再等一等吧，也許過個一兩天，帳面上有錢了，到時候我一定第一時間把錢撥給你。」

如果是一般人面對王成這樣的回答，雖然心中明白對方這是推脫之詞，也沒有什麼辦法，因為王成所說的就是標準的官話，表面上告訴你有錢了立刻給你撥下去，實際上，有錢就是不給你。

有人說**官話是藝術**，這句話對某些官場中人來說是如此。因為他們**可以用官話來推卸責任，可以用官話來保持尊嚴**，但是對於很多人，尤其是老百姓來說，這東西往往是最無奈的。

現在，柳擎宇就遇到了喜歡說官話，善於說官話的王成。

不過，這卻是王成的不幸。因為柳擎宇從來都不是一個會按常理出牌的人。

「王副局長，跟我呢，你就別說這些套話了，我柳擎宇不是傻瓜，更不是笨蛋，你我都清楚，你們財政局其實不是沒有錢，而是你不願意把這筆錢給我，因為你想故意卡住我的脖子。王副局長，我的脾氣你應該聽說過，我這個人脾氣不好，你應該去打聽打聽，半年前，當時的縣長薛文龍故意卡住我們關山鎮的財政撥款不發，我是怎麼對待他的。」

柳擎宇雙眼瞪視著王成，身上一股森冷之氣頓時便散發出來。

柳擎宇這一瞪眼把王成嚇個不輕，他整個身體從椅子上彈了起來，隨手握著旁邊的一個花瓶，顫聲說道：

「柳擎宇，我告訴你，你不要過來，不要亂動，否則我就要報警了。」

說話時，他的雙腿使勁地顫抖著，臉色嚇得蒼白如雪。

看到王成嚇成這個樣子，龍翔在一旁偷笑起來，自己這位局長的威名真是夠大的，竟然把王成嚇成了這個樣子。

「王副局長，不是我說你，你也太把自己當成一棵蔥了吧，你也不去打聽打聽，我柳擎宇是這麼隨隨便便就動手打人的人嗎？」柳擎宇不屑地說道。

王成心中暗道：「不是才怪，就剛才你那眼神，明顯是要動手的前兆啊，還好我的反應夠快，否則肯定又要重蹈薛文龍的覆轍了。」

看到王成那陰晴不定的臉色，柳擎宇哼了聲：「王成，你怕啥呢？我剛才不是說了嗎？你真的不夠資格被我揍一頓，說實在的，揍你還怕汙了我的手呢！我現在鄭重地最後再問你一次，該撥給我們的錢你到底是給還是不給？」

此刻，王成的心怦怦直跳，心中不斷地權衡著我到底是給還是不給呢？如果給的話，豈不是太丟臉了？可要是不給的話，這個柳擎宇真要把我揍一頓，我也太虧了啊。

給，不給？這句話反覆地在王成的內心深處擺盪著。

沉思了足足有一分鐘，王成最終還是決定堅持原來的決定，因為他突然想到，剛才柳擎宇已經說了，自己還不夠資格讓他暴揍一頓，既然柳擎宇不揍自己，自己幹嘛還要怕他呢，對著幹就是了。

反正只要柳擎宇按照流程走，這筆錢他是絕對拿不到的。尤其是想到韓明強答應的那件事，他的心中更是充滿了興奮和期待。那可是雙胞胎姐妹花啊，想想就興奮。

王成臉色漸漸恢復了正常，雖然依然和柳擎宇保持著距離，但是，他又恢復了之前那種高高在上的姿態，傲然道：

「柳局長，我現在也十分鄭重地告訴你，我們縣財政所有的工作都是一絲不苟地按照流程走，我之所以沒有批示，也是因為我得到的訊息是財政局的帳面上沒有錢了，你要是對我的工作有所質疑的話，你可以去找我的上級領導！在我這裡，我只能告訴你一句話，沒錢！所以不能把這筆錢批給你。」

看到王成把胸脯挺得高高的，做出一副威武不能屈的樣子，好像自己是行將就義的烈士一般，龍翔心中就是一縮，暗道：「壞了，壞了，柳局長把他的態度和立場表現得太早了，要是不告訴王成這小子不會對他動手，沒準這傢伙因為怕挨揍，就把這筆錢給批了。現在他聽到局長表態之後，態度明顯變得強硬了，不知道柳局長將會如何應對眼前的局面呢？」

只見柳擎宇淡淡一笑，看向王成，說道：「王副局長，你確定你做出這樣的決定不會後悔嗎？」

王成直著脖子，挺著胸脯說：「當然不後悔，身為領導幹部，必須實事求是才行，說話辦事一個吐沫一個坑。」

柳擎宇點點頭：「好，好一個英明果斷的財政局副局長啊，你的勇氣、魄力讓我非常佩服。既然你這麼不給我柳擎宇面子，那麼今天也就別怪我柳擎宇不給你面子了。」

說著，柳擎宇掏出手機。

王成心想：「哼，你給誰打電話也沒有用，為了那對雙胞胎姐妹花，這事我幹定了，誰的面子也不給，就算是縣委書記夏正德也不行。」

柳擎宇撥通了關山鎮原紀委書記、現任關山鎮鎮委副書記孟歡的電話，當著王成的面說了起來：

「孟歡，我是柳擎宇啊，你現在在關山鎮鎮委副書記的位置上幹得怎麼樣？哦，幹得還不錯，嗯，那就好，好好幹，和秦睿婕好好配合，爭取把關山鎮的經濟搞上去，現在關山鎮的總體形勢還是不錯的，你可要加油了。」

電話接通後，柳擎宇上來就自言自語地說了這麼一大堆，將電話那頭的孟歡給弄了個滿頭霧水。

不過孟歡反應也很快，從柳擎宇沒頭沒腦的說話方式中，他敏銳的感覺到，柳擎宇給自己打這個電話絕對是別有用意的，而且很可能是需要自己幫助他化解什麼問題。

想到這裡，孟歡便笑著說道：「老領導，您有啥指示儘管說，孟歡我刀山火海決不推辭。」

孟歡的聲音十分大，加上柳擎宇這時候開了免持鍵，所以孟歡的話，王成聽得是一清二楚。

這個孟歡是誰呢？王成的腦中浮現出一個大大的疑問。

柳擎宇聽孟歡故意加大聲音，而且在說到「老領導」三個字的時候加重了語氣，這表示孟歡是領悟了自己的意思了，這讓柳擎宇十分滿意。

所以，柳擎宇就更放開來，用一副老長官的口氣說道：

「孟歡啊，最近有沒有去縣紀委楊書記家，他可是你父親的老部下了，你可要多走動走動啊。」

柳擎宇刻意提到縣紀委書記楊劍盛，暗示孟歡自己接下來的話題會牽扯到楊劍盛，需要孟歡來配合。

孟歡一聽，立刻就秒懂了柳擎宇的意圖，連忙說道：「謝謝老領導指點，我前幾天趁週末的時候才剛去楊叔叔家，還陪著楊叔叔打了半天乒乓球呢。」

「嗯，那就好，孟歡，現在我有件事想要你去幫我辦一下。」

「老領導，有事你盡量說，我保證辦到。」

「是這樣的，我不是到縣城管局上任嘛，萬事都十分艱難，而縣財政局的王成副局長不知道是哪根筋不對，竟然故意卡住我們縣城管局罰沒款的返還款，想讓我在城管局員工面前狠狠地跌一個大跟頭，丟大臉，這個人我非常討厭。」

聽到這兒，孟歡知道柳擎宇原來是想要借勢。

借勢也分借真勢和借假勢，柳擎宇剛才話說得如此直白，很明顯不是真的想要孟歡去麻煩楊劍盛，而是想要從自己這裡借勢！柳擎宇真要是想要去麻煩楊劍盛的話，就不會這樣跟自己說話，而會有另外一套說話的方式。

因此，孟歡立刻作出氣憤的樣子說道：

「哪個王八蛋敢跟老領導您過不去，您放心，以我和楊叔叔的關係，收拾一個小小的財政局副局長還是小菜一碟！實在不行的話，我讓我爸直接從市紀委派人過來，我就不信一個小小的財政局副局長連您都敢欺負，造反了他呢。

「老領導，您放心，我這就給楊叔叔打電話，看看楊叔叔那邊有沒有這個王副局長的案底資料，如果有的話，我會請楊叔叔親自出馬，將這小子查到底，連您這樣一心為老百姓做事的官員他都敢為難，肯定不是一個什麼好鳥，只要紀委想查，絕對能查出問題來。」

「對了，老領導，這小子叫王成是吧？財政局的副局長？」

「嗯，就是叫王成，財政局副局長。」

「好，老領導，您放心吧，我這就給楊叔叔打電話。」便掛斷了電話。

掛斷電話後，柳擎宇拉了把椅子坐了下來，自顧閉目養神起來。

王成的心卻開始打起鼓來。他本就是一個膽小多疑之人，見柳擎宇直接當著自己的面讓楊書記來查自己底，這小子說的到底是真的還是假的？縣紀委楊書記難道指的是楊劍盛嗎？這個孟歡又是誰呢？

一時間，王成的大腦又開始思緒連翩，飛快地轉動起來。

孟歡、關山鎮鎮委副書記、老領導、秦睿婕、楊叔叔、市紀委……當王成把這一連串的線索串聯起來的時候，他的雙腿突然顫抖起來。

他明白柳擎宇所說的那個孟歡是誰了，那位肯定是市紀委書記孟偉成的兒子啊！

以前他因為很少管這邊的事，沒有在意，但是對上次柳擎宇離開關山鎮後的人事調整他還是聽說過一些的，當時財政局對關山鎮的人事調整也是議論紛紛，因為誰也沒有想到，柳擎宇離開、石振強被扳倒後，接替鎮委書記位置的人竟然是秦睿婕，更沒有想到接替秦睿婕位置的是孟歡。

當時就有人說秦睿婕其實在省裡有很硬的關係，而孟歡的老子是市紀委書記孟偉成，不過這僅僅是猜測而已，沒有人可以證實。

現在聽柳擎宇和孟歡的對話，再加上孟歡說他和縣紀委書記楊劍盛的關係，那孟歡的身分就呼之欲出了。

楊劍盛是孟偉成的人，這個在景林縣並不是什麼秘密，夠層次的人都知道，所以孟歡絕對是孟偉成的兒子沒錯了。那麼他讓縣紀委書記楊劍盛來查自己……

王成心裡直哆嗦，怎麼辦！我該怎麼辦？

一時間，王成真的有些害怕了。

縣紀委真查起來的話，絕對能夠查出問題來，如果真的被紀委請去喝茶的話，自己是絕對經不起折騰的。

沒想到，柳擎宇在孟歡這位如假包換的官二代心中竟然有如此位置。

不過王成為人非常多疑，他懷疑柳擎宇打的這個電話是不是真的。所以，他雖然雙腿顫抖，心理也害怕著，並沒有做什麼，而是默默地等待著事態的發展。

過了十分鐘左右，孟歡的電話真的打了來：

「老領導，我剛才跟楊叔叔溝通了，他說，他手中的確有這個王成的舉報資料，而且不止一份，雖然憑這些資料無法直接啟動調查程序，但是請他去喝個茶，聊聊天，誡勉一下還是可以的。而且他說了，只要我這邊有需要的話，他隨時都可以給王成打電話。」

柳擎宇看了王成一眼，然後說道：「好，有楊書記這句話我就放心了，王成既然非得對我趕盡殺絕，想要我丟人現眼，那麼對他我也沒有什麼好客氣的了。孟歡啊，你就直接給楊書記打電話，讓他儘快找王成談談話，現在哥雖然不會輕易揍人了，但是陰個人還是很容易的。」

「好，那我馬上給楊叔叔回電話。」孟歡大聲說道。不過他沒有立刻掛斷電話，又問道：「老領導，您還有沒有其他指示？比如要把這個王成收拾到何種程度？是簡單地找他談談話，誡勉一番就好，還是往死裡查，直至把他給雙規了？」

柳擎宇皺著眉頭，裝腔作勢地說道：

「嗯，讓我好好想想啊，到底查到什麼程度好呢？」

一直在旁邊豎著耳朵聽著兩人對話的王成再也忍不住了，衝過來對柳擎宇連作揖帶鞠躬地求饒道：「柳局長，真是對不起，是我錯了，是我錯了，您大人不記小人過，就饒過我這一次吧，以後我再也不敢剋扣你們城管局的任何資金了。求求您趕快告訴孟歡，別讓他再麻煩楊書記那兒了，我這就讓人把返還款撥到你們城管局的帳戶上。」

為了自己的仕途前程，他也顧不得面子了，至於那對雙胞胎姐妹花的美色，他更是顧不上了，開玩笑，在個人的仕途前程面前，金錢和美色都是狗屁！**只要手中有權，要錢有錢，要美女有美女，沒有權了，啥都是浮雲！**

柳擎宇看到王成這副卑躬屈膝的模樣，眼中充滿了鄙夷之色，故意嘲諷道：

「別別別，王副局長，你們財政局的帳戶上不是沒有錢嗎，你拿什麼往我們城管局帳戶上劃撥啊？這錢我不急著要，我可以再等一等，等你到時候被雙規了，我相信新任副局長就不敢再掐住我們的錢了，我可不想留著你給自己繼續找麻煩。」

王成聽柳擎宇這樣說，把心一橫，噗通一聲跪倒在地上，一邊使勁抽著自己的嘴巴，一邊說道：「柳局長，對不起，是我王成錯了，您就饒過我這一次吧，我向您保證，我以後絕對不會再對你們城管局的錢做任何手腳，整件事是我不對，我自己抽我自己的嘴，算是給您賠禮道歉了。」

王成使勁地抽著自己嘴巴，就好像那臉不是他自己的一樣。

見到王成可以為了保住官位做出如此不堪之事，柳擎宇的眼神在不屑中更多了幾分震驚。此刻跪在地上不斷抽著自己嘴巴的王成，哪裡還有之前那副高高在上、趾高氣揚的模樣，哪裡還有一點堂堂國家副科級幹部的形象，哪裡還有一點點的尊嚴可言?!

柳擎宇此刻只有深深的嘆息之聲！

官位，真的就那麼重要嗎？權力，就真的有那麼大的魔力嗎？尊嚴，就真的可以如此捨棄嗎？

王成可以做到，但是自己絕對做不到！

官位是誰給的？是人民！當官不是應該以民為本，為民做主的嗎？尊嚴對於當官者何其重要！為了國家和人民的利益，我柳擎宇寧可站著死，也絕不會跪著生。

想到此處，柳擎宇冷冷地看了王成一眼，擺擺手道：「好了，你不用再打了，站起來說話吧。」

王成立刻停止了動作，不過他擔心柳擎宇真的會饒過自己，依然跪在地上，仰著頭說道：「柳局長，你真的饒了我嗎？你要是不饒我，我絕不起來。」

其實，他內心深處也不想抽自己嘴啊，畢竟嘴巴抽起來是很疼的，誰也沒有自殘的毛病啊。

柳擎宇臉色陰沉著說道：「好了，先讓下面的人把屬於我們城管局的錢都劃撥到城管局的帳戶上去吧。」

接著，柳擎宇這才對電話裡的孟歡說道：「孟歡，這件事先到此為止，就先不要通知楊書記那兒了。」

「好的，老領導，我聽你的。」孟歡配合地回道。

王成這才放下心來，連忙拿起桌上的電話撥通了相關部門的電話，大聲吩咐道：「小崔，立刻把城管局罰沒款的款項全額給城管局匯過去。」

電話那頭，小崔明顯愣了一下，因為她清楚地記得王成說過，這筆錢要再拖延幾天，等韓明強過來的時候再匯過去，便有些猶豫地說：「王局長，韓明強還沒有過來呢，這筆錢現在就匯過去嗎？」

這一下，王成有些急眼了，他擔心柳擎宇聽到小崔的話，怒聲呵斥道：

「我說小崔，我是局長還是你是局長啊？我讓你現在匯過去，你就立刻匯過去，囉嗦什麼？五分鐘之內匯不過去，別怪我收拾你！匯完後給我回個電話。」

說話時，王成恢復了他頤指氣使的領導本色。不過一轉過臉來面向柳擎宇的時候，他立刻卑躬屈膝地說道：「柳局長，您稍等幾分鐘，錢馬上就會匯過去了。」

柳擎宇只是點點頭，繼續坐在那裡閉目養神。

見柳擎宇這副淡然自若的樣子，王成心中更加忐忑不安了。

隔了兩分鐘，見小崔沒有給自己打電話，他就忍不住了，立刻打電話過去把小崔給罵了一頓。

第二章

指點迷津

鄭博方指點迷津道：「你的方向沒有錯，但是，即便你找到他們也無濟於事，因為你忽略了一個十分關鍵的人物，那就是縣長賀光明。你想想，這麼重要的事，沒有縣長點頭，財政局局長和人大會給城管局發通知嗎？」

又過了兩分鐘，小崔終於回電了，聲音中帶著一絲委屈道：「王局長，錢已經匯好了。」

王成這才滿意地點點頭：「嗯，我知道了。」

「柳局長，錢已經全額匯到你們城管局的帳戶上去了，您要不先讓財務查看一下，等您確定了，您看這件事情咱是不是到此為止？」王成滿臉陪笑，點頭哈腰地說道。

柳擎宇撥通了城管局財務室的電話，沉聲道：「我是柳擎宇，讓王玉芹接電話。」

王玉芹得知是柳擎宇的電話，立刻陰陽怪氣地說道：

「哎喲，柳局長啊，您現在給我打電話，不知道有啥指示啊？我現在非常頭疼啊，很多人都跑來問我，年終獎金啥時候發，您那邊可得快點催一催財政局啊，要不我們財務的工作真的沒辦法幹了。」

柳擎宇聽王玉芹這番裝腔作勢的話，不由得露出一絲冷笑。

旁邊的王成心裡氣道：妹妹啊，這次你算是給哥哥惹了一個大麻煩了！

「哦，我給你打電話就是通知你一聲，現在錢已經到帳戶上了，你立刻查一下，馬上告訴我。」柳擎宇冷聲道。

「什麼？已經到了？這不可能吧？」王玉芹下意識地說了句。

「讓你查你就查，怎麼？難道還要我親自去查不成？」柳擎宇不悅地道。

「不用不用，我馬上查。」聽柳擎宇語氣不善，王玉芹連忙說道。

王玉芹很快用電腦查了一下，款項果然進來了，臉色刷的一下變得蒼白起來，心中充滿了種種疑慮，因為她很確定這件事沒有王成點頭是絕不可能辦成的，自己不是跟哥哥打好招呼了？按理說哥哥不可能不幫自己啊。

這時，柳擎宇的聲音再次從電話裡傳了出來：「錢到底到帳沒有？」

王玉芹連忙回道：「到了，到了。」

「很好，到了就好，以後你就不要再拿這件事情來煩我了。哦，對了，最後警告你一次，包括這筆錢在內，所有重要支出沒有我的簽字，絕不能付款，出了問題，你自己承擔後果。」說完，便直接掛斷了電話。

王玉芹聽著電話裡傳來的嘟嘟嘟的忙音，心亂如麻，發了一會呆之後，她立刻給韓明強打了個電話，把錢到帳的消息告訴韓明強，隨後立刻撥打哥哥王成的電話。

一看妹妹的電話打了進來，王成連忙把手機給關了，他害怕讓柳擎宇知道自己和王玉芹的關係，再來找自己麻煩。

此刻，王成正在心裡祈禱著柳擎宇趕快離開呢，因為他感覺柳擎宇就是一枚定時炸彈，放在自己身邊實在是太不安全了。

然而，柳擎宇卻偏偏坐在他的辦公室內不動如山，繼續閉目養神起來。

怪了，柳擎宇這個瘟神怎麼還不走啊。這一下，王成可就有些擔心了，原本放鬆的心情一下子又收緊了，戰戰兢兢地走到柳擎宇面前，彎著腰道：

「柳……柳局長，您看您還有什麼不滿意的地方？」

這時，柳擎宇緩緩睜開眼睛，使勁一拍腦門站起身來，使勁地握住王成的手說道：

「哎呀，王成同志，真是不好意思啊，剛才我那個電話打錯了，那個電話不是孟歡接的，是我一個朋友接的，這傢伙最喜歡跟我開玩笑了。真沒有想到這件事情上他居然也跟我開起玩笑來了。王成同志啊，至於他說讓紀委查處你的事，你千萬不要往心裡去啊，他那是開玩笑的，非常感謝你把我們城管局返還款的事給搞定了，你真是個好人啊！」

柳擎宇衝王成豎起了大拇指，然後鬆開手，邁步向外面走去，邊走還邊誇著王成：

「王局長，你真是一個好人啊！」龍翔緊隨其後。

看著柳擎宇走出房門的背影，王成呆住了。

半晌之後，王成才怪叫一聲：

「柳擎宇，你竟然敢陰我，我跟你沒完！」

王成手摸著被自己抽得臉面浮腫的臉，氣得鼻子都歪了！

柳擎宇竟然用一個打錯的電話害得自己當著龍翔的面丟了如此大的臉，還把錢給要到了手，這一次自己真是丟人丟大了。

他恨不得一腳把柳擎宇給踢死！他已經把柳擎宇恨之入骨了。

此刻，龍翔一邊陪著柳擎宇往外走，一邊衝著柳擎宇豎起大拇指，讚嘆道：

「局長，我真是佩服死你了，沒有動用一拳一腳，一兵一卒，甚至連一分錢的禮都沒有送，居然用一通打錯的電話就把王成給擺平了，您真是太厲害了！我龍翔服了。」

柳擎宇嘿嘿笑道：「龍翔，你真的以為我那個電話是打錯了不成？」

龍翔一愣：「難道不是嗎？」

「當然不是，我的確打的是孟歡的電話，而且孟歡也的確與楊劍盛熟識。我之所以告訴王成我打錯電話，不過是耍著他玩罷了。他跟我玩心眼，我玩他沒商量！就他這樣的人混在官場，非老百姓之福啊。」

龍翔瞪大了眼睛，眼神中充滿震驚之色。他雖然知道柳擎宇十分厲害，但是卻沒有想到，柳擎宇竟然能夠在三言兩語之間接連給王成設下圈套。

而且龍翔有一種預感，王成這件事，恐怕柳擎宇不會輕易甘休，所以他遲疑地問道：

「局長，難道這也是您的後手？」

「你猜得沒錯，這就是我的後手。我想收拾王成，但是又擔心他有所防備，所以我這麼說，把他氣個半死，他反而會放鬆防備，而這恰恰是我收拾他的最好機會。」

說完，柳擎宇拿出手機再次撥通了孟歡的電話：

「孟歡，縣財政局副局長王成這個人，我看他的問題應該不輕，為了不讓紀委查他，為了保住官位，都給我跪下了，以你紀委的工作經驗，認為他這樣的人該不該受到應有的處理？」

孟歡毫不猶豫地說道：「老領導，我明白你的意思了，放心吧，我這就給楊叔叔打電話，把事情的經過跟他講述一遍，相信他會做出判斷的。」

王成做夢都沒有想到，他玩來玩去，算來算去，最終還是被柳擎宇給算計了。

此時的王成剛剛重新開機，妹妹和韓明強的電話便先後打了進來，詢問他為什麼批給了柳擎宇那筆錢，王成自然不會說是被柳擎宇一個假電話給嚇著了，只是胡亂編了個理由，把兩人給搪塞過去。

等接完這兩人的電話之後，王成眼中充滿怨毒，咬牙切齒地說道：

「柳擎宇啊柳擎宇，以後凡是你們城管局的錢，你別想再那麼輕鬆拿到了，居然敢耍我！看我以後不噁心死你。」

……

景林縣城管局，韓明強辦公室內。

韓明強臉色很是難看。王成在電話裡語焉不詳，編造的理由漏洞百出，絕不是真實的情形。不管王成到底因為什麼原因把錢批給了柳擎宇，有一點可以肯定，那就是王成被柳擎宇給擺平了。

他站起身來，在辦公室內來回地走了兩圈，決定啟動他的終極殺手鐧——城管局的年度預算。他要在這個問題上狠狠地做一下手腳，好好收拾收拾柳擎宇！

不管是主管城管局的副縣長徐建華也好，縣長賀光明也好，對柳擎宇的印象都極其惡劣，而且他們之間也發生過激烈的衝突，如果按照正常流程走的話，自己想要做手腳幾乎不可能，但是在這兩個主管領導和柳擎宇矛盾重重的情況下，這種可能性便無限提高了，變通的辦法多得是。

想到這裡，韓明強給徐建華、賀光明各打了一個電話，打完電話，韓明強的臉上終於露出了得意的笑容。

「柳擎宇啊柳擎宇，我看你這次還如何破局？能擺平王成，我無話可說，我認栽，但是你之前剛剛暴揍了徐建華的兒子，又狠狠地折了賀縣長的臉面，你能擺平他們嗎？我絕不相信你有這種本事。咱們走著瞧吧！」

柳擎宇剛從縣財政局回到城管局，屁股還沒有坐熱呢，王玉芹便再次敲門走了進來。

這一回，王玉芹不敢像之前那麼囂張了，雖然內心深處對柳擎宇充滿了不屑，但是說話時還是很恭謹：

「柳局長，我剛剛接到縣財政局的通知，城管局明年的財政預算申請沒有通過，讓我們在兩天內重新整理一份提交上去，否則，我們明年的財政預算將會按照今年的一半劃撥。」

「這是怎麼回事？之前不是已經批准了嗎？」柳擎宇質問道。

王玉芹連忙道：「柳局長，之前的狀態不是已經批准了，而是已經提交上報批了，按理說，現在應該進入最終的人大審批程序，但是財政局卻說我們編制的預算方案有問題，要我們重新編寫。至於究竟是哪個環節出問題了，我也搞不清楚，我試著向財政局打聽，但是沒有人願意告訴我為什麼。局長，恐怕這件事還得您親自出面啊。」

王玉芹現在學乖了，先把自己的責任都摘了出去。

柳擎宇眼中射出兩道寒光，**這絕對又是一個局**，安排這個局的人八成是韓明強。

韓明強的目的很明顯是要讓自己在財務問題上處處碰壁，最終去求他重新掌管財務部門，最後掌控整個城管局。

柳擎宇不動聲色說道：「好，這件事我知道了。現在交給你們財務科一個任務，去財政局或者有關部門弄清楚，預算方案到底哪裡出了問題，到底是我們城管局的問題，還是有關部門雞蛋裡挑骨頭？我給你一天時間，明天中午前如果查不出來，那說明你這個財務科科長不太合適，我會考慮調整你的工作崗位的。」

柳擎宇竟然交給自己這麼棘手的一個任務，王玉芹氣得直翻白眼，但是沒有辦法，也只能恨恨地看了柳擎宇一眼，扭動著她的大屁股辦事去了。

等王玉芹離開後，柳擎宇面色沉重起來。

韓明強這一招比起之前在罰沒款的返還款上那招可狠多了，返還款的事自己只需要擺平王成就可以搞定了，年度財政預算如果被卡住，那可就不是擺平一兩個人的問題了，其中牽扯到了縣財政局、縣人大以及有關部門的主管領導，十分複雜。

要是解決不好，也會直接影響到自己這個局長的威望。

尤其是他剛把財務大權從韓明強手中拿過來就出現這樣的問題，如果自己解決不了，將會極大地動搖城管局全體員工對自己的信心，他所營造出來的大好局勢也將會隨之崩潰。

思考良久之後，柳擎宇決定親自前往財政局一趟，找財政局那位胖局長蔣福林好好談一談。

殊不知，柳擎宇前腳剛剛下樓，後面韓明強便撥通了財政局局長蔣福林的電話。

「老蔣啊，柳擎宇現在上車了，八成是去找你諮詢我們城管局的財政預算之事了。」

蔣福林接到韓明強的通風報信，臉色大變，一想起柳擎宇暴打薛文龍的事還餘悸猶存呢，因為那次事件，柳擎宇曾經親自找過他，給他留下了深刻的記憶。

所以，接到韓明強的通知後，這哥們立刻給司機打電話，讓他在樓下等著自己，隨後連東西都顧不上收拾，直接一路小跑奔出辦公室，坐上車，準備來個神隱。

見汽車出了縣財政局大院，蔣福林才長出了口氣，心中暗道：「柳擎宇啊柳擎宇，老子惹不起你，還躲不起你嗎？」一邊將兩部手機全部關機，隨後對司機說道：「去『天天茶館』，喝茶去。」

蔣福林前腳離去不久，柳擎宇便進入了財政局大院。

雖然他知道蔣福林的辦公室在哪裡，但是他依然把龍翔帶了來，因為他發現龍翔有時候提供的意見相當有用。

畢竟一個人就算再聰明，智慧也是有限的，而一個團隊的智慧，只要善加利用和引導，絕對比一個人閉門造車要強得多。

柳擎宇和龍翔進門後，直接來到蔣福林的辦公室門口，龍翔敲了一下門，發現門是開著的，進門一看，裡面空無一人。

龍翔找到對面辦公室的人一問，這才得知蔣福林已經坐車出去了。

柳擎宇不由得沉思起來，暗道：「難道是蔣福林知道了我要來找他，所以提前落跑了？如果是這樣的話，那說明我的行蹤肯定是被人洩露了，洩露我行蹤的人很有可能就是韓明強或者是韓明強那邊的人！」

柳擎宇無奈之下，只能拿出手機撥打蔣福林的電話，然而蔣福林的手機一直顯示處於關機狀態，讓他十分無語，更加確認蔣福林是故意躲著自己，也恰恰證明，蔣福林心中有鬼！

財政局這邊找不到蔣福林，柳擎宇只能把視線焦點轉移到縣人大那邊，當他趕去的時候，卻發現負責預算的居然也不在辦公室，顯然對方也在躲避自己。

這下，柳擎宇可就頭疼了。

柳擎宇和龍翔從縣人大走出來，柳擎宇的臉色顯得十分難看。

在官場上辦事，最怕的不是出現問題，而是找不到能夠辦事的人，找不到責任人和案子掌控者。只要找到了正確的責任人，解決的辦法有很多，目前，這兩個讓城管局重新修訂財政預算方案的主要責任人全都不在，這事可就有些不好辦了。

柳擎宇雖然可以確定這件事絕對是韓明強在背後操作的，卻不能去找韓明強，必須先擺平外面，再收拾內部，現在應該怎麼辦呢？

一路上，柳擎宇大腦不斷地轉動著，一直到上車的時候，依然沒有想出合適的方案。

看到柳擎宇愁眉不展的樣子，龍翔也深有同感。

對於柳擎宇心中的想法，他也能夠猜到八九分，但是想解決這個問題，他也實在沒有什麼好的辦法。因為對方採取的是拖字訣，只要拖過這兩天，財政資金真的照一半劃撥的話，那麼明年的日子就不好過了，柳擎宇絕對會被罵死，到時候別說是拉攏人馬，收買人心了，恐怕能不能立足都是一個問題。

因為官場中人大多是非常現實的。表面上看起來立場鮮明，實際內心左右搖擺，**誰的實力強、掌控力強，就倒戈到誰的陣營裡，**只不過他們的臉上都帶著一層面具而已，**不到關鍵時候是不會露出真面目的。**

龍翔思索了一會兒，突然說道：「局長，我有個建議，不知道可不可行？或許有一個人可以幫我們解決這個問題。」

柳擎宇聽了一愣：「你是說縣委書記夏正德嗎？」

龍翔搖搖頭：「夏書記或許可以產生一些影響力，但是由於財政預算主要是縣政府那邊掌控的，以夏書記和賀縣長的關係，賀縣長不一定會賣夏書記這個面子，所以找他不是最佳的辦法。」

「哦，那你什麼辦法，儘管說。」

聽龍翔這樣說，柳擎宇的興趣一下子就濃厚起來，因為他有預感，龍翔很有可能會帶給自己一個新的解決問題的思路。

龍翔侃侃談道：「局長，我們眼前遇到的問題說大不大，說小也不小，關鍵問題在於對官場上人和事的協調、溝通，而且我們都知道，這件事情的背後，絕對是有人搞鬼，所以要想破解這樣的局面，僅僅是靠一些人脈來進行高壓是不行的，畢竟這樣的事情做得多了，對您的長遠發展是不利的，而且我相信您也不屑於這樣做。

「其實，我個人的觀點，這件事的關鍵在於**官場經驗**和**政治智慧**，我敢斷言，十年甚至五年之後您要解決同樣的問題，絕對有很多辦法，但是現在因為您剛進入官場還不到一年的時間，很多事情還摸不到脈絡。所以，要找一個官場經驗豐富、極具政治智慧的人來幫您出謀劃策，指點迷津。」

柳擎宇聽了不禁點點頭，對龍翔的看法他相當認同，而龍翔能夠看到這一點，他也非常欣賞，便問道：「景林縣有這樣的人嗎？」

「有，此人名叫鄭博方。」

「鄭博方？鄭博方是誰？」

柳擎宇對這個名字好像有些印象，卻又不是很深刻。

龍翔笑著說道：「鄭博方是我們景林縣的副縣長，負責農業、水利、果業、林業、農村危舊土坯房改造、安全生產等方面的工作，他也是我的老領導，他的年齡不大，才三十二歲，完全是靠著自己的努力衝上副縣長的位置，雖然年紀輕，卻才華橫溢，博學多才，外圓內方，性格有些高傲但不乏八面玲瓏之心。

「他能夠以三十二歲的年齡便周旋於眾多縣委、縣政府大老間還遊刃有餘，和眾位領導都處得不錯，混得如魚得水，但實際上，他對很多大老根本就看不起，認為他們大多為人自私，心中想著的只是如何為謀取私利，如何讓自己的仕途更進一步，很少為老百姓著想。」

柳擎宇沒想到在景林縣竟然還存在這樣一位如此有個性的奇才，讓他很想會一會這位鄭博方副縣長。

「前兩天我還和他一起吃過飯，不過……」龍翔臉上露出為難之色。

柳擎宇立刻便意識到什麼，笑道：「是不是你這位老領導對我有些意見？」

「老領導說，從你的做事風格來看，你應該是個官二代，而且不是普通的官二代，因為你的做事風格太過簡單直接，缺乏政治智慧和圓潤的處事手段，說你這樣的人在官場上混風險極大，跟在你的身邊，風險也非常大，一旦你飛黃騰達，跟著你的人會受益匪淺，但是一旦失敗，你自己沒事，拍拍屁股就走人了，跟著你的人卻可能會受到牽連，成為別人的打擊對象。所以老領導勸我離開你，還說可以幫我在別的單位安排工作。」

龍翔如此坦誠，令柳擎宇頗為感動，不禁道：「那你是怎麼想的？」

「我認為老領導對您的分析並不完全準確，因為他所知道有關您的事也是聽別人說的，對您缺乏真正的認識。這段時間我跟著您辦了一些事情，通過這些事，我認定您是一個真心想要為國家、為老百姓辦事的官員，和一般只為私利、仕途升遷著想的官員不一樣，而且您也並非行事粗暴的人，相反，我認為您是個智商和情商都相當高的人，政治智慧也相當高。

「當然了，由於年齡和閱歷的關係，您對如何處理官場上一些棘手之事還缺乏經驗，但是我相信，只要給你時間去積累和磨礪，您會成長為一個讓人只能仰望的好官員。我希望能夠跟在您的身邊，跟您多學習學習，我也希望能夠像您一樣，為我們的老百姓多辦一些實事。」

從龍翔這番掏心的話中，柳擎宇感覺到了龍翔埋藏在心底深處的激情，那種激情是他希望為國為民做些實事的渴望，是他希望做一名好官的決心和意志。

前幾任局長在任的時候，龍翔這種激情只能藏在心底，現在，他在自己面前淋漓盡致地展示出來，沒有任何遮掩，也表明了他對柳擎宇忠心不貳的態度。

柳擎宇笑道：「龍翔，你太誇獎我了，我這個人非常簡單，單純只是想要為老百姓做些事而已，至於鄭副縣長的看法，如果我站在他的角度來看的話，也會這麼分析的。看得出來，你這位老領導對你相當看重和愛護的。對他的智慧我也非常重視，這樣吧，你看看鄭副縣長在不在辦公室，如果在的話，咱們一起過去拜見一下。」

龍翔隨即拿出手機撥通了老領導的電話，告訴他柳擎宇要去拜見他，問他方不方便。鄭博方略微猶豫了一下，答應道：「好，你們過來吧。」

當柳擎宇和龍翔走進位於縣政府的鄭博方辦公室的時候，首先映入柳擎宇眼簾的，便是整牆的書櫃。

書架上的書並不是新的，不少裡面還夾著書籤，更讓柳擎宇感到訝異的是，有許多原文書，包括亞當．史斯密的《國富論》、馬克思的《資本論》、馬歇爾的《經濟學原理》等跟國計民生有關的名著，從紙張的折痕，一看就知道是經常翻閱。不像有些官員的辦公室，書櫃純粹是裝飾用的。

從這些細節上，柳擎宇對鄭博方的學識先就有了一個初步的認識，畢竟英文版的原著不是一般人常會看的，更何況是一個主管農業領域的副縣長。

柳擎宇目光不禁落在鄭博方身上，鄭博方戴著一副金邊眼鏡，身著深色西裝，看起來十分威嚴，看得出來，他這身打扮也是刻意為之，好讓自己更顯成熟。

兩人落座之後，鄭博方便看向兩人說道：「你們是為了財政預算之事來的吧？」

柳擎宇立刻看向旁邊的龍翔，卻發現龍翔也有些發愣，顯然他並沒有向鄭博方提過這件事。

鄭博方看到兩人的表情，淡淡一笑，說道：

「你們不用疑惑，這是我通過我的資訊管道得知的，而且我還知道，這件事背後是韓明強在操縱主導的，你們兩個來，應該是龍翔出的主意，想要到我這裡取經的吧？」

這位副縣長果真不是個普通人，柳擎宇也就開門見山地說道：

「鄭副縣長，您說得對，我們今天來，的確是向您求教來了，龍翔說您非常有政治智慧，今日一見，果然名不虛傳，不過我聽龍翔說，您似乎對我個人有些看法，既然如此，咱們可以開誠佈公地談一談。」

這次輪到鄭博方愣住了。他沒有想到，柳擎宇應變如此之快，處事沉穩，不急不躁，而且話語中還帶了幾分微微的挑釁，柳擎宇的這種態度反而讓他對他高看了幾眼。

「能夠讓龍翔如此死心塌地地跟隨你，果然有些水準。既然如此，你不要把我當成副縣長，我也不把你當成下屬，我們就當是普通朋友好好交流一下。如果你能夠說服我的話，你所面臨的財政困局，我可以給你提供一個十分穩妥的辦法，保證你在一天之內解決這個問題。」

「好，鄭副縣長夠爽快，我喜歡，那我們就開誠佈公地談一談吧。」

鄭博方笑著點點頭，直接問道：

「我想龍翔應該告訴你了，我認為你是個官二代，不知道你對於目前的官二代有何看法？你認為自己是一名合格的官員嗎？」

一上來，鄭博方便提出了一個十分犀利的問題。

龍翔聽到鄭博方的提問，心頭一沉，老領導問出這麼尖銳的問題，柳擎宇年紀這麼輕，能夠回答好這個問題嗎？如果柳擎宇回答的不到位，老領導是絕不會出手幫助他的。他不禁開始擔憂起來。

然而，柳擎宇並不慌亂，表情自然地說道：

「平心而論，任何行業皆有二代三代，美國不是也有父子先後當總統的？比如老布希與小布希，但在美國，沒有人認為小布希當總統是完全靠老布希的人脈與政治基礎當上的。但是在中國，人們卻不會這麼想。這一方面是因為歷史文化和意識形態的差異，另外一方面，也的確是有些官員的作風非常不檢點。這可以從層出不窮的官二代越級提拔、空降人事體現出來。」

柳擎宇沉吟了一下，又接著說道：

「其實，官二代現象不僅出現在經濟發達地區，在經濟欠發達的中西部地區，進入官場或事業單位吃財政飯成為大多數官二代的首選。再加上官場職位稀缺，競爭人數眾多，只有當地權貴子弟才能被選拔到比較重要的崗位上，這種現實的不公平，再加上日益惡化的官民矛盾，使得官二代成為眾矢之的。

「事實上，官二代也不全都是壞人，只是一些官二代們利用自己父輩的優勢，瘋狂搶奪資源的行為，比如拿下一些大型的工程項目、批文等，為社會上的仇官情緒添加了燃料。跟普通人比，官後代本就有競爭的優勢，如果普通老百姓連競爭的唯一的管道也變相或者直接取消了，變成赤裸裸的有權者通吃，那麼由此造成的潛在危機，是不言而喻的。」

說到這裡，柳擎宇臉色變得嚴峻許多：

「尤其是有一些領導把公開選拔當成了任人唯親的遮羞布。民眾質疑官二代選拔是否公正公開時，地方往往三緘其口，跟輿論玩起躲貓貓的把戲，反而更加凸顯這一問題。鄭副縣長，這就是我對這種現象的粗淺認識，還請您指正。」

鄭博方有些訝異柳擎宇對這種現象有如此深刻的見解，想要再考驗考驗柳擎宇，便說道：「不錯，你能夠看出這種現象的表象原因，那麼你可知道，這種現象的背後，其根源在哪裡？」

柳擎宇沉吟了一會兒，他知道鄭博方對自己的考驗開始逐步升級了，他在心裡組織了一下語言，這才說道：

「其實，這個問題歸根到底還是**權力和利益在作祟**。**權錢交易**、**互為便利的官弊一直潛滋暗長在官場中**。從古到今皆是如此。官員之間來來往往，無形中形成一種**利益鏈條**，你予我一分便利，我還你一分人情。在這樣一種官場環境之下，官二代自然有常人所不能比的人脈資源，其為官天賦也自然高人一等。事實上，老百姓關注的不是官二代可不可以從政走仕途，而是從政走仕途的路徑是否能攤在陽光下，是否能夠接受監督。

「譬如：官員考選中怎麼會出現如此多官員的子女？公選和考核真是在公平、公開、公正的原則下進行的嗎？如果沒有一個合理的解釋，老百姓將如何信服！其實，老百姓對於官二代並非完全予以否定，因為也有很多官二代德才兼備，政績引人注目，照樣贏得人民的信任。

「我認為，一個文明進步和諧的社會，首先需要洞開向上晉升的通道，只要有學識，有能力，就該得到社會的尊重和重用。絕不能讓公務員考試和任用提拔幹部成為官二代的特權，那樣的話，所謂的任用提拔規定和程序，就真的成為笑話了，老百姓看了也會心寒的。我相信，隨著國家的進步，改革的逐漸深入，這方面的問題會逐漸得到解決的。」

聽到柳擎宇這番剖析，鄭博方看向柳擎宇的眼神中多了幾分暖意，不管柳擎宇是不是官二代，他能夠有這種見解，那麼在做事的時候，肯定會有所注意，對一些弊端有所規避。

龍翔願意跟著柳擎宇，也說明柳擎宇的理念和龍翔以及自己的理念是相通的，既然如此，這個忙自己應該要幫他。

已經打定主意要幫柳擎宇解決這次的難題，不過，鄭博方對柳擎宇興趣十分濃厚，決定再試驗試驗柳擎宇，所以又說：

「我看到你進門的時候，對我辦公室的書架十分感興趣，還特意注意那些原文書，你知道那些是什麼書嗎？」

「知道一點，好像是經濟學方面的著作。」柳擎宇回道。

實際上，這些英文原著不是一般人能看得懂的，而柳擎宇隔著那麼遠的距離能夠看出那些是經濟學著作，這充分說明柳擎宇以前是看過這些書的，至少柳擎宇的英語水準還不錯。

想到這裡，鄭博方便看向柳擎宇說道：

「既然你看過這方面的著作，那我想問問你，對於目前的中國和世界經濟形勢，你有什麼樣的分析和判斷？十年後，你認為金融形勢會成為什麼樣子？」

柳擎宇沉思了有一分鐘左右才說道：

「鄭副縣長，由於我曾經學過金融方面的知識，所以，對您的這幾個問題，我先談談現階段我的看法。

「我認為，要談世界和中國的經濟和金融形勢，就不能不提到美國，更不能不提到美國那將近六十萬億美元的巨額債務，按照正常的債務遞增速度，美國的債務很有可能在二〇二二年後達到一百一十萬億美元，加上社會醫療保險等赤字，美國極有可能選擇大量印鈔以減少債務，到那個時候，就會出現通貨膨脹的現象，美元很可能走向崩潰。

「但是，世界上沒有一種強勢貨幣能夠替代美元，世界各國勢必要研究出一種全球性的單一貨幣，以避免出現像美元那樣，讓諸多美元債權國蒙受巨大損失的情況。」

其實，當鄭博方問出這個問題的時候，他並不認為柳擎宇能夠回答出來，因為這些問題他也還在思考和探索之中，只不過出於對柳擎宇的試探隨口一問罷了。

然而，柳擎宇的回答卻讓他大吃一驚。因為對柳擎宇所說的，他也有所研究，雖然他不完全認同柳擎宇的看法，卻不能否認很有可能會發生柳擎宇所說的這種情況。

「那你認為，如果到時候出現世界性的單一貨幣，會是什麼樣子的？」鄭博方沉聲問道。

柳擎宇苦笑道：「說實在，我真的不希望看到那一天，但是不能不進行一個大膽的分析和預測，我認為，如果真有那麼一天，很有可能會出現黃金加碳貨幣這樣一種對美國和西方國家來說完美的組合。」

鄭博方一愣，問道：

「為什麼會是碳貨幣呢？」

「不知道您注意沒有，最近這幾年，以美國為首的西方資本主義國家一直在花費大量的金錢和時間去宣傳二氧化碳排放量的理念，為了達到目標，他們甚至在中國設置測試儀，進行單方面的資料發佈，逼著我們不得不加緊這方面的改進，說實在，我們國家的環保資料和美國以及那些西方國家真的有關係嗎？沒有！他們為什麼要這麼做呢？我以為他們的目標是在將來美元崩潰之後，把二氧化碳排放量金融化，貨幣化。

「在如此大規模的宣傳攻勢下，二氧化碳問題已經被塑造成全球最急迫的事，誰要是反對二氧化碳減量，誰就會被貼上反人類，甚至反地球的標籤，牢牢控制了世界的道德制高點。而我們中國，現在處於高速發展階段，正是二氧化碳排放量十分巨大的時期，美國和西方資本主義國家就會制定各種規則，要求實施二氧化碳限額、配額排放貨幣化，如果我們不屈從，他們就會徵收驚人的國際貿易碳排放稅，對商品徵收懲罰性的環境稅，導致我國嚴重的成本型通貨膨脹，大幅減弱我國的經濟發展潛力。

「我認為，環境污染必須治理，還要大力治理，這是我們子孫未來的生存空間啊。但是，治理歸治理，絕不能按照以美國為首的那些西方資本主義國家所制定的圈圈框框去操作，我們可以參考他們的治理觀念，但是不能受制於人，否則，將來一旦美元崩潰，他們提出這種碳排放量加上黃金的貨幣模式，我們幾十年的發展成果必將再次被美國等國盤剝殆盡，又得重新發展，到時候，就算他們不提出碳貨幣加上黃金的貨幣模式，也會提出一些和環境掛鉤的貨幣模式。想當年，西方用鴉片控制全球，現在他們用金融、轉基因的方式，以後，他們會用更多的方法來控制全球。

「以上僅僅是我的個人見解，其中也參考了一些經濟學家的意見，如果有什麼不對的地方，還請鄭副縣長指證。」

聽完柳擎宇的這番話，鄭博方徹底呆住了。他沒有想到，柳擎宇一個區區的城管局局長，竟然在金融、貨幣、世界經濟領域都能說出如此一番十分具有遠見的道理來。實在是太令人震撼了。

鄭博方哪裡知道，柳擎宇以前沒事的時候，就喜歡混在老爸劉飛和頂級金融專家、華爾街雙子星之一的孫廣耀身邊，聽他們討論各種國際形勢，再結合自己的學習心得吸收理解。

此刻，鄭博方對柳擎宇的態度有了徹底的改觀，誠摯地說道：

「小柳，你在貨幣、金融甚至是國際局勢上的分析和判斷讓我十分震驚，真沒有想到，你不過是一個小小的城管局局長，竟然有如此目光。本來我就想問你這兩個問題的，現在再多問你一個問題。你認為，我們中國面臨的局勢如何？和日本之間的關係走向又是如何？」

柳擎宇並沒有立刻作答，思考了一會兒這才說道：

「我認為中國現在面臨的國際形勢十分複雜，有機遇，也有挑戰，這都和美國息息相關，但是，美國也只是國際資本大鱷手中的一個工具而已，只不過是站在台前的一個代言人而已，歐洲和美國看似經常發生衝突，實際上不過是一種煙霧彈，因為他們背後都有著共同的掌控者，包括兩次世界大戰也不過是某些國際資本大鱷們為了自己的利益，為了掌控世界所玩的戰爭遊戲而已。

「至於日本，我只能說，它是一個十分現實的國家，也是一個充滿野心的國家，對他們，只能用拳頭來說話，什麼時候我們能夠像美國一樣把他們打服了，他們才會向我們真正低頭，也只有那個時候，中日之間才能有真正的和平。」

鄭博方使勁地點頭，興奮地站起身來，與柳擎宇使勁地握了握手，讚道：「好，很好，小柳啊，你真的很不錯，經過官場磨礪之後，將來必成大器！來，這邊沙發上坐，我現在幫你分析一下，你應該如何應對韓明強操控的這次財政預算危機。其實，你只需要再深思一步，就可以找到解決的辦法了。」

柳擎宇不解地道：「鄭副縣長，您能否詳細解釋一下？」

鄭博方笑道：「你之前為了解決預算問題，是不是找過財政局局長和人大副主任？」

柳擎宇點點頭。

鄭博方指點迷津道：「你的方向沒有錯，但是，說句實在話，即便你找到他們也無濟於事，因為你忽略了一個十分關鍵的人物，那就是縣長賀光明。你想想，這麼重要的事情，甚至明顯不符合流程，沒有縣長點頭，財政局局長和人大那邊會給你們城管局發通知嗎？肯定不能。」

柳擎宇隨即恍然大悟，皺眉道：「這樣看來，這件事情的背後，還有賀縣長的影子？」

鄭博方點點頭：「沒錯，而且在我看來，很可能賀縣長還在其中起到決定性的作用。你想一想，前段時間茶館事件你鬧得那麼大，那麼不給賀縣長和徐縣長的面子，他們能夠善罷甘休嗎？現在剛好你又收回了韓明強的財務大權，韓明強只要在裡面稍微一挑撥，就會有各方勢力跳出來為難你，他們上下其手，你想躲過他們的暗算自然難上加難了。」

聽了之後，柳擎宇終於明白到底是怎麼回事了，他一直認為背後主導者是縣財政局和韓明強呢，沒想到，這件事竟然把各方勢力都給牽扯進來了。如果真是這樣的話，自己要想解決這個問題還真的有些困難啊。

鄭博方見柳擎宇愁眉不展的，又指點道：

「再點撥你一句，**身在官場，面對各式各樣的對手，你必須採取不同的應對措施**，如果對手是君子，那你可以使用君子的手段，用陽謀對敵；如果對方是小人，喜歡用陰謀詭計，你又何必非得光明正大的戰勝對手呢？該用陰謀的時候不妨也使用一下陰謀。不管陰謀還是陽謀，其實無所謂對於錯。只要使用者的目的是正義的，是對國家對老百姓有利的，偶而用一下陰謀又何妨？」

柳擎宇心領神會地道：「鄭副縣長，您說得對。」

這時，鄭博方又說道：

「既然你通過了我的考驗，而且龍翔又決定跟著你，那我就給你一些有用的資訊吧。我聽說賀光明的女兒賀晨露今年剛考上景林縣虹橋鎮的公務員，到現在還不到一年時間呢，據說已經被提拔為虹橋鎮的鎮委副書記了。希望這個情報對你有用。好了，我該工作了，你們也回去好好琢磨琢磨吧。」

柳擎宇和龍翔起身告辭。

走出縣政府大院，上了車後，柳擎宇立刻對龍翔說道：

「龍翔，你立刻想辦法核實一下鄭副縣長所說的這個情報的準確性有多少，我好準備一下。」

龍翔接到柳擎宇的指示，立刻拿出手機開始打起電話來。

當天下午四點左右，龍翔風塵僕僕地趕回柳擎宇的辦公室，立刻向柳擎宇報告：「局長，我剛剛獲得十分準確的消息，鄭副縣長所提供的情報非常可靠。」

柳擎宇一拍桌子：「好！鄭副縣長真不愧是副縣長啊，高明，實在是高明！龍翔，通知唐智勇，讓他備車在樓下等我，我要馬上去縣政府一趟，找賀縣長彙報工作。」

此時的柳擎宇身上散發出強大的自信心，他已經有把握化解這次的預算危機了。

同時，在他內心深處，對鄭博方這位副縣長也充滿了欽佩。他的心胸、眼光、謀略真的很不一般，就像是一條潛龍，只要機會合適，隨時可以一飛沖天。雖然身在主管農業的副縣長位置上，但是他的格局、知識儲備，很明顯沒有把目光放在區區副縣長的位置上。

柳擎宇略微準備了一下，給賀光明打了個電話，說是要去向他彙報，賀光明雖然有些意外，不過還是同意了柳擎宇的要求，他也想看看，柳擎宇找他到底有何意圖。

當柳擎宇敲開賀光明辦公室門後，賀光明連頭都沒有抬，只是淡淡說道：「你先坐那等一會，我先處理一下公務。」

柳擎宇點點頭，默默地坐在旁邊的沙發上，靠著沙發翹起二郎腿，靜靜地等待著。

時間一分一秒地過去，柳擎宇沒有表現出任何焦躁不安的表情，這讓賀光明感到十分失望。

更讓他感到不滿的是柳擎宇的坐姿。別人來彙報工作的時候，有誰敢靠在沙發上，誰敢翹起二郎腿啊？柳擎宇是頭一個！

這小子根本就沒有把自己放在眼中啊，賀光明心中這叫一個氣啊。但是他卻不得不承認，柳擎宇的養氣功夫還真是夠功夫，等了半個小時，居然沒有像其他一些年輕人那樣焦躁。

看到這裡，賀光明知道再對柳擎宇考驗下去也沒有什麼意義，這才放下手中的公文，看向柳擎宇道：「柳同志，不知道你今天來想要彙報什麼事？我記得你曾經和我說過，要我以後對你在城管局的諸多動作睜一隻眼閉一隻眼啊。」

柳擎宇微微笑道：「嗯，既然您提到了這個約定，那我就不得不說一下，賀縣長，好像有人採取變通的方法違背了這個約定，至於到底是怎麼回事，其中的細節，我想不需要我多說什麼了吧？

「我今天來，主要是向您彙報兩件事情，第一件是我們城管局財政預算方案被駁回的事，我希望您能夠出面協調一下，按照正常程序，這個時候才告訴我們預算方案有問題，這有些說不過去，而且在流程上也有問題。

「當然了，有些部門也許會解釋得天花亂墜，讓我們說不出什麼來，問題是我柳擎宇不是傻瓜，我知道在城管局某些人的鼓動之下，有一些縣裡的領導因為看我不爽，出手推波助瀾，讓我這個剛剛上任的城管局局長在這件事情上陷入極大的被動，很多人都在等著看我的笑話。所以我希望賀縣長您能夠出面協調一下，平息此事。」

賀光明雖然有些吃驚於柳擎宇如此直白，卻仍是故作不解地道：

「柳同志啊，我想你還是沒有弄清楚這件事情的本質，這裡面絕對不會是你所說的某些領導看你不爽，而是因為你們縣城管局的財政預算方案有些問題，你們只需要按照上面的要求修改一下就可以了，也許就通過了。所以你找我協調也不管用啊，因為這件事是卡在下面財政局和縣人大的。」

賀光明三言兩語間，便把自己的責任推脫得一乾二淨。

柳擎宇戳破他道：「賀縣長，您這話有些過於官方說法了，我相信您非常清楚，即便我們城管局如何修改，也絕不可能通過審核程序的，因為沒有您的點頭和暗示，下面的人絕對不會通過的，您難道真的不考慮一下讓這件事情在正常流程內解決嗎？」

第三章

咎由自取

這樣的人在官場上混，如果沒有遇到強硬的人還好說，一般官場老油子不願意得罪他們，沒有權勢的人惹不起他們；但是遇到了強勢之人，那麼他們會死得連骨頭不剩，就像眼前，王玉芹這一切都是咎由自取啊。

聽柳擎宇這樣不客氣地質問他，賀光明臉色刷的一下陰沉下來，冷冷說道：

「柳同志，請你注意說話的態度，你剛才是在跟一位上級領導說話嗎？你所說的全都是你的主觀臆斷，我說話做事，一向以事實為依據，按照流程辦事，絕無徇私舞弊，你這樣說實在是對我、對有關部門同志們的不信任啊，這可不是什麼好現象。

「柳同志，我奉勸你一句，說話做事之前，要好好考慮考慮，三思而後行，不要動不動就打打殺殺的，那樣是解決不了問題的。」

賀光明這番話說得冠冕堂皇，讓柳擎宇根本找不出任何反駁的機會和漏洞。說完，賀光明自己都有些得意。

然而，柳擎宇聽了卻是淡淡一笑，點點頭道：

「嗯，賀縣長，您說得很有道理，以後我會按照您的意思去辦的，看來，我本來想要向您報告的第二件有關您的事情，我真得三思而後行了。」

說著，柳擎宇做出一副猶豫的樣子，右手拇指和食指捏著下巴，歪著腦袋思考了起來。

本來，賀光明對柳擎宇要報告的事根本就不感興趣，但是聽到柳擎宇說第二件事竟然和自己有關，他的心一下子提了起來。

和柳擎宇接觸這麼多次，他非常清楚柳擎宇是個什麼樣的人，這傢伙雖然做事莽撞，但是往往有後手，不能小視，否則自己就可能和薛文龍一樣，栽在這小子的手裡。

但是要求他說出第二件事是什麼，這又太丟面子了，他才剛勸人家要三思而後行啊，顯然這小子又在借機做文章了。

一時間，賀光明對柳擎宇是又氣又恨，這要是對面坐著的不是柳擎宇，而是其他的下屬，他早就拍著桌子把對方給罵出去了。

怎麼辦呢？賀光明面對柳擎宇，竟然生出一絲無力感，他只能暗自焦急地看著柳擎宇在那裡表演。這小子實在是太壞了。

柳擎宇裝腔作勢了一下之後，猛的站起身來，對賀光明道：

「賀縣長，我想您剛才對我所說的那番話是對的，遇到任何事都要三思而後行啊，既然您明顯不想幫我擺平財政預算的事，我幹嘛急著把跟您有關的事告訴您呢，就算您因為這件事受到影響，甚至因此受到上級的重點關注，那也和我沒有什麼關係。算啦，我就不打擾賀縣長您了，您忙吧，我走了。」

說著，柳擎宇轉身就向外走去。

賀光明再也坐不住了，當他看到柳擎宇就快要走到門口的時候，連忙大聲道：「好了，柳擎宇，你贏了！說吧，第二件事到底是什麼事？」

柳擎宇裝模作樣地說：「賀縣長，我真的不想說啊，畢竟告訴了您，對我也沒有什麼好處，到時候我們城管局財政預算方案還是通不過啊。」

賀光明那叫一個氣啊，他明知道柳擎宇是故意在氣自己，卻無法發作，只能氣鼓鼓地說道：「行，我保證，如果你說的這件事真的有那麼重要的話，我幫你擺平財政預算的事。」

柳擎宇這才笑著點點頭，慢慢地往回走，邊走邊說道：「嗯，還是賀縣長顧全大局，心胸開闊，您真是我們年輕人學習的榜樣啊。」

聽到柳擎宇的這句話，賀光明更是氣得恨不得把柳擎宇的嘴給封上，這小子，說話實在是太損了，這不是明擺著讓自己下不來台嘛。

好在現在辦公室內只有他們兩個，賀光明也顧不得那麼多了，天大地大，官位最大，保住了官位，一切無憂。

然而，讓賀光明沒有想到的是，柳擎宇坐下之後，又提出了一個新的問題：

「賀縣長，您也知道，這次有關部門只給了我們兩天時間讓我們重新修訂預算方案，我剛剛上任，兩眼一抹黑，啥都不懂，我看明顯是有些人在故意為難我們，所以您在擺平這件事的時候，就不要再讓我們去修訂那個預算方案了，讓有關部門直接撤銷那個通知就好了，您看行嗎？」

「這得看你的那個消息到底是什麼了。」賀光明冷冷地道。

話都說到這個份上了，柳擎宇也就不再藏著掖著了，做出一副表情十分凝重的樣子，沉聲道：「賀縣長，是這樣的，我有一個朋友是在某個大型平面媒體做記者，他今天打電話給我，說他明天要過來我們景林縣採訪一件事，說是他接到有人舉報，您的女兒才剛成為公務員還不到一年時間，便被提拔為虹橋鎮的鎮委副書記，他說這種事情實在是太駭人聽聞了，絕對是違規提拔任用啊，更何況還是一名大學生呢。

「我那個朋友說，他上面的領導對這件事也十分重視，決定做成一個系列報導，對一些官員子弟被越級、違規提拔的問題重拳轟擊，嚴肅打擊這種醜陋現象。

「當然啦，對您賀縣長的人品，我還是十分信任的，我相信您是絕不會做出這種以權謀私的事情來的，所以我也試圖就您的人品向他解釋，勸他不要過來採訪，因為根本不可能存在這樣的事情，不過他告訴我，耳聽為虛，眼見為實，他還是決定過來看一看。

「所以，我認為應該知會您一聲才行，不然的話，萬一那個朋友對這件事進行報導了，不管有沒有越級、違規提拔的問題，這對您偉大、光輝的形象都是一種抹黑啊，這對我們景林縣的形象也是一種抹黑。真要是報導出去了，上面不重點關注您才怪呢。」

柳擎宇這番話，賀光明當時就是一個激靈。柳擎宇才剛到縣城管局多久，竟然連自己女兒的事都知道了，自己做得一直十分隱蔽，按理說知道這件事的人不多啊，這小子怎麼知道的？

不管他所說的那個記者朋友是真是假，既然柳擎宇已經知道了，這個問題都必須盡快解決，萬一柳擎宇說的是真的，真要是報導出去了，他可就要吃不了兜著走了。

賀光明此時徹底將柳擎宇給恨死了，柳擎宇竟然想出**圍魏救趙**這一招，讓他氣憤又無奈，誰讓他有把柄握在柳擎宇的手中呢。

賀光明調整了一下心情，做出十分真誠的樣子說道：

「柳同志，這件事真的謝謝你了，我女兒的確在虹橋鎮工作，不過，她是否被提拔為鎮委副書記我還真是不太清楚啊。我立刻讓辦公室主任去調查瞭解一下，有則改之，無則加勉，你也勸一勸你的朋友啊，讓他們不要動不動就給我們地方政府和領導臉上抹黑，這樣對大家都沒有什麼好處啊。」

柳擎宇對賀光明這種虛偽的面孔充滿了鄙視，臉上卻露出十分苦澀的表情，嘆道：

「賀縣長，說實在的，我已經勸過那位朋友了，不過他不怎麼聽我的話啊，而且最重要的是，我現在也沒有心情和精力去勸他啊，因為財政預算的事，我馬上就要在我們城管局裡抬不起頭來了，您說，我都混成這樣了，還有心情去做別的事嗎？我看您還是找一找市委宣傳部，或者省委宣傳部的領導，請他們出馬得了，也許他們出面以後能夠順利解決這個問題。畢竟對方是平面媒體嘛，還是應該會照顧一下地方政府和領導的情緒的。」

聽柳擎宇這樣說，賀光明簡直快氣瘋了，心中暗罵道：找市委宣傳部和省委宣傳部？我又沒瘋，如果他們知道這件事，就算媒體不報導出來，上級領導恐怕也知道了，萬一在我晉升路上拿出來談，我以後的仕途之路就算徹底斷送了。柳擎宇，你真是太無恥了，你不就是想讓我立刻把預算案給你擺平嘛，你直接說出來不就得了，幹嘛非得繞這麼一個大圈子呢。

不過這番話賀光明也就是心裡想一下，在看向柳擎宇的時候，他的嘴裡說出了另外一番話：「柳擎宇同志，我看找誰都不如找你啊，畢竟你和那位記者同志是朋友嘛，你放心，我馬上給財政局局長和人大那邊打電話，讓他們無論如何，不管克服多少困難，都必須把預算案的事給你擺平了，你現在就集中精力把這件事情給我擺平。」

說著，賀光明當著柳擎宇的面，拿出手機分別給財政局和人大那邊打了電話，並且給縣城管局發通知，告訴他們不用修改了，說是有個工作人員把一項資料給看錯了，現在複查了之後，已經沒事了。

做完這一切之後，賀光明心中暗想：「柳擎宇，這下子你應該能夠幫我擺平我的事了吧？」

賀光明看著柳擎宇。卻萬萬沒想到，柳擎宇這時候卻苦笑著說道：

「賀縣長，謝謝您幫我擺平城管局財政預算的問題，有關您女兒的事，我會盡力幫您協調解決的。不過我要說的是，我認為，為了確保我這個朋友絕對抓不到證據，如果您的女兒真的被提拔到鎮委副書記位置上的話，最好趕快把她給降級了，該是什麼級別還恢復到什麼級別，否則人家抓到把柄的話，就算我和他關係再好，也不好說什麼的。您說是吧？」

柳擎宇竟然還留這麼一手，自己真的被他給玩了，賀光明差點氣得鼻子都歪了，但是卻不得不咬著牙點點頭道：「好，我知道了，你放心吧，你的那個朋友來了後，絕對看不到這個問題的。」

「嗯，那就好，賀縣長，您先忙，我就不打擾您了，我回去之後，立刻打電話和那位朋友溝通溝通，儘量勸勸他。」說著，便起身離開了。

柳擎宇離開後，氣得火冒三丈的賀光明拿起桌上的茶杯便狠狠地摔在地上，氣鼓鼓地說道：「這次老子我可是賠了夫人又折兵啊！本以為可以借機好好收拾柳擎宇一頓呢，沒有想到反而把自己的女兒給搭進去了。」

事情發展到這種地步，賀光明知道自己必須趕快打電話解決此事，否則會很麻煩，所以，很快，賀光明那位剛剛坐上鎮委副書記位置，屁股還沒有坐熱的女兒，又從鎮委副書記變成了一個普通的科員，整個過程用了不到一個晚上的時間便搞定了，效率非常之高。

柳擎宇昂首挺胸地回到了縣城管局。

回來之後，柳擎宇便忙碌起來，他沒有和王玉芹、韓明強溝通什麼。因為他相信預算方案擺平的事，他們應該已經知道了，這時候，完全沒有必要再去刺激他們。

眼看還有三天就要過年放假了，但是有關年終獎金的事卻一直沒有定案，也沒有人知道要發多少錢。這下子，可急壞了很多人。

因為大家都知道罰沒款的返還款已經匯到城管局的帳上了，為什麼到現在還不發年終獎金呢？按照以往的慣例，早都應該發完了。

柳擎宇這到底是在搞什麼啊？一時間，城管局內議論紛紛，各種謠言甚囂塵上。但是柳擎宇依然穩坐釣魚臺，不慌不忙地忙碌著各種工作。

這天下午，王玉芹再也忍不住了，在韓明強的唆使下，她再次敲響了柳擎宇辦公室的門，對柳擎宇質問道：

「柳局長，罰沒款都已經到了咱們城管局的帳戶上了，你看這獎金什麼時候發下去啊，現在局裡的幹部都十分著急，很多人都等著這筆錢呢。」

柳擎宇卻只淡淡地說道：「王同志，這件事不用你操心，你只需要做好你的分內工作就可以了。」

王玉芹一愣，還想繼續說下去的時候，柳擎宇衝著她擺了擺手，拿起桌上的電話吩咐龍翔：「龍翔，通知所有成員，半小時後召開黨組會議，討論罰沒款的使用事項。」

韓明強的辦公室內。劉天華、張新生再次聚首。

劉天華皺著眉頭說道：「老韓啊，你說柳擎宇怎麼突然說要討論罰沒款的使用事項呢？罰沒款有什麼需要注意的啊，都是用來發獎金的唄。」

張新生接口說道：「我看沒那麼簡單，尤其是經過之前這兩件事，我發現柳擎宇這小子為了能夠坐穩城管局局長的位置，可說**奇謀迭出**，竟然接連擺平了那麼棘手的問題，從這看得出來，柳擎宇不喜歡按常理出牌，我看他既然要就這件事情進行討論，很有可能是針對我們之前的兩個佈局進行的反擊，我們不得不防啊。」

「難道他還真的敢不發年終獎金不成？」劉天華驚道。

韓明強眼睛一亮，嘿嘿說道：「柳擎宇這個人不能以常人的思維去分析，從柳擎宇的行為模式來看，他處處標榜為老百姓做事，如果從這個角度來思考的話，他還真的很有可能拿這筆錢來做文章。不過，如果他真的想這樣做的話，這一次，我絕對會讓他一敗塗地。哼，跟我玩，他還嫩了點！」

劉天華和張新生聽了，嘴角不由得一陣抽搐。他們現在對韓明強「跟我玩，他還嫩了點！」這句話很有陰影，因為每一次韓明強說出這句話，他商討出來的陰謀，到最後都被柳擎宇給破解掉了。

不過兩人為了照顧韓明強的面子，也只能憋在心中，心中暗暗祈禱道：「老天啊，求求你這次千萬別讓韓明強的這句話起反作用了。」

三人聊了一會兒之後，距離開會的時間也差不多了，劉天華和張新生站起身來先走一步，韓明強則不慌不忙地看著手錶，掐著時間。他每次都要確保自己比柳擎宇晚進幾秒鐘，以此來彰顯自己的地位比柳擎宇還要高。

然而，這一次他卻失算了。

柳擎宇是提前兩分鐘到會場的，坐下之後，看到只少韓明強一個人，其他成員全都到齊了。柳擎宇直接拿過話筒說道：

「好了，既然大家都到得差不多了，而韓明強同志又有最後一刻才趕到的習慣，這次會議現在就開始吧，反正他一會兒就到了。」

說完，在眾人錯愕的目光中，柳擎宇宣布道：

「今天召集大家來開會，主要是討論一下縣財政局剛剛撥下來的返還款利用一事，據我所知，以前罰沒款一直是用來當做年終獎金發放的，大家對這個有什麼看法沒有？劉天華同志，韓明強同志不在，你先來說說？」

柳擎宇直接點名了。

劉天華沒有想到柳擎宇玩起了突襲，不過他也不是個善類，立刻說道：

「柳局長，在我看來，這是很合理的，不管合不合規定，局裡這種制度已經執行很多年了，從來沒有任何一任局長提出過異議。所以我認為，我們還是蕭規曹隨比較好。」

劉天華說完，張新生也立刻跳出來說道：「是啊，我支持劉天華同志的意見，以前都是這樣做的，現在我們也沒有必要去改變什麼，否則，只會惹得局裡幹部們的不滿。」

柳擎宇聽完，淡淡一笑，正要說話，會議室的門一開，韓明強從外面走了進來，他看到會議室的氣氛時，當即一愣，沒有想到會議竟然沒有等他就開始了。

柳擎宇看著滿臉錯愣的韓明強說道：

「韓明強同志啊，希望你下次開會的時候早點來啊，我不太喜歡等人，所以以後開會的時候，如果我已經到場，會議就隨時開始了，除非你是覺得最後一個到場可以彰顯你的身分比較高貴的話，請你就準時出席吧。」

韓明強的表情一下子僵在那裡。一向對他忍著的柳擎宇竟然突然發難，一針見血地指出他晚來的目的，而且直接明說以後開會不會等他了，這簡直是當眾打他的臉啊！這巴掌打得啪啪響啊！這一招實在是太狠了。

韓明強哪裡知道，柳擎宇**更狠的一招還在後面呢**。

沒等韓明強坐下，柳擎宇便繼續主持會議說道：

「剛才劉天華和張新生同志都已經表達了自己的意見，下面我也談一談我對於把罰沒款當成年終獎金發放的看法。」

柳擎宇臉色變嚴肅，聲音也更加低沉：

「各位同志，雖然我不否認，很多單位的確是將罰沒款當成獎金發放，但是我們必須注意一點，我們是什麼單位？是景林縣城管局！我們執法面對的是什麼樣的對象？大部分是小商販，他們本來就是最弱勢、最底層的一群人，他們之所以要去擺攤設點，就是要解決家裡的生計問題，他們擺攤賺的那點辛苦錢要解決家裡老人的醫藥費、孩子的學費，還有家裡過日子用的！

「然而，某些城管執法人員，卻偏偏對這樣生活在最底層的老百姓動輒就給予罰款，抄沒他們最基本的生存工具！我不知道大家有沒有想過，那些執法人員所開出的一張張罰單，對那些小攤販們來說意味著什麼？很可能代表他們一個星期甚至是一個月的生活費都沒了。

「是，罰款罰得多了，大家的年終獎金就可以多分一些，但是大家想過嗎，那些被罰款的老百姓，他們要怎麼過年？在你們花著罰沒款發下來的獎金大魚大肉地吃著的時候，在你們購買各式各樣過節禮品的時候，那些被你們收繳了罰款的老百姓很可能一家幾口縮在幾坪不到的簡陋屋子裡，在瑟瑟寒風中，端著一碗麵愁眉不展地吃著，他們還在為明天的生計而發愁。」

說到這裡，柳擎宇更加動容地說：

「同志們，誰家沒有老人，誰家沒有兒女，大家拍著自己的良心問一問，在座各位，我們城管局的所有幹部們，有幾個家裡生活困難到每天只能吃麵條的程度？沒有吧，正因為你們沒有，正因為你們不瞭解老百姓的疾苦，所以有些人才在執法的時候為所欲為，肆意罰款，甚至是為了罰款而罰款，為了多拿獎金而罰款，導致執法人員想方設法罰款的動機，便是城管局這條用罰沒款當獎金發放的不成文的規定。

「是，大家辛苦一年了，有獎金拿了，但是大家考沒考慮過那些最底層的老百姓的感受呢？為什麼很多民眾對我們城管局的工作不理解，大家就沒有認真反思過嗎？

「我不否認，的確有些攤販總是違規占用道路經營，他們這種行為極大地影響了市容，但是，就沒有一種方法可以解決這個問題嗎？我看未必！這個世界只有我們想不到的，沒有我們做不到的。而之所以沒有做到，說白了，還是因為利益關係的問題，使得很多人不願意去做。」

接著，柳擎宇從手邊拿過一份資料狠狠地摔在桌上，說道：

「大家看到這份資料了嗎？這是我們省前幾年就下發的公文，在這份《關於進一步加強各級部門財務監督管理的意見》資料中已經明文規定，嚴禁各級單位用罰沒款當獎金來發放，我們景林縣城管局到底是怎麼做的？

「某些人還大言不慚地說什麼蕭規曹隨，說什麼存在的即是合理的，合理個屁！你們不過是在為保護自己的利益尋找各種理由罷了！省裡都有明文規定了，為什麼不執行？為什麼要口口聲聲地說什麼如果不把罰沒款當獎金發，就會惹得局裡幹部的不滿？到底是誰不滿？

「不要拿什麼歷任局長都沒有反對過這種制度來壓我，沒有用，我柳擎宇不是以前的歷任局長，我是柳擎宇，我不希望重蹈前幾任局長的覆轍，我不希望時刻都被人惦記著，算計著，我上任的第一件事，就是要想辦法緩解我們城管局和老百姓之間日趨緊張矛盾的關係，所以，我要做的第一件事情，便是宣布從今以後，執法大隊所的罰沒款將不再作為年終獎金的發放資金來源。

「今後獎金的分配制度也不再採之前的分配方法，而是按照全新的績效考核標準，根據每個人在崗位上工作量的多少、貢獻的大小、表現的好壞、民意測評等等，綜合彙總來決定獎金分配的比例。

「至於領導階層的獎金比例，以前實在是太高了，佔了所有獎金的一半以上，這樣的分配比例非常不合理，今後將會裁減領導階層獎金的分配比例。大家對於我的提議有什麼意見嗎？」

現場一片沉默。誰也沒想到，馬上要過年了，柳擎宇竟然出了這麼一個狠招。

尤其是韓明強和劉天華、張新生三人，雙眼全都噴著怒火，因為往年，由於韓明強掌控著財務大權，罰沒款撥下來的時候，他會從中提出三分之一放入小金庫，作為他們第二年吃吃喝喝等各種經費來源，然後在剩下的罰沒款的分配上，對分配比例也是精心計算。

雖然表面上他們的獎金比局長低，但實際上，他們通過各種手段上下其手，最後他們三人拿到的獎金甚至比局長要多出一半，比起其他副局長和黨組成員也多出一半以上，雖然早有人對此不滿，但至少有獎金發，而且發下來的錢比別的單位也不少，所以大家也就忍下來了。

韓明強首先發難了：

「柳局長，我反對這個提議，如果不動用罰沒款來發獎金，我們以後每年的年終獎金如何發？年終獎金從哪裡來？難道你不知道不發獎金，會讓幹部指著我們的脊梁骨罵嗎？他們會說我們的領導階層沒有本事，別的單位領導都能弄到年終獎金，我們弄不到的話，是不是顯得我們特別無能呢？」

韓明強直接將矛頭指向柳擎宇。

柳擎宇聽了，淡淡說道：「韓同志，請你注意，我剛才說得非常明確，我的意思是從今年開始，不再用罰沒款來當獎金發，並沒有說不會發年終獎金！」

韓明強步步緊逼，質問道：「敢問柳局長，不拿罰沒款來發，你拿什麼來發？這筆罰沒款又會如何使用？」

「韓同志，據我所知，咱們局裡也有小金庫吧，而且小金庫裡面的資金相當豐厚，據傳，這筆資金是某些人用於第二年吃喝玩樂等各種消費的，這可不是什麼好現象啊，國家早已三令五申，嚴禁各個單位私設小金庫，我們城管局必須徹底執行國家的各種指示啊，所以，我決定，今年的年終獎金就拿小金庫裡的這筆錢來發！

「從今以後，杜絕各個部門小金庫的設置，至於罰沒款未來會如何使用，春節前我們就先不討論了，等放完假回來再根據具體情況進行討論。怎麼樣，大家對我的提議有沒有異議，有不同意見的同志可以舉手。」

柳擎宇說完，目光掃視眾人。

韓明強、張新生、劉天華立即舉起手來，然而，當他們看向其他人，卻發現再也沒有一個人舉手。

三人緊緊地盯著姜立武看了一會兒，姜立武最終緩緩地舉起了手。

其實，他是非常不願意舉手的，因為小金庫資金的使用過程中，他在他們四個人的組合中，最沒有發言權，也是用得最少的。因而為了這事和表現越來越強勢的柳擎宇對著幹有些不值得，但是看那三人的氣勢，明顯是不舉手，以後就要把自己排除在小團體之外，為了長遠利益，他只能舉手反對。

在場的除了他們四個人外，再也沒有任何人舉手了。

因為其他人對韓明強等人私設小金庫的行為十分嫉妒，他們沒有獲得任何實質好處，自然樂得同意柳擎宇的意見。

柳擎宇臉上露出得意之色，看著韓明強說道：「不好意思啊，韓同志，五票對四票，你們四個人的反對意見無效！」

霸氣！柳擎宇這句話說得非常霸氣！

韓明強心中這叫一個氣啊！

然而雖然鬱悶，卻也莫可奈何，而劉天華、張新生、姜立武三人臉上的表情就更加鬱悶了。一向在景林縣城管局內呼風喚雨的韓明強，這一次竟然破天荒地在春節前最後一次黨組會上，以一票之差敗給了柳擎宇。

這是什麼情況？難道柳擎宇要逆天嗎？難道其他的黨組成員都被柳擎宇收買和拉攏過去不成？

而此刻的柳擎宇心中雖然非常得意，臉上的表情卻非常淡定，因為他很清楚，這一次勝利是得益於自己掌控了天時地利與人和所有的優勢，如果換一件事、換個時間進行表決的話，自己未必能佔據上風。

自己巧妙地利用了局長的權威，略施小計，只提議讓不同意自己意見的人舉手，而沒有說同意自己意見的人舉手，這樣一來，才取得了這次勝利。

柳擎宇見幾人不再說話後，直接宣布散會，把這次會議的結果確立了下來。

到目前為止，柳擎宇的第四次鐵腕出招還沒有結束，雖然自己在大局勢上取得了優勢，但是這種優勢必須得落實到執行上才算是有了最終的結果，否則的話，一切都只是鏡中花、水中月而已。

由於決議結果執行的關鍵是財務科科長，王玉芹絕不是自己可以信賴之人，所以等到散會回到辦公室後，柳擎宇看向跟著自己走進來的龍翔，說道：「龍翔，那件事準備得怎麼樣了？」

龍翔笑著說道：「局長，您放心吧，我已經把一切都準備好了。」

柳擎宇點點頭：「好，那你通知王玉芹同志，讓她到我辦公室來一趟。」

與此同時，正在辦公室內看小說的王玉芹接到韓明強的電話：

「王玉芹，限你在最短的時間內，把小金庫裡八成的資金轉移走。」

「轉到哪裡啊？」王玉芹不解地問道。

韓明強抬高聲音道：「這你還不知道嗎？只要確保柳擎宇用不了那些資金就可以了，至於怎麼做，難道還要我教你嗎？」說完，直接掛斷了電話。

他之所以沒有明確說明該怎麼做，就是為了自保，他要讓王玉芹明白自己的意思，但是一旦有人追查起來，卻又拿不到他任何違紀的把柄。

身在官場，處處需要小心謹慎，在這方面，韓明強是非常有心得的。

聽了韓明強的指示後，王玉芹就明白韓明強的用意了，很明顯，韓明強又和柳擎宇較上勁了，他這是要讓柳擎宇無法動用小金庫內的錢。

但問題是，柳擎宇早就有話了，沒有他的簽字，絕對不能隨意支付、轉移任何款項，自己要是按照韓明強的意思去辦的話，那絕對觸碰到了柳擎宇的底限啊。

王玉芹的內心非常猶豫。

韓明強掛上電話，看向劉天華和張新生說道：

「好了，搞定了，哼，柳擎宇想要打小金庫的主意？門都沒有！他不是想要用這筆錢來發獎金嗎？這次我給他來個釜底抽薪，把八成的資金全都給抽走，我看他拿什麼來給大家發獎金！發不出獎金，他這個局長還有什麼威望？跟我鬥，他柳擎宇還嫩了點！」

韓明強再次說出這句話來，劉天華和張新生也再次心糾了一下……

王玉芹正在猶豫是否要執行韓明強的指示呢，辦公室門響了，隨後龍翔一臉嚴肅地走了進來。

「王同志，柳局長叫你過去一趟，現在就跟我走吧，柳局長有重要的事和你說。」

王玉芹一愣，她沒有想到本來只需要一通電話交代的事，龍翔這位人氣日益高漲的辦公室主任竟然親自來了，這讓她有些受寵若驚，她隱隱有一種感覺，龍翔此次親自過來，事情有些不簡單啊。

她飛快地想了一下，決定拖延一下，先吩咐手下照韓明強的指示去操作，這樣等她從柳擎宇那邊回來，韓明強的指示應該也可以完成了。

「好的，龍主任，你先去忙吧，我還有一些工作需要馬上跟下面的人交代一下，等我交代完了，馬上去柳局長那兒。」王玉芹看向龍翔說道。

出乎王玉芹預料的是，龍翔聽了她的話，並沒有走，而是說道：「王同志，你這邊的工作什麼時候交代都行，柳局長那邊有十分重要的事找你，請你立刻跟我走一趟吧。」說話時，目光炯炯地盯著王玉芹，讓她找不出任何推辭的理由。

這時候，王玉芹感覺到事情似乎要超出自己掌控了，她想不走都不行，只能起身跟在龍翔身邊，邁步向柳擎宇的辦公室走去。

進入柳擎宇辦公室後，柳擎宇正坐在辦公椅上批閱公文。

這一次，柳擎宇對待王玉芹的態度和以往完全不同，看到王玉芹走進來，柳擎宇竟然從辦公桌後面迎了上來，笑著對王玉芹說道：「來，王同志，這邊沙發上坐。」

柳擎宇這種一反平常的態度讓王玉芹十分詫異，上次她來彙報工作的時候，柳擎宇可沒有少給她臉色看啊，現在柳擎宇卻擺出一副和自己平等交談的姿態，還如此和顏悅色的，這是什麼意思啊？

不過王玉芹倒也不怎麼在乎，和柳擎宇面對面坐下後，立刻看向柳擎宇說道：「柳局長，不知道你找我有什麼指示？我那邊還有很多工作要做啊。」

柳擎宇笑道：「我喊你來，正是要和你好好談一談你的工作之事。王同志，我對你的工作觀察了一段時間，感覺你並不適合在財務科工作，為了你的前程著想，我打算把你調到局工會那邊，當然，如果你自己有門路的話，也可以想想辦法，調到別的單位去，我保證痛快地放人，你看怎麼樣？」

王玉芹臉色大變，心中充滿了憤怒、委屈和不甘，柳擎宇竟然要把自己調離財務科！在他平和姿態的背後，原來藏著如此殺機！

太陰險，太狠辣了。這簡直就是要毀去自己的前程啊！

誰不知道一個單位的財務部是最吃香的部門之一，財務科科長更是吃香，柳擎宇想要自己去工會？開玩笑，局工會根本就是一個空架子，去那裡不就是去養老了嗎？

不行！絕對不行！

想到這裡，王玉芹眼中充滿憤怒地吼道：「不！我哪裡也不去，我就願意待在財務科，柳局長，去工會的人選，我看你還是另請高明吧。」

柳擎宇表情依然十分淡定，但是話語中的寒意卻漸漸濃烈起來：

「王同志，調你去工會是我權衡再三的結果，讓你去那裡也是為了你好，你自己應該清楚，我們縣城管局財務的帳目非常混亂，你負有不可推卸的責任，而且有人舉報你在帳務上涉嫌做假帳等各種不法行為……」

沒等柳擎宇說完，王玉芹立刻發飆道：

「柳局長，你不要再說了，我可以明確地告訴你，我王玉芹行得正，坐得端，根本不會做假帳，更沒有任何不法行為！柳局長，我知道，你看我不順眼，總是想把我整倒，我告訴你，不可能的，我哥哥是財政局副局長，如果你整我的話，小心他讓你吃不了兜著走！」

這一次，王玉芹徹底怒了！她知道自己早晚都會和柳擎宇鬧翻，此刻，她更是下定決心要幫助韓明強把小金庫裡的錢轉移出來。她要讓柳擎宇難看！

說完，王玉芹站起身來，轉身就往外走。

不想柳擎宇卻淡淡說道：「王同志，難道你沒有發現龍翔同志已經離開很久了嗎？」

王玉芹一愣，不明白柳擎宇這句話是什麼意思。

這時，柳擎宇臉色陰沉地說道：「王同志，既然你口口聲聲說你沒有在帳上做手腳，那我就給你一個證明自己清白的機會，你稍等一下，我現在就打電話。」

說著，柳擎宇拿出手機撥通了縣委書記夏正德的電話：

「夏書記，您好，我是柳擎宇啊，我接到局裡有關人員的舉報，說是我們城管局財務科王玉芹同志涉嫌在帳上作假，我找她談話，她堅決否認有這件事，為了還王同志一個清白，我想向您申請，能不能派審計局的同志過來好好審查一下我們城管局的帳目，看看到底有沒有問題。」

對柳擎宇和韓明強在城管局財務大權展開的一連串較量，夏正德看得清清楚楚，而且做好了隨時出面幫助柳擎宇的準備，不過，柳擎宇根本就沒有找他幫忙就把事情給解決了，這讓他對柳擎宇更加讚賞不已。

如今，柳擎宇再次出招，要自己派審計局人員過去查帳，很明顯，柳擎宇這是**釜底抽薪、一勞永逸的一招**，目的是直接掌控財務科，對於這樣一個總是帶給人無限意外的下屬，夏正德怎麼會不支持呢。

於是夏正德毫不猶豫地答應道：「好的，我馬上派人過去。」

「那就多謝夏書記了。」

掛斷電話，柳擎宇看向呆立在門口的王玉芹說道：「好了，王同志，你可以坐在我的辦公室等，過一會兒審計局的同志們就會過來查帳，如果沒有問題，我相信誰也不敢冤枉你。當然啦，如果有問題，那一切就按照流程走吧。」

說完，柳擎宇便不再說話，低下頭去看起檔案來。

這下王玉芹心中可慌了，她自然很清楚財務科的帳目不是沒有問題，而是問題多多，但是由於哥哥是財政局副局長，而且以前又有韓明強撐腰，所以沒有人會來查帳，即便是不得不查的時候，頂多也就是走一走流程，吃一頓喝一頓也就沒事了。

現在，柳擎宇竟然真的找來審計局的人查帳，而這段時間以來，審計局大部分人都被夏正德掌控住，要想讓他們這一次再放水恐怕有些困難了。看來現在只能想辦法趕快回去把帳本藏起來或者毀掉，絕不能讓審計局的人看到真正的帳目，否則自己會死得很慘。

想到這裡，她拉開辦公室門就要往外走。

這時，柳擎宇再次說話了：

「王同志，記得剛才我問過你的那個問題嗎？難道你沒有注意到龍翔主任帶你進來之後就離開了嗎？現在我可以告訴你他去了哪裡，他是去了你們財務科，現在你們財務科所有的帳本應該都被他給封存起來，打包帶走了，你即便是回到財務科也沒有什麼用，一切都已經晚了。

「王玉芹同志啊，其實不管是你也好，韓明強同志也罷，你們都太小看我柳擎宇了，如果我猜得不錯的話，在來我辦公室前，韓明強應該要你想辦法對小金庫裡面的錢做手腳吧！」

王玉芹的臉色更見慘白，柳擎宇竟然連這件事都知道了?!

柳擎宇接著說道：「王同志，你不用擔心，我可沒有對你們採取什麼監聽手段，這純粹是出於我對韓明強個性的瞭解，出於我對他手段的日益熟悉。

「其實，本來我並沒有想要動你，就像剛才，我雖然猜出了韓明強給你打電話的內容，但是依然給了你一次機會，建議你遵從我的指示，調到工會去工作，沒想到你竟然執迷不悟，非得跟我頑抗到底，甚至拿出你那位在財政局擔任副局長的哥哥來壓我！

「王同志，你應該跟你那位哥哥好好溝通溝通，問問他上一次在罰沒款的返還款事件中，為什麼會同意把那筆錢劃撥給我們城管局。」

柳擎宇搖搖頭，對王玉芹這種性格囂張、依仗著有點背景、有點權勢就敢為所欲為，不知道東南西北的幹部充滿了不屑。

這樣的人在官場上混，如果沒有遇到強硬的人還好說，一般官場老油子不願意得罪他們，沒有權勢的人惹不起他們；但是遇到了強勢之人，那麼他們會死得連骨頭不剩，就像眼前，王玉芹這一切都是咎由自取啊。

王玉芹聽完柳擎宇這番話後，徹底傻眼了。柳擎宇佈局竟如此之深，尤其是當她知道龍翔已經拿走了所有帳本之後，她的身體一下子就軟了下來，雙腿不停地顫抖著，扶著房門的手也把房門關上了。

王玉芹轉過身來，深深地吸了口氣，努力地平復內心的焦躁，用充滿憤怒、不安的眼神看向柳擎宇說道：「柳局長，你到底想要做什麼？你為什麼非得跟我一個女人過不去呢？難道你認為欺負女人很有意思嗎？」

柳擎宇一笑：「欺負女人？我從來沒有那種習慣。但是我早就跟你們說過，我這個人脾氣不好，千萬不要惹我，而你呢，在韓明強的指使下，三番五次地來找我的麻煩，難道你以為我柳擎宇是泥捏的不成？就算是泥人，還有三分火氣呢，何況我柳擎宇是堂堂的城管局局長呢！

「你們以為我柳擎宇年輕好欺負，所以就上下其手，想要把我給搞垮，我現在可以明確地告訴你們，你們錯了！我柳擎宇雖然年輕，但是並不傻，我非常清楚打蛇不死會被反咬一口的下場，所以這一次，我們雙方只能以一方完全退出而結束這次的較量。

「王同志，看在你是個女同志的份上，我給你一個機會，你自己好好地琢磨琢磨一會兒要不要及時自首，以減輕身上的刑責，否則，一旦等審計局的同志們查帳後確認了問題，那時候你想要自首都沒有機會了。」

直到此刻，王玉芹才真正意識到，一直以來，所有人全都犯了輕敵的毛病，都認為柳擎宇是依靠夏正德的關係才出頭的，都認為柳擎宇年輕，不懂得官場規則，會很快敗在韓明強的手中，和前幾任局長一樣黯然退場，現在看來，柳擎宇到了縣城管局之後，每一步走得都非常穩，接連幾次**鐵腕出手**，先是剝奪了韓明強執法大隊的掌控權，然後通過裁減協管人員再次狠狠打擊韓明強的威望，加強了自己在局裡的位置，這一次，柳擎宇又拿下了財務大權和人事大權。

她豁然回首才發現，不知不覺中，柳擎宇竟然已經隱隱有站穩腳跟的趨勢，而且一旦自己倒下，柳擎宇將會徹底掌控財務科，那時候，柳擎宇的腳跟更穩了，韓明強要想扳倒柳擎宇可就沒那麼容易了。

此刻，王玉芹真的有些後悔過於草率地站在韓明強那一方了。她知道，事情到了這種地步，自己已經一敗塗地，和柳擎宇間已經沒有任何緩和的機會了。

想明白這一切，王玉芹恨恨地回過頭來看了柳擎宇一眼，說道：

「柳局長，真沒有想到，我們所有人都小瞧了你，我認栽，馬上自首去。不過我可以告訴你，就算你拿下了財務科，也未必鬥得過韓明強副局長，因為他哥哥是副市長，你的靠山頂多是夏正德。而且你根本不瞭解韓明強這個人，他絕不是一個屈居人下之人，他背景如此強硬，一旦你敗在了他的手中，你的下場會比前幾任局長還慘。我非常期待看到你悲慘的結局。」

柳擎宇淡淡說道：「你不會看到的。」心中暗道：王玉芹啊王玉芹，都到這份上了，你竟然還不肯認輸，這就是你這種人的悲哀，總是把希望寄託在別人的身上，你總認為韓明強有背景有靠山就可以為所欲為，你錯了！你們都錯了，**不管是在官場、職場還是商場，人脈和靠山只是一部分，要想一直走向成功和勝利，智慧才是最關鍵的**。我相信，韓明強後面還會有更大的陰謀，但是他真的能夠贏我嗎？

柳擎宇有些憐憫地看了王玉芹一眼。

此刻，王玉芹腳步蹣跚地向外走著，似乎一下子老了二十歲，就連一向挺得筆直的後背都微微彎了起來。

離開柳擎宇辦公室的王玉芹非常失落、沮喪、淒涼。等待自己的，會是法律的刑責。為了自保，為了能夠最大程度地減輕自己的罪行，她來到了韓明強的辦公室。

她告訴韓明強，柳擎宇已經找來審計局查帳，而且帳本也被龍翔給帶走了。自己肯定會被拿下，她會把所有責任都扛在肩上，希望韓明強能夠利用他哥哥的人脈幫自己盡力開脫罪責，這樣才能雙贏，否則，要是自己把韓明強給咬出來，大家雙輸，柳擎宇將會漁翁得利。

韓明強聽完王玉芹的這番話後大為震撼，他還真沒有想到柳擎宇竟然出此狠招，這讓他十分鬱悶，他知道這一次自己又敗了。

面對王玉芹的哭訴，他只能點頭保證，只要王玉芹一個人扛起所有的罪責，他會儘量動用關係保證王玉芹不會坐牢；即便坐牢，也不會太久。

得到韓明強的保證後，王玉芹這才向紀委和有關部門打電話自首。

看著王玉芹的背影，韓明強眼中露出怨毒的目光，咬牙切齒地說道：

「柳擎宇啊柳擎宇，真沒有想到你手段這麼狠，竟然玩這麼一手，不過你等著吧，我早就為你準備了更犀利的手段，等年假回來之後，我會讓你直接灰溜溜地從城管局滾蛋，一切我早就佈局好了。咱們等著瞧吧！」

第四章

拜金女

鮑金鳳有些憐憫地看了柳擎宇一眼，說道：「好吧，我就直說了，我是個拜金女，我認為，金錢至上，只有有了錢，才能享受到我想要享受的一切！只有金錢，才能讓我活得更有尊嚴，更有面子！哎，你的條件太差了。」

就在當天，當城管局的幹部們得知財務科科長王玉片因為在財務方面有嚴重的問題自首、被雙規後，所有人都大吃一驚。

而讓城管局所有人吃驚的還在後面。新的財務科科長是柳擎宇通過夏正德的關係，從縣財政局調過來的一個女人，名叫徐雲霞。

徐雲霞上任後的第二天，在柳擎宇的指示下，便將今年城管局的獎金發了下去。

令所有人更驚訝的是，今年基層幹部職工的獎金比去年翻了一倍。看到這個結果，所有人在震驚之餘，臉上全都笑開了花。

以往，對基層幹部來講，不管誰當局長，不管誰掌控大局，只要工資按時發，獎金不少給，他們根本不在意，誰給他們發的錢多，他們就會記得誰的好。因而基層員工全都對柳擎宇大加讚賞，柳擎宇掌控財務科後，獎金竟是以前的一倍啊，這可是從來沒有過的事。

當然，也有幾個不爽的，這幾個人就是韓明強、劉天華和張新生，他們的獎金比去年整整縮水了三分之二。這讓幾人對柳擎宇恨得是牙根癢癢。

隨著獎金發下去，春節也馬上就要來了，城管局也要放假了。

在放假前一天下午，柳擎宇接到了老媽柳媚煙打來的電話：

「擎宇啊，明天你必須給老娘趕回來，我給你安排了一個很重要的事。」

柳擎宇一聽老媽提到重要的事，心頭就是一顫，連忙問道：「啥事啊？」

柳媚煙笑道：「其實啊，也不算是什麼大事，就是我給你安排了一場相親而已。」

「相親？老媽，你沒搞錯吧？就憑你兒子我這相貌，還用得著相親？你不是說過婚姻大事由我自己做主嗎？」

柳擎宇此刻十分鬱悶。

只聽柳媚煙的聲音從電話裡傳了出來：

「沒錯，我是說過婚姻大事讓你自己做主，但是我也沒說過不給你安排相親吧？你這個臭小子，別給老娘廢話，讓你回來就回來！我又沒逼你娶人家，看上了人家，你願意追就追，不願意追，誰也不會勉強你，但是你必須給我回來參加。時間就定在明天晚上七點鐘，到時候給我好好打扮打扮，別給我丟了面子，否則看我怎麼收拾你。」

聽到老媽這番話，柳擎宇徹底無言了。

堂堂的柳家大少爺、景林縣城管局局長，不管是放在哪兒，都算得上是頂級帥哥的他，竟然要去相親?!

柳擎宇感覺這不是真的！但是他十分清楚老媽的個性，儘管自己百般不願，卻得認真對待這件事，要是真惹老媽生氣了，後果可是很嚴重的。

第二天一大早，柳擎宇揮別了龍翔、唐智勇等人，從蒼山市坐飛機直飛北京。

這次他回來的消息並沒有通知任何人，因為他擔心告訴好兄弟們後，會被那幫傢伙給笑死。

雖然柳擎宇的臉皮很厚，但是他還是很不希望被那些傢伙們拿這件事情來尋開心。此刻，在城管局裡那位殺伐果斷，被人稱為鐵腕局長的柳擎宇身上早已沒有了先前那種強勢、囂張的氣勢，在兄弟、朋友和親人面前，他只是一個普通人。一個普通的兒子，一個可以一起喝酒、打架、泡妞的好兄弟。

柳擎宇悄悄溜回了家，找到老媽柳媚煙，滿臉愁容地說道：「老媽啊，你沒事幹嘛安排我去相親啊。」

柳媚煙這才給柳擎宇解釋了安排柳擎宇去相親的原因。

原來，柳媚煙有一個高中同學，兩人非常要好，這種關係一直保持到現在。那位同學後來嫁給了一個金領階級，年收入上百萬，還在北京買了房子，又生了個女兒，日子過得很不錯。

前段時間兩人一起出來逛街的時候，談到了子女的事情，柳媚煙的同學並不知道柳媚煙的真實身分，聽她說兒子身高接近一米九，而且還是公務員，感覺挺不錯的，所以就攛掇著說要給自己的女兒介紹一下，讓他們兩個相親試試，看能不能看對眼，要是能對眼的話，那麼兩人就可以在兒女婚事上省許多心了。

由於這個同學非常熱情，又不斷地誇耀自己的女兒有多漂亮，多懂事，柳媚煙雖然知道兒子眼光很高，但是架不住這位多年好同學的熱情，便點頭同意了此事，所以這才有了相親一事。

柳擎宇聽完，搖頭大嘆道：「老媽啊，敢情您這邊盛情難卻，我這邊就得苦哈哈地去相親啊？」

「得了吧，臭小子，誰不知道你對付美女很有一套啊，別在我面前裝清純，我這位同學女兒的照片我也看過了，長得的確非常漂亮，放在哪個學校都是校花級的。哦，對了，她在北京影視學院讀書，看得上，看不上，你自己做主，老媽我只是幫你牽個線而已。要不是因為她是我老同學的女兒，就算是世界小姐冠軍，我也不會看她一眼的。」柳媚煙笑道。

自己老媽眼光之高，那自然是沒得說，自己繼承了老媽的審美標準，一般的美女很難進入他的眼睛，否則也不會到現在還沒有找到一個合適的女朋友。

這時，柳媚煙看了柳擎宇一眼，語重心長地說：「臭小子啊，真不知道你最後會給老媽我領回一個什麼樣的兒媳婦。」

柳擎宇嘿嘿一笑，說道：「老媽，這一點你可以放心，你兒子我將來的老婆，絕對不會讓你失望的。」

柳媚煙頓時心中一動，瞪大了雙眼，目光炯炯追問道：「哦，難道你已經有目標了？」

看到老媽那充滿了想像力和戰鬥力的八卦眼神，柳擎宇連忙使勁地擺手說道：「沒有沒有，我可不是那麼隨便的人，要當我柳擎宇的老婆，不僅要看人品，更得看緣分。」

「擎宇啊，據我所知，曹家那個丫頭，還有你韓叔叔家的小美女對你都有點意思，她們可都是頂級美女啊，難道你對她們一點感覺都沒有？」柳媚煙打探道。

柳擎宇發現老媽眼中的八卦之火越燒越旺了，連忙止住道：「老媽，你想啥呢，我只當她們是小妹妹好不好，經常混在一起太熟了，一點新鮮感也沒有；再說，兔子還不吃窩邊草呢不是，我怎麼能隨隨便便就把窩邊草給吃了呢。」

「噗嗤！」聽到兒子這麼說，再配上他說話時那急於澄清的樣子，柳媚煙再也忍不住笑了出來。

看來自己真得好好替這臭小子操心一下婚姻大事了，都二十幾歲了，連個女朋友都沒有領進家來過！兒子長得這麼帥，要文才有文才：清大高材生，雙學位；要武才有武才，狼牙特戰隊史上最年輕的大隊長，戰功赫赫，身邊環繞美女無數，但是他竟然一個都看不上眼，這可如何是好。

所以，就在柳擎宇趁著老媽一愣神的工夫溜回房間的時候，柳媚煙這邊也開始尋思起來。

本來以前她還真沒有這個心思，也沒有那個想法要幫柳擎宇找對象，讓他去相親，但是這次她可是真打算動一動這個心眼了。

可憐的柳擎宇怎麼也沒有想到，老媽開始算計著他呢。而他的桃花運也從此拉開了序幕。

夜色徐徐降臨，柳擎宇在老媽的監督下，換上了一身黑色西裝，英俊瀟灑地搭了輛計程車趕往與那個相親女孩要見面的爵士西餐廳。

本來柳擎宇是打算開著他最喜歡的那輛布加迪威龍去的，不過想起老媽說她的那位女同學的家庭情況，柳擎宇最終還是選擇了坐計程車。

這次見面，雙方的家長都沒有參與，只告訴他們彼此的電話號碼，預訂見面的餐桌號碼，其他的就讓兩個年輕人自己搞定。

柳擎宇下了計程車後，直接走進這家爵士西餐廳。

這是一家很高檔的西餐廳，不管是裝修還是風格，都十分新潮頂尖。當然，消費也肯定不低。

柳擎宇走進西餐廳，和服務員打聽了一下，直奔七十七號餐桌而去。

看到這個號碼，柳擎宇不由得苦笑了一下，知道雙方父母肯定是希望透過這個號碼博個好彩頭，希望這張桌子能夠像鵲橋一般，架起兩人走向婚姻的那一頭。

柳擎宇坐下之後，看了看時間，距離雙方約定的見面時間還有三分鐘。

柳擎宇默默地等待著。

十分鐘過去了，女孩並沒有出現。柳擎宇的眉頭不由得皺了起來。

又過了七八分鐘左右，就在柳擎宇等得有些不耐煩的時候，一陣香風撲面，柳擎宇抬起頭，便看到一位豔麗的美女離自己只有不到三米的距離，正在那裡看著自己。

這個女孩身高看起來有一米七五左右，身材不胖不瘦，前凸後翹，相當惹火，尤其是一雙筆直的玉腿又長又直，包在一雙肉色絲襪內，再配米黃色短裙，米色短靴，白色半身風衣，顯得十分清純俏麗。

女孩長得也很漂亮，瓜子臉，柳眉杏眼，高鼻梁，櫻桃小嘴，一切的一切，都幾乎屬於黃金比例。女孩臉上的妝畫得很濃，唇彩在燈光下熠熠生輝，眉毛又長又直，的確非常亮眼。

柳擎宇站起身來衝著她淡淡一笑，說道：「你是鮑金鳳吧？我是柳擎宇。」說著，想要跟她握握手。

然而，這個美女上下打量了柳擎宇幾眼，發現柳擎宇身上穿的西裝和皮鞋都是國產品牌，眉毛便微微皺了皺，沒有要伸出手來和柳擎宇握的意思，直接一屁股坐了下來，冷冷說道：

「我就是鮑金鳳，開門見山地說吧，我對今天的相親並沒有抱多大希望，我的觀點和我媽不一樣，我媽想讓我找個老實可靠的男人嫁了，我不贊同。我先問你幾個問題，你回答一下，我再考慮考慮。」

女孩顯得十分強勢。

柳擎宇笑了。這個女孩倒很直爽，這讓他相親的壓力一下子減輕許多，便笑著說道：「好啊，你問吧。」

「你有賓士車嗎？」

柳擎宇搖搖頭：「沒有！」

他的確沒有，因為賓士不是他的菜，他更喜歡布加迪。

鮑金鳳聽柳擎宇連賓士都沒有，臉色一下便沉了下來，眼中有種說不出的失望，又問道：「你有三室兩廳的房子嗎？」

柳擎宇還是搖搖頭。他的確沒有三室兩廳的房子，因為在北京，他家住的是別墅。他是柳家獨根獨苗的大少爺，在北京，他就算想去住三室兩廳的房子也沒有機會。

「你月薪多少？」鮑金鳳又劈頭問道。

柳擎宇老實回說：「我是公務員，月薪三千左右。」

聽柳擎宇說完，鮑金鳳徹底失望了，她有些憐憫地看了柳擎宇一眼，說道：「好吧，問題我問完了，我就直說了，我們之間沒戲。我是個拜金女，我認為，如今這個社會，金錢至上，只有有了錢，才能享受到我想要享受的一切！只有金錢，才能讓我活得更有尊嚴，更有面子！所以我找男朋友的條件就是，最差也得開個賓士車，也得有個三室兩廳的房子，別墅更好！至於月薪嗎，怎麼也得幾十萬以上，因為我爸月薪都十萬以上，最好是個富二代或者官二代。哎，你的條件太差了。看你穿得這麼土，今天這頓飯我請了。」

說完，她根本不等柳擎宇說話，直接喊道：「服務員，點菜。」然後自顧自地點了幾個自己喜歡吃的餐點。

看到這位如此奇葩的美女，柳擎宇一時間還真有些無語，這個女孩根本就不顧別人的感受和想法，不過她的心腸倒是不壞，為人也很爽快，柳擎宇隨便點了個黑椒牛排飯，一杯熱橙汁。

點完之，柳擎宇笑道：「今天這頓我來付帳吧，畢竟我是男人。」

鮑金鳳聳了聳肩，「隨便你。」說完，她拿出手機撥通了一個電話號碼，大聲命令道：「張金龍，一會兒開車來接我，我在爵士西餐廳相親，快點啊，半個小時不到，你就死定了。」

鮑金鳳掛斷電話，隨即看向柳擎宇，炫耀地說：

「這是我的備用男朋友之一，開寶馬七三〇，是個富二代，家產有幾千萬吧。像他這樣的備胎我有好幾個，都是用來結帳買單的。我現在是騎著馬找馬，現在這社會，身為影視學院的校花，要是不找個身價幾億的富二代，或者一個身後站著廳級幹部的官二代，根本不敢跟同學說自己有男朋友。」

柳擎宇不禁莞爾笑道：「錢真的有那麼重要嗎？踏踏實實地過日子不是很好嗎？」

鮑金鳳看了柳擎宇一眼，忍不住笑了。

她雖然看不上柳擎宇，但是面對著這樣一位帥哥，而且如此坦誠直率，心情還是不錯的，便直率地說道：

「你真土，在這個物欲橫流的社會裡，沒有麵包怎麼行，有了麵包，才會有愛情，沒有麵包的愛情終究會枯萎的。就像我，這麼年輕，這麼漂亮，身材又好，又是校花，我如果不找個身價過億的男朋友，或者一個有前途的官二代，怎麼對得起老爸老媽辛辛苦苦養我這麼多年呢？怎麼對得起我的樣貌身材呢？嫁個有錢人，至少我這輩子不會像那些普通女孩一樣，天天為了柴米油鹽醬醋茶而辛苦奮鬥。那樣的生活太無聊，太枯燥。」

鮑金鳳這番似是而非的理論，柳擎宇沒有反駁，也不想去反駁，這個物欲橫流的社會裡，像她這樣的女孩並不在少數。每個人都有追求自己夢想的權利。

就在這時候，柳擎宇的手機響了起來。

他拿出手機一看，竟然是大魔女曹淑慧的電話，柳擎宇的腦袋一下子大了起來。曹淑慧在這時候打電話來，該不會是知道自己來相親了吧？這個電話，自己到底是接還是不接呢？

看到柳擎宇猶豫不決的樣子，鮑金鳳有些看不過眼了，直接一把抓過柳擎宇的手機接通了電話，大聲說道：「喂，你誰啊？我們正在吃飯，一會兒再打過來。」說完，直接掛斷電話遞給柳擎宇。

柳擎宇呆住了。這個美女校花也熱情得太過分了。

這下可壞了！對曹淑慧的性格，柳擎宇太瞭解了。果不其然，手機剛到柳擎宇的手裡，電話便再次響了起來。

聽到嘟嘟嘟的電話鈴聲，柳擎宇真的有些頭疼了。

這時，鮑金鳳又想過來抓手機，柳擎宇狠狠地瞪了她一眼，冷冷地說道：「我讓你幫我接了嗎？你以為你是誰啊？你可以替別人做主，我的事還輪不到你來操心。」

對鮑金鳳這種自以為是，以為自己是校花，別人就得遷就她、屈從她的行為，柳擎宇十分不爽，這樣做太不尊重人了。

被柳擎宇這麼一說一瞪，鮑金鳳的俏臉刷的一下蒼白起來，眼中怒意燃燒，然而，看到柳擎宇那冰冷的雙眼，她只能憤憤地低下頭去。

直到此時她才發現，原來這個男人如此霸氣。他不是學校那些同學，根本就沒有把她放在眼中。

鮑金鳳憤怒中多了幾分迷茫，她想不明白，為什麼自己堂堂影視學院的校花，多少富二代、官二代競相追逐的大美女，柳擎宇竟然敢如此怒斥，難道自己真的有那麼差嗎？

柳擎宇根本無視鮑金鳳的臉色，接通了電話：

「曹淑慧，有事嗎？」

曹淑慧嫵媚、婉轉的聲音從電話那頭傳了出來：

「柳哥哥，你在和哪個大美女吃飯呢，我忙到現在還沒有吃飯呢，身上也沒有帶錢，你能不能請我吃頓飯啊。」

聽到曹淑慧這柔媚甚至有些發嗲的聲音，柳擎宇身上頓時起了一層雞皮疙瘩。

對曹淑慧的風格他太清楚了，她越是表現得柔媚的時候，就越是憋著一肚子怒火，準備整人了。

自己要是不理她的話，她絕對有辦法做出讓人頭疼的事情來，加上柳擎宇對鮑金鳳十分看不順眼，便點點頭道：

「好吧，你來爵士西餐廳吧，我正在這邊相親呢。」

聽柳擎宇說出「相親」二字，曹淑慧雙眼中猛的射出兩道熊熊怒火，聲音卻更加嫵媚了：「哎呀，柳哥哥，你們的進展可真快啊，這才剛剛相親，人家就替你接電話了，那我可得好好幫你把把關，我未來的嫂子不通過我這一關，是絕對不能允許她進入柳家家門的，你稍等片刻，我馬上就到。」

放下電話後，曹淑慧使勁用拳頭狠狠地砸了砸汽車的方向盤，銀牙緊咬道：

「臭柳擎宇，混蛋柳擎宇，你竟然敢背著姑奶奶玩相親，看我不給你攪渾了才怪！哼，相親，門都沒有！」

曹淑慧腳下油門一踩到底，一路上瘋狂飆車，好在她的速度和技術都是一流的，才沒釀成交通事故。

當柳擎宇掛斷電話後，鮑金鳳強忍著心中的怒氣，看向柳擎宇說道：「剛才那個女人是誰啊，聲音這麼好聽。她一會兒要過來嗎？」

雖然鮑金鳳看不上柳擎宇，但是柳擎宇當著她的面和別的女人通電話，並且還因為這個女人吼了自己，讓她心中相當不舒服。

要知道，自己可是美女校花啊，別人和自己吃飯的時候，電話絕對調成靜音，就怕打擾了和自己說話，眼前這個男人竟然還邀別的女人過來吃飯，這簡直沒把自己放在眼中嘛，鮑金鳳竟然有些吃醋了。

「嗯，是我的朋友，從小一起長大的，我們太熟了，沒有跟你提前說一聲，你別介意啊。」柳擎宇淡淡說道。

鮑金鳳嘴上說：「嗯，沒事，我也正好見識見識聲音這麼好聽的女孩長得是不是漂亮。」其實心中非常介意，也多了幾分攀比之心，暗道：

「看來這個柳擎宇也很有可能和我一樣騎著馬找馬啊，就是不知道他的這個備胎女友長得怎麼樣？就看他穿的這身衣服，又沒房沒車，恐怕找的女朋友長得也不怎麼樣，至少比起本美女來絕對不可能是一個檔次的。」

想到這裡，鮑金鳳把腰桿挺得筆直，酥胸傲然聳立，用手梳理了一下烏黑的長髮，剎那間，一個柔媚女人的形象和味道便突顯出來。

鮑金鳳這種作態，以柳擎宇的智慧，自然一眼就看出了她的意圖，不過柳擎宇並沒有說什麼，而是低著頭吃了起來，看都不再看鮑金鳳一眼。

在柳擎宇看來，相比鮑金鳳這樣的拜金女，蘇洛雪那樣性格溫柔、善良的女孩更值得交往，至於鮑金鳳，恐怕連成為他普通朋友的資格都夠不上。

經過一路疾馳，曹淑慧火速抵達了爵士西餐廳。

當她邁步走進餐廳時，整個餐廳在這一刻似乎安靜了下來，在裡面吃飯的男人幾乎都抬起頭來，目光直直地看向她。

因為此刻的曹淑慧長髮披肩，一身緊身黑色包臀短褲，下面是修長筆直、雪白滑膩，沒有一絲瑕疵的玉腿，上面則是一件藍色風衣，而讓所有男人都無法收回目光的，則是風衣下面那對雪白聳立的酥胸，加上今天曹淑慧穿的是一件低胸黑色襯衣，往那裡一站，當真是光彩照人，美豔不可方物。

身材、體形、長腿、酥胸，幾乎美女必備的對男人有吸引力的元素，曹淑慧的身上全都具備，而且比例搭配得如此和諧，讓男人無法移開目光，讓女人嫉妒得幾乎發狂。

曹淑慧的目光在大廳內掃了一圈，一下子就看到了坐在七十七號桌的柳擎宇，也看到了柳擎宇對面坐著的那個美女。

曹淑慧見鮑金鳳長得也相當不錯，心中的醋意一下子就湧了上來，立刻邁開長腿，在所有男人的注視下，娉娉嫋嫋地向七十七號桌走去。

此刻，柳擎宇和鮑金鳳也看到了曹淑慧。

看到曹淑慧，鮑金鳳的心咯登一下就沉了下來，心說，該不會這個女孩就是柳擎宇那個所謂的朋友吧？如果真是這樣的話，這也太誇張了！就憑柳擎宇這樣的條件，能夠找到這麼有氣質、這麼漂亮的女朋友？

而且作為拜金女，鮑金鳳對各種衣服品牌可是相當熟悉的，她看得非常清楚，曹淑慧絕對滿身的名牌，她這身衣服，沒有幾十萬根本就下不來，尤其是她手中的ＬＶ包，更是限量版，如果不是假貨的話，價值絕對超過百萬，這樣的女孩會看上柳擎宇？

絕不可能。這個女孩肯定不是來找柳擎宇的。鮑金鳳在心中先做出了否定的答案。

然而，在鮑金鳳充滿震驚、錯愕的目光中，曹淑慧在桌子旁停下腳步，然後挨著柳擎宇坐了下來，伸出長長的玉臂挽住柳擎宇的胳膊，嬌聲說道：「柳哥哥，你要出來相親，怎麼也不通知我一聲啊，我來給你把把關。」

當曹淑慧的玉臂挽住柳擎宇胳膊的這一刻，所有男人的心碎了一地，心中暗罵道：「他奶奶的，好白菜都被豬給拱了啊！」到處都充滿了妒忌的酸酸的腹誹。

坐在柳擎宇對面的鮑金鳳則是徹底呆住了。她想不通，像曹淑慧這麼有氣質、有錢的天之驕女，為什麼會看上柳擎宇呢？

身為女人，她更可以明確地感受到曹淑慧的這種行為哪裡是在把關啊，分明是在搞破壞嘛，**這是在向自己示威！明顯是吃醋了！**

柳擎宇夾在二女中間，感受到微妙的氣氛，趕忙說道：

「二位，我來介紹一下，這位是我的朋友曹淑慧，我們青梅竹馬，一起長大的；這位是鮑金鳳小姐，是我老媽同學的女兒。」

曹淑慧立刻伸出修長玉手，說道：「鮑小姐，你好，我是曹淑慧。」

鮑金鳳也不甘示弱，伸出手來說道：「曹小姐，你好，我是鮑金鳳。」

雙方握了手之後，曹淑慧立刻對著鮑金鳳說道：

「鮑小姐，不知道你認為我柳哥哥這個人怎麼樣？我可以好好給你介紹一下他，我告訴你啊，身為女人，我們在選擇男人的時候一定要謹慎，一定要看清楚他們的真面目，就像我柳哥哥吧，雖然人長得挺帥的，但是其實他花心著呢，看著美女就走不動路。而且他這個人太有事業心了，就知道忙工作，根本就抽不出多少時間陪女朋友逛街，所以啊，你在做決定的時候，一定要把這些因素都考慮進去。

「還有啊，他這個人平時也不愛洗腳，臭襪子滿屋子亂塞，當然啦，類似這樣的小毛病還有很多，我就不一一列舉了，但是總體來說，他還是一個很厲害的男人，未來的前途不可限量，你可以好好考慮一下他。」

柳擎宇聽曹淑慧這番介紹，臉上的肌肉都快要抽筋了。有這麼介紹人的嗎？這到底是誇自己還是貶自己啊，任何一個女人聽到這種介紹後還敢選擇自己嗎？

這……這……這……柳擎宇的頭那叫一個大。

鮑金鳳聽完，看向柳擎宇的目光中卻多了幾分疑惑，很快，鮑金鳳眼珠一轉，對曹淑慧說道：

「曹姐姐，真是太感謝你給我介紹了，其實啊，你不必擔心，說實在的，從我們見面後，我就告訴他我們沒戲，而且今天相親我本來是不想來的，是我老媽非得逼著我來，我算是應付一下差事，省得老媽總是操心。」

「啊？你已經把他給否定了？為什麼啊？」聽到鮑金鳳的說辭，聰明如曹淑慧這樣的女孩也有些懵了。

鮑金鳳笑著說道：

「曹姐姐，我剛才已經跟柳擎宇說得很清楚了，我這個人呢，是個拜金女，我要挑選的男朋友，最差也得開輛賓士，有一套三室兩廳的房子，而柳擎宇這些條件都達不到，所以我是不會選擇他的，一會兒我的一個備用男友就會過來接我了。曹姐姐，我看你對柳擎宇挺緊張的啊，該不會是你自己看上他了吧？要不我給你們撮合撮合？」

「我看上他？別逗了，他太花心了，我怎麼可能看得上他呢？再說了，我們從小一起長大的，我對他根本就沒感覺。」曹淑慧口是心非地說。

柳擎宇立刻在旁邊使勁地點頭說道：「嗯，對，我對她也沒感覺……」

話說到這裡，柳擎宇牙也齜了起來。因為曹淑慧用兩根手指在柳擎宇腰間軟肉上狠狠地擰了一下。

這時，鮑金鳳算是徹底看明白兩人的關係了，這兩人擺明了就是一對歡喜冤家啊，尤其是曹淑慧，雖然嘴上說對柳擎宇沒感覺，但是她的動作明眼人都看得出來，她對柳擎宇是大大的有感覺啊。

鮑金鳳雖然拜金，但是個性卻十分開朗，笑道：「柳擎宇，我看你也是為了應付你老媽才來的吧？」

「是啊，看來在這一點上咱們是同病相憐啊。」柳擎宇自嘲道。

鮑金鳳點點頭：「是啊，父母那一代和咱們的想法、觀念差得太多了，哎呀，不管他們了，咱們玩自己的就可以了，說好了今天我來結帳哦，我已經把那個男朋友叫過來結帳了，反正他也是個富二代，錢多人傻，讓他結就得了，你就不要跟我搶了。」

柳擎宇苦笑了一下，也就不再說什麼了，在他看來，這點錢還真不算什麼。沒有了相親關係，雙方間的關係反而變得融洽了。

尤其是曹淑慧，當她發現鮑金鳳的個性如此鮮明之後，反而對鮑金鳳多了一份好感，畢竟這年頭敢直接承認自己是拜金女的女孩並不多，很多女孩明明非常拜金，但總是把自己說的多麼清純、多麼高貴，虛偽得很，鮑金鳳卻大大方方地承認，做人十分坦率。

雖然她對鮑金鳳的觀念不敢苟同，但是鮑金鳳本人倒是不令人討厭。

三人正說笑時，一個二十六七歲的男人邁步走了過來。

這人身上穿著亞曼尼的西裝，腳上穿著鱷魚皮鞋，手上戴著黃金戒指，脖子上還掛著一條粗大的黃金項鍊，看起來一副有錢人的樣子。

他走到鮑金鳳旁邊，看到坐在鮑金鳳斜對面的曹淑慧時，雙眼頓時淫光四射，因為他發現曹淑慧實在是太美了，她的氣質明顯比起鮑金鳳要強太多了，而且在相貌上也比鮑金鳳要漂亮得多，雖然鮑金鳳也是美女，但是曹淑慧更是美上一層樓。

再瞄到坐在大美女身邊的柳擎宇時，不禁十分鄙視，心中暗道：「如果今天老子把這個男的給踩下去的話，可不可以把這個女人給拿下來呢？包養一個這樣的美女，就算是一個月花個十萬二十萬的也值啊！」

想到這裡，他心中便有了主意。

黃金男在鮑金鳳旁邊一屁股坐了下來，一邊伸出手欲摟著鮑金鳳的肩膀，一邊譏笑道：「金鳳啊，對面那個男人就是你相親的對象啊，你怎麼會找這樣的人相親呢，他也太寒酸了吧？這可不符合你一向的擇偶標準啊。」

他的手還沒有摟住鮑金鳳的肩膀呢，便被鮑金鳳一下子給推開了，催促道：「張金龍，別膩味了，趕快結帳去，結完帳送我回學校。」

看到自己的手被鮑金鳳給推開，張金龍臉色微變了一下，隨即又伸出手想要去摟鮑金鳳的肩膀，嘴上淫笑道：「還回什麼學校啊，今天直接跟我去我家吧，我家的別墅很寬敞，我們想做什麼就做什麼。」

然而，鮑金鳳再次把他的手給推到了一邊，不高興地說道：「張金龍，你說什麼瘋話呢，我明天還得上課呢，你趕快結帳去。」

「結帳？結你媽的帳！鮑金鳳，你是不是把我張金龍當成傻瓜了啊，每次給我打電話，不是結帳就是買單，你當我是你的提款機呢?!連摟一下也不行，親一下也不讓，你以為你是誰啊，我告訴你，今天你要是不跟我回去睡一覺，老子找人劃破你的臉蛋，輪姦了你。」

說著，伸出手來衝著鮑金鳳就是一個大嘴巴，眼中充滿了陰冷之色望著鮑金鳳。

沒想到情況竟然如此出人意料！

顯然鮑金鳳雖然和張金龍有男女朋友的關係，卻仍然堅守著一定的分寸，她只是利用張金龍對她的愛慕讓他來買單而已，現在她在自己和曹淑慧這位美女面前，讓張金龍失了面子，因而張金龍惱羞成怒了。

這時，還沒等柳擎宇說話呢，旁邊的曹淑慧怒了。

「我說張金龍，你好歹也是個大男人，人家讓不讓你摟，讓不讓你睡，那是人家的自由，你這樣逼迫人家，是不是太沒有風度了啊？一個大男人打女人，算什麼本事?!」

張金龍嘿嘿一陣淫笑，看向曹淑慧，說道：

「大美女，要不這樣吧，我可以不睡她，你陪哥哥玩一晚怎麼樣？如果你同意的話，我可以包養你哦，每個月給你三十萬，要車，給你買車，要房，給你買房，不過，你可不能像鮑金鳳一樣，耍哥們玩。」

說著，張金龍伸出手來，想要再抽鮑金鳳一巴掌。

然而這一次，他的手剛揚起來，便在空中動彈不了了，柳擎宇的手已經握住了他的手腕，隨後把他拎了起來。

柳擎宇多大的手勁啊，再加上使用了一點小技巧，抓得張金龍齜牙咧嘴的，疼得滿腦門冒汗，一邊哼唧著，一邊罵道：

「你在幹嘛，你抓我的手做什麼？」

「啪！」一個火辣辣的嘴巴抽在了張金龍的臉上。

打他的是柳擎宇。這一下，徹底把張金龍給打懵了。

張金龍怒視著柳擎宇說道：「王八蛋，你敢打我？你是不是不想活了？」

柳擎宇冷冷說道：「第一個嘴巴是替鮑金鳳打的，你身為一個男人，想要泡妞，就得有承受消費的心理準備，誰規定了你替人家買單，人家就必須陪你睡覺？感情是需要投資的，你玩不起，就別充富二代！」

「啪！」又是一個大嘴巴。

柳擎宇接著說道：

「這一巴掌是替天底下所有的男人打的，你身為男人，居然威脅一個女人，還打一個如此漂亮的女人，你還有一點良知嗎？你還是個男人嗎？你是不是在外面甚至是家裡沒地位，只能靠打女人才能找到一絲發洩的快感啊！」

柳擎宇這番話說完，西餐廳內吃飯的，正在看熱鬧的人都熱烈地鼓起掌來。

自從曹淑慧來了之後，他們這桌的關注度直線攀升，完全成了整個西餐廳的焦點。張金龍的那番舉動和言辭更是讓現場的女性咬牙切齒。

張金龍剛想罵出來，結果又是「啪」的一聲脆響，柳擎宇再次抽了他一個大嘴巴。此刻，張金龍終於可以說話了，怒道：「這一巴掌為了誰？」

眾人全都哄笑起來，望著柳擎宇，他們都想知道這一巴掌是為了誰，柳擎宇接下來還會再打幾個大嘴巴？

柳擎宇也沒有想到，張金龍竟然這麼極品，問出了這個問題。

柳擎宇笑著說道：「這個大嘴巴是為了曹淑慧打的！你居然想包養她？你知道她是誰嗎？你有資格包養她嗎？你包養得起嗎？你信不信，她隨隨便便放個屁都能把你給臭死！」

全場再次爆笑如雷，曹淑慧卻滿臉通紅，狠狠地掐了一下柳擎宇，嬌斥道：「死柳擎宇，你不損人會死啊！」

柳擎宇衝著曹淑慧嘿嘿一笑：「說錯話了。」

隨後，他又看著張金龍說道：「孫子，以後記住了，不要以為你有點錢就可以裝富二代，就你，給她提鞋都不配！」

接著又是「啪」的一下。

這下，張金龍可急眼了，怒道：「這個嘴巴又是為了誰？」

柳擎宇冷冷回道：「這巴掌是為了我自己，你當著我的面說要包養我的朋友，還毆打我相親的對象，這根本就是向我挑釁啊，我這個人脾氣不好，向我挑釁，你就得承擔挑釁的後果。」

張金龍徹底無言，不過他倒也光棍，知道自己打不過柳擎宇，只能怒視著柳擎宇說道：「都打完了，現在可以放手了吧？」

「啪！」

又是一個嘴巴抽在了張金龍的臉上，而且這個巴掌又脆又響，把張金龍給打得眼中含淚，委曲地道：「這巴掌是為什麼啊？不都打完了嗎？」

柳擎宇淡淡一笑：「沒有為什麼，看著你我心情不好，就是想要教訓教訓你，你不服氣嗎？」

這一下，張金龍鬱悶得想要撞牆了！他沒有想到這個傢伙竟然這麼強勢，這麼囂張，還有這種理由可以用啊！

教訓完張金龍後，柳擎宇才把他的手給鬆開，對張金龍說道：「現在我給你十秒鐘的時間，有多遠你就給我滾多遠，否則別怪我不客氣。」

柳擎宇鬆開手後，張金龍身上壓力全消，想想自己的身分，在北京自己好歹也認識一些真正的牛人，隨便拿出一個來都可以把柳擎宇這個穿著國產西裝的傢伙給捏死，所以，他的膽氣一下子就壯了起來，怒視著柳擎宇，怨毒地說道：

「孫子，你今天打了我，咱們的梁子算是結下了，我保證，你的下場會非常慘！」

聽到張金龍這番話，曹淑慧忍不住哈哈大笑起來。

這是她今年聽過最搞笑的話了，開什麼玩笑，竟有人敢在北京威脅柳擎宇，實在是瘋了吧。

柳擎宇也笑了，說道：「好啊，我這個人心地最善良了，要不這樣吧，我就坐在這裡等著，你有什麼手段，儘管使出來。」

張金龍氣得都想殺人了，眼中射出寒芒，點點頭道：「好，既然你不知死活，那我就成全你！看我今天不把你打得連你媽都不認識你！」

說完，他拿起手機，準備打電話找救兵。

就在這個時候，一陣腳步聲響起，從遠而進，來到柳擎宇他們近前，一共有四個人，分別是黃德廣、梁家源、林雲還有沈影。

這幾個是得知柳擎宇今天要來相親，特意和柳擎宇約好了過來救駕的。

原來是柳擎宇擔心萬一被相親的對象給纏住了無法脫身，考慮到對方是老媽同學的女兒，他又不好意思拒絕，這才想出了到約定時間以後自己還不出去，就讓哥幾個出來救駕，雖然肯定被哥幾個笑話，但是柳擎宇臉皮厚，也無所謂了，好歹也比被一隻恐龍給纏住了強啊。

哥幾個誰也沒想到，他們剛剛進來，就看到有一個傢伙十分囂張地說要收拾自己的老大，這讓幾個兄弟情何以堪！

張金龍電話還沒有打完呢，便被幾人圍在了當中。

看到兄弟中的梁家源時，張金龍眼神便是一縮，連忙滿臉陪笑，點頭哈腰地說道：「梁少，您好，我是張金龍，您怎麼到這裡來了啊？」

梁家源對張金龍有些許印象，質問道：「就是你說要把我們老大打得連他媽都不認識？」

聽到梁家源這話，張金龍心就是一顫，「你們老大？」

梁家源用手一指柳擎宇，說道：「他就是我們老大，你要收拾他是吧？那我就先收拾你吧！」

說著，便伸出手來抓住張金龍的衣領，啪啪啪啪，接連十個大嘴巴，抽得張金龍眼前金星亂冒，原本就被柳擎宇打得有些腫脹的臉，頓時猶如麵包一般快速腫脹起來，估計連他媽都認不出他了。

抽完之後，梁家源故意說道：「打電話啊，你不是要叫人收拾我們老大嗎？你叫人吧，有什麼事，我們兄弟幾個接著呢！」

柳擎宇竟然是他們這幾個人的老大，張金龍嚇得都快要尿褲子了，別說是他們的老大了，就是梁家源這位大少，他都得罪不起啊。

他之所以能夠認識梁家源，也是花了很多功夫，花了很多的錢，這才在一次高檔的聚會中通過刻意製造出來的機會相識的，聊了幾句，算是給梁家源留下了一點印象。

張金龍的家族企業正想通過梁家源的資源獲得一些人脈關係，只不過梁家源一直都沒有理他。張金龍心知，如果得罪了梁家源，那自己家族的事就算徹底泡湯了。

所以即使被梁家源打了幾個嘴巴，他不僅不敢說什麼，還連忙陪罪道：

「梁少，對不起啊，我不知道柳擎宇的身分，還請您見諒，請柳大少見諒。」說話時，都快把腰彎到地上去了。

「行了，你滾吧！這裡沒你的事了。」柳擎宇揮揮手道。

對張金龍這種欺軟怕硬之人，他根本就沒有任何和他鬥的意思，那樣太掉價了。

柳擎宇說完，張金龍卻還不敢走，擔憂地看著梁家源。

梁家源罵道：「我老大讓你滾你就滾，是不是還得我請你出去啊？」

「好，好，我馬上滾，馬上滾！」

說著，張金龍點頭哈腰地一步步向後退去，直到一段距離後，這才灰溜溜地離開了，臨走時倒是沒有忘記買單。

此刻，最為震驚的要屬柳擎宇的相親對象，絕色校花，奇葩女鮑金鳳了。

她這才意識到這個穿著國產西裝的男人身分的不凡了。

一向在自己面前趾高氣揚、揮金如土的張金龍，在看到梁家源的時候竟然如此卑躬屈膝，如此點頭哈腰，這說明梁家源絕對不是普通人；而再看黃德廣、林雲、沈影幾個人的穿著打扮和氣質，哪一個都深不可測，而這些人竟然稱柳擎宇為老大，那柳擎宇的身分肯定差不了。

鮑金鳳後悔了，她知道，自己真的看走眼了。

張金龍走後，柳擎宇不禁問梁家源道：「家源，這個張金龍，你是怎麼認識他的？」

梁家源說道：「在一次聚會上，這傢伙故意接近我的。」

「這樣的人，少跟他來往，更不要和他們發生金錢關係，否則的話，一旦事情牽扯到梁叔叔，那就危險了。」柳擎宇提醒他。

「老大，這點你儘管放心，我們這幾個，哪一個都不會在這種事情上栽跟頭的，我非常清楚他們跟我接近想要的是什麼。」梁家源拍拍胸脯，很有自信地說道。

柳擎宇欣慰地道：「你們幾個清楚這一點就好，像我們這樣的人，不管做什麼事，都必須考慮到對家族的影響，我們必須和我們的父執輩一樣，腳踏實地，靠著努力，闖出一番屬於我們自己的新天地來。」

黃德廣幾個人點點頭，對柳擎宇的話他們深感認同，自從他們和柳擎宇混在一起之後，柳擎宇便一直向他們灌輸這種觀念，他們本身也都有這樣的意識與認知，所以他們才能如此和拍地混在一起。

接著，柳擎宇又看向鮑金鳳，說道：

「鮑小姐，我相信今天的事對你來說應該也是一個教訓，雖然你是個美女，有驕傲的本錢，但是，我想提醒你的是，愛情不是遊戲，也沒有幾個人是傻瓜，不是有句話說：夜路走多了終會遇到鬼！我今天能夠幫你化解這次危機，下次呢？誰來幫你？這個社會的確很現實，但是如果你用心體驗，還是能夠找到真愛的。金錢或許不可少，但是可以靠自己的雙手去創造。」

柳擎宇把沈影拉了過來：「沈影，她是北京市影視學院的學生，我看她的形象和氣質還行，可以給她一個機會，你們不是正準備要跨足電影圈嗎？這對你們公司來說也是一個嘗試。現在電影要想有票房，不一定非得有大明星才行，只要故事好，宣傳到位，不難火起來的。」

「好，沒問題。」沈影爽快地說道，對鮑金鳳說：「如果願意的話，就到我們公司來試鏡吧，不過先聲明，我們只是家小娛樂公司，現階段接的都是一些宣傳片、廣告之類的，不過沒有什麼潛規則，願意不願意來隨你。」

鮑金鳳知道，柳擎宇幫自己，表示自己和他之間的關係算是徹底撇清了。

世上沒有賣後悔藥，自己錯過了一個真正的金龜婿，一切都過去了！她感激地看著柳擎宇：「謝謝，我願意去試試。」

後來，連柳擎宇都沒有想到，拜金女鮑金鳳在進入沈影的娛樂公司後，第一部試水的電影便大告成功，一個只有一千萬的小成本電影竟然取得了十億的超高票房，這讓投資的黃德廣、梁家源、林雲三個人笑得嘴巴都快合不上了。

當然，幾兄弟也沒有忘記陸釗那一份，雖然陸釗躺在病床上，無法參與這件事，但是大家依然毫不吝嗇地分出一部分利潤匯到陸釗的帳戶上。

更讓所有人都沒有想到的是，在這部電影大火之後，雖然有很多大型娛樂公司出高價前來挖角鮑金鳳，但是鮑金鳳卻沒有在金錢面前彎腰，竟然甘心在沈影這家小公司一直待著。

事實上，沈影怎麼會讓她吃虧呢，他大方地拿出一成的利潤獎勵所有工作人員，身為女主角的鮑金鳳自然也得到一筆不菲的報酬。

然而，鮑金鳳已經不再是從前那個拜金女，變成了另一個樣子，儘管後來她成了天后級的巨星，卻保持零緋聞，十分潔身自好，更是沒有任何男朋友，因為她心中時刻都閃現著柳擎宇的影子，也為柳擎宇帶來了諸多麻煩。

這些都是後話，暫且不提。

麻煩擺平後，鮑金鳳和沈影相互留下聯繫方式後便先離開了，柳擎宇哥幾個，加上曹淑慧，又找了家飯店，吃著美食，開懷暢飲，一醉方休。

第二天，柳擎宇便忙碌起來，春節需要走動的親戚朋友不少，直到大年初四，這才算清閒下來。

隨著新年的過去，柳擎宇又增長了一歲，已經廿三歲了。

春節假期結束。柳擎宇在城管局的工作也進入了一個嶄新的階段。

只是柳擎宇萬萬沒有想到，剛上班，他便遭到韓明強的暗算，**一場突如其來的橫禍**落在了他的身上。

因為是放長假上班的第一天，柳擎宇便召集局黨組成員召開春節後的第一個會議。

會上，柳擎宇要求各個黨組成員要收收心，把重心放在工作上，對各部門的工作及早進行部署，確保整個城管系統有條不紊地運作。

所有人都有一種感覺，柳擎宇越來越有局長的樣子了，大家都知道，現在局長和常務副局長韓明強之間的較量進入到了激烈的對峙階段，誰能夠在這個階段獲得最終的勝利，誰就有可能最終掌控整個城管局的大局。

所以，這時候，每一個黨組成員都小心翼翼的，尤其是選擇站隊的時候，更是異常謹慎，沒有人輕易表態。因為誰也不知道柳擎宇和韓明強到底誰會獲勝。

柳擎宇開會的時間十分短，沒有任何長篇大論，乾脆俐落地把工作總結了一下，提出他的要求，不到半小時便宣布散會了。

散會之後，柳擎宇回到辦公室便立刻陷入忙碌的工作中。

就在柳擎宇埋頭忙碌時，龍翔沒有敲門便走了進來，他滿臉憤怒，聲音焦慮地說道：

「局長，剛才我看到韓明強、劉天華、張新生以及姜立武四個人，帶著主管部門的主要領導站到咱們局大門口的外面，似乎在等什麼領導過來似的。要不咱們也出去一起等著吧，萬一真是上面的領導來了，看到咱們沒有在場，顯得咱們沒有禮貌啊。」

龍翔臉色十分難看，顯然他對韓明強等人非常不滿。要知道，身為辦公室主任，他沒有得到任何的通知，便無法做出準確的安排，一旦上面的領導怪罪下來，他也是有責任的，到時候自己可就成了背黑鍋的了。

柳擎宇聽完龍翔的敘述後，臉色也陰沉起來。這明顯是韓明強在向自己示威啊！是在給自己難看。讓他完全處在狀況外的情形下，也不知道他們迎接的是什麼人；萬一韓明強他們根本不是去迎接領導，只是出去抽根菸，自己卻以他們是去迎接領導，傻傻地跟著出去，那這個人可就丟大了。

柳擎宇相信，韓明強既然布下這個局，那麼不管自己去或不去，他都能藉由此事擺自己一道。既然這樣，不如且戰且走，便對龍翔說道：

「反正我們也沒有得到任何通知，就當不知道好了，愛誰來誰來，我們做好自己的工作就好。」

聽柳擎宇這樣說，龍翔便知道自己這位領導倔脾氣又上來了。

不過他也知道，柳擎宇脾氣雖然倔，但是做事極有頭腦，所以他也就按照柳擎宇的意思，直接回到辦公室，來個眼不見為淨。

第五章

定時炸彈

這一次，他決定下狠手，他要讓柳擎宇徹底失去戰鬥力，而這枚「炸彈」，是他早在去年柳擎宇還沒有上任的時候就已經部署好了，那時候他就考慮到，如果新上任的局長不聽自己的指揮，他就會引爆這個「定時炸彈」。

城管局大門外。

韓明強、劉天華、張新生、姜立武四人站在迎接隊伍的前面，一邊望著東方，一邊低聲聊著天。

姜立武有些擔憂地說道：「韓局長，我們不事先通知柳局長，他知道了會不會不高興啊？」

韓明強嗤了聲：「不高興？他愛高興不高興，和我們有什麼關係嗎？我們這麼多人浩浩蕩蕩地出來，難道他看不見嗎？看見了，問一聲不就得了嗎？他如果不願意出來迎接，我們也沒有辦法強迫他不是？畢竟人家是局長，還是我們蒼山市最年輕的局長，人家有跩的本錢嘛！」

韓明強的口氣充滿了嘲諷之意。

與此同時，他也在琢磨柳擎宇到底會不會出來。而且，他早已做好了兩手準備，如果柳擎宇出來的話，他會讓柳擎宇狠狠地丟一次人；不出來的話，他會讓前來視察的領導對柳擎宇產生強烈的不滿。所以，不管柳擎宇出不出來，一切都在他的掌控之中。

而且，他還給柳擎宇準備了一個**重量級的炸彈**，就等領導到了以後那枚炸彈爆炸呢。

這一次，他決定下狠手，他要讓柳擎宇徹底失去戰鬥力，甚至將柳擎宇直接趕走。

而這枚「炸彈」，是他早在去年柳擎宇還沒有上任的時候就已經部署好了，那時候他就考慮到，如果新上任的局長不聽自己的指揮，不甘當一個傀儡，他就會引爆這個「定時炸彈」。韓明強對自己的老謀深算越來越佩服了。

時間一分一秒地過去，韓明強看了看手錶，知道柳擎宇肯定是不會下來了，得意地笑了，心中暗道：

「柳擎宇啊柳擎宇，我就知道你會考慮到面子不肯下來，這樣正好，會讓我的佈局進行得更加順利。這正是我最期望看到的結果，柳擎宇，這次你死定了。」

又過了有十五分鐘的時間，城管局主要科室領導們感覺事情有些不對勁，紛紛下樓湊到韓明強的隊伍裡，在寒風中跟著等待起來。他們可沒有柳擎宇那麼大的膽子。

這時，韓明強等人看到一條長長的車隊從遠處迤邐而來。

韓明強笑了。現在，一切都在按照自己的計畫進行著。

過了一會兒，車隊在城管局大門外停了下來。韓明強連忙帶頭迎了上去，十分恭敬地打開車隊後面第一輛車的車門。

車門打開後，蒼山市主管城建的副市長馬宏偉從車裡走了下來。

馬宏偉穿著一身黑色西裝，繫著領帶，頭髮油光發亮，顯得十分精神。

他下車後，後面的汽車裡，縣委書記夏正德、縣長賀光明、副縣長徐建華等人也紛紛從車上下來。

眾位領導第一個流程便是和城管局的同志們握手。

此時，夏正德和賀光明都皺起了眉頭，因為他們發現，前來迎接的隊伍裡，其他黨組成員全都到了，唯獨城管局局長柳擎宇沒有出現。

徐建華臉色一寒，看向韓明強說道：

「柳局長沒在局裡嗎？他怎麼沒有出來迎接？」

聽到徐建華的詢問，韓明強故意做出一副十分無奈的樣子說道：「可能是柳局長比較忙吧。」

韓明強這是在上眼藥啊，這眼藥一上，不僅馬宏偉、賀光明等人怒了，就連夏正德的臉上都多了一絲怒氣。

就見馬宏偉淡淡一笑，顯得十分大度地說道：

「嗯，這樣啊，既然柳局長很忙，那我們就去柳局長辦公室看看他吧，畢竟他也是為了工作嘛，只要他能夠把城管局的工作做好，就算眼中沒有我們這些領導也沒有什麼大不了的！柳擎宇同志不是常說嘛，他要全心全意為老百姓做些實事啊，至於接待和迎接我們這些領導的事，可能他沒有放在心上吧！

「像柳同志這樣把全部心思都放在工作上，為老百姓做事的領導幹部，我們要大力表揚！我們應該號召全市的幹部向他學習。走吧，我也想要看一看，我們的柳局長都在忙些什麼，這次下來視察，我主要就是來看看下面幹部的工作態度如何，工作中有沒有什麼問題。如果柳擎宇同志做得很好的話，我們可以把柳同志當做教材來宣傳宣傳啊。」

馬宏偉的話說得十分大度，聽在耳中感覺這個領導挺和藹，挺有人情味的。**在官場上聽領導講話，揣摩領導講話的真實意思絕對是一門功夫**，不是體制內的人，很難明確把握領導講話的真正意思。

就像馬宏偉雖然話講得這麼漂亮，字字句句都體現出他這位副市長的寬宏大量，甚至還對柳擎宇大加讚賞，但是知道他和柳擎宇恩怨的人都感到心裡一陣陣發寒。好比夏正德、賀光明等人，就從馬宏偉的話中感受到馬宏偉心中那股強烈的怒氣。

但是馬宏偉的話卻讓眾人挑不出任何毛病，尤其是那句「把柳擎宇當教材來宣傳」，這句話就更有講究了，教材有兩種，一種是正面教材，一種是負面教材，以柳擎宇和馬宏偉之間的關係，柳擎宇可能被當成正面教材來宣傳嗎？

當然不可能！所以，馬宏偉的意思非常明確，這是準備把柳擎宇當成負面教材來宣傳的節奏啊！

看似褒揚的話語中殺氣瀰漫，危機四伏啊！

一直站在辦公室窗口觀察形勢的龍翔看到局大門口處正在握手的馬宏偉等人，心中一凜，立刻拿起桌上的電話向柳擎宇報告道：

「局長，這次來視察的主要領導是副市長馬宏偉，縣委書記夏正德和縣長賀光明、副縣長徐建華陪同視察，您看咱們要不要出去迎接一下？」

柳擎宇老神在在地說道：「不去，他們都到門口了，咱們再去就顯得有些不給他們面子了，咱們就假裝不知道好了，我倒是要看看，這次的視察是誰給我下的絆子！

「龍翔啊，你好好想一想，今天可是春節之後上班的第一天，有哪個領導會在這個時間下來視察工作的？這事是不是透露著一絲詭異？難道馬宏偉身為副市長不需要參加市政府的會議嗎？難道市政府的會議會像我們城管局的會議那樣，半個小時內就結束嗎？

「而且，蒼山市距離景林縣有兩個小時的車程，他們現在就到了，那他們得什麼時間啟程啊？這一切一切都表明，馬宏偉今天來視察**絕對是有備而來，有所而為**，他的目的毫無疑問就是我柳擎宇啊！現在敵人都衝上來要打臉了，我們哪裡還有必要把臉送上去讓他們打！這一次，換我狠狠地打一打他們的臉才行！」

聽柳擎宇這麼一分析，龍翔頓時恍然大悟，使勁地點點頭說道：

「局長，還是你看得遠啊，看來這次所謂的視察，根本就是一個專門針對您所設的局，而且參與這個佈局的，絕不僅僅是韓明強，馬宏偉甚至賀光明、徐建華等人也可能都參與了這個局啊，這些人真是太陰險了。」

柳擎宇滿意地笑道：「沒錯，龍翔，你很聰明，能夠舉一反三。而且根據我的分析，他們很可能還有後手，否則，以馬宏偉堂堂副市長的身分，怎麼可能在今天這個特殊的時間前來視察呢？看來，這一次他們的佈局玩得應該小不啊！

「只是我真的很好奇，**他們設的到底是什麼局**呢？竟然如此興師動眾，連縣委書記夏正德和縣長賀光明都給請來了。按理說，像馬宏偉這樣排名的副市長下來視察，有個常務副縣長陪同就差不多了。」

柳擎宇鬥志越來越甚，緊緊握拳道：「龍翔，咱們就好好看一看韓明強這次能玩出什麼花樣來。」

經過一番寒暄客套後，馬宏偉在夏正德、賀光明等人的陪同下上了樓。

上樓後，夏正德建議道：「市長，要不咱們先去會議室休息一下，然後通知柳擎宇，讓他過來向您彙報一下工作？」

夏正德這是在想辦法為柳擎宇轉圜僵局，以降低馬宏偉對他的仇恨值。

馬宏偉卻是擺擺手道：「不用了，不用了，柳同志是個真正為老百姓做事的好幹部啊，怎麼能讓他過來找我彙報工作呢，我們應該過去看看柳同志，直接上門聽取他的工作彙報嘛。雖然我是領導，但是領導也應該體恤下屬才行啊，走，咱們先去柳擎宇的辦公室看看。韓明強同志，你前頭帶路。」

韓明強連忙點點頭，緊走幾步，微微側著身體在前面帶路，直奔柳擎宇的辦公室而來。

來到柳擎宇的辦公室門前，韓明強本來可以直接推門而入的，畢竟外面有這麼多領導，但是他卻故意輕輕地敲了敲房門，等了一會，聽到裡面傳來柳擎宇說進來的聲音後才推開房門，側著身體，請馬宏偉等人先進去。

看到韓明強這副做派，馬宏偉等人臉色都陰沉下來。這個柳擎宇也太囂張了，市領導和縣領導都到辦公室門口了，他竟然也不出來迎接一下。

馬宏偉等人魚貫進入柳擎宇的辦公室內。這時候，柳擎宇聽到腳步聲才假裝抬起頭來看了一眼，臉上露出震驚的表情，連忙從座位上站起身來，向眾人走了過來，一邊走，一邊說道：

「哎呀，夏書記，賀縣長，你們來了啊，你們這麼多人到了我們城管局，我未曾遠迎，還請恕罪啊。夏書記，賀縣長，你們過來視察，怎麼也不提前通知一聲啊，我好安排人出去迎接。」

說到這裡，柳擎宇這才假裝看到馬宏偉，說道：

「兩位領導，這位領導是……」

馬宏偉、夏正德、賀光明三人臉色全都一變。

馬宏偉沒有想到柳擎宇並沒有最先向他問候；夏正德沒有想到柳擎宇竟然不知道他們要過來視察；而賀光明則是沒有想到柳擎宇竟然知道了假裝不知道，他更沒有想到柳擎宇對馬宏偉這位副市長幾乎視而不見，直到最後才問了句。

馬宏偉的臉色自然十分難看。

賀光明明顯震怒了，看著柳擎宇冷言道：

「柳同志，這位是我們蒼山市主管城建的馬宏偉馬副市長，你這個局長架子真是大啊，其他同志都下去迎接了，就你坐在辦公室裡大馬金刀地等著我們這些領導來拜訪你，看來你的級別比我們還高啊！」

副縣長徐建國更是陰沉著臉說道：「柳擎宇同志，我們下來視察之前，縣府辦應該已經通知你們城管局方面了，你怎麼可能不知道呢？否則為什麼其他的黨組成員都知道了，偏偏你這個局長不知道？為什麼其他同志都下去迎接了，你不下去？你這不是在耍大牌是在做什麼？你真本事啊，連市領導和縣領導都不放在眼裡啊！」

徐建華給柳擎宇又扣上了幾頂大帽子。

夏正德在一旁沉默不語，他想看看柳擎宇到底怎麼自我辯解。

如果柳擎宇不能說出一個合理解釋的話，自己也很難再包庇他。畢竟**無緣無故耍大牌的舉動，在官場中是一種近乎政治自殺的行為**，在任何領導那裡都是要受到打壓的。畢竟，**官場是一個講究級別和禮儀的地方**。

當賀光明說完時，柳擎宇眉毛就已經挑了起來，等徐建華火上加油地說完這番充滿指責和怒斥的話語後，原本一直收斂著脾氣的柳擎宇臉色刷的一下沉了下來，臉上充滿了怒氣。

如果是一般的官場人員，在領導怒斥的時候，即便領導說得不對，錯怪他了，也會隱忍下來，因為反駁的話，小事就有可能鬧大。如果隱忍下來，領導罵得爽了，氣出了，也許就能大事化小。

但是柳擎宇就是柳擎宇，幹過的事情就是幹過，沒有幹過的就是沒幹過，想要冤枉他，門都沒有，管你是誰！

柳擎宇冷冷地說：

「賀縣長，徐縣長，我知道之前因為一些事得罪了你們，讓你們看我非常不順眼，對此我無話可說，但是，今天你們口口聲聲說我知道你們這些大領導要來視察工作，這我可得好好跟你們理論理論了，現在，馬副市長和夏書記也在場，我想讓兩位領導給我主持一下公道，看看賀縣長和徐縣長是否涉嫌給我穿小鞋，故意打擊報復我。

「如果我柳擎宇工作上有什麼做得不對的地方，你們可以直接批評我，如果我做錯了，我願意接受你們的批評，但是請不要採取這種十分卑鄙、陰險的無恥手段來給我柳擎宇穿小鞋！我不接受！

「我想請問一下賀縣長和徐縣長，你們口口聲聲說縣政府辦公室通知我們城管局你們要下來視察，到底是誰通知城管局了？他叫什麼名字？他通知的是誰？為什麼我沒有接到通知？為什麼辦公室主任龍翔也沒有接到通知？會出現這樣的情況，是不是你們早就上下串聯起來，想一起給我柳擎宇一個難看？」

馬宏偉非常清楚他這次來就是要找柳擎宇麻煩的，兒子差點身陷牢獄，雖然後來鄒文超扛下了所有罪責，但是他也為此付出了相當重的政治代價，他不介意抓住任何機會狠狠打擊一下柳擎宇。

不過，馬宏偉畢竟是副市長，做事情還是很講究的，絕不會在一些小事情上做手腳，而是要抓住真正的證據往死裡整，如果證據不足的話，他是不會輕易出手的。所以，雖然柳擎宇表現出對自己的輕視之意，他心中有氣，卻沒有說什麼。

因為他也感覺到這件事裡面隱隱透出一絲詭異。他不相信柳擎宇知道自己要過來視察敢絲毫不講究官場規矩，不下去迎接。他相信柳擎宇沒有那麼傻。

夏正德從柳擎宇的話語中聽出了幾分玄機，柳擎宇的質問，表明他的的確確沒有接到政府辦的通知。想明白這一點，夏正德可不幹了，好歹柳擎宇也是自己的人啊，你們政府辦不通知他，現在卻跑過來挑他的毛病，這也太無恥了點。

夏正德臉色暗沉著看向賀光明說道：

「賀同志，既然柳擎宇同志要求馬副市長和我給他主持公道，我認為這件事情很有必要弄個清楚，如果柳擎宇接到了通知，不出去迎接，這是他不對，必須受到處罰；但是如果他沒有接到通知呢？這說明什麼問題？」

說話時，夏正德看向賀光明和徐建華的眼神中充滿了殺氣。這一下，賀光明和徐建華兩人的心也有些虛了。

賀光明雖然痛恨柳擎宇不給他面子，但畢竟是縣長，做事情也還是規矩的，也不至於在這種小事上故意給柳擎宇穿小鞋，而且他也的確吩咐下去，讓政府辦通知城管局做好迎接準備。

當看到柳擎宇那義憤填膺的態度和夏正德滿臉殺氣的時候，他立刻就意識到柳擎宇肯定是被冤枉的。

馬宏偉能夠混到副市長這個級別，自然智商和情商都非常高，見賀光明和徐建華兩人的臉色，也知道柳擎宇是無辜中槍的，如果追查下去的話，丟臉的不是柳擎宇，而是賀光明和徐建華，並且容易讓夏正德因此抓到把柄而獲得優勢，所以他立刻出面打圓場，笑著說道：

「夏同志、賀同志，你看你們這些當縣領導的，怎麼為這麼一點小事就僵持起來呢，我看這件事不管到底是誰對誰錯，都可以放在一邊，畢竟今天我們是過來視察工作的，還是以大事為主，這種小事就先放一放吧。」

馬宏偉十分聰明，他並沒有說這件事情就此罷了，因為那樣的話，並不符合他的利益，他讓這件事情先到此為止，等自己離開後，這件事是否要追究，就看夏正德和賀光明之間如何鬥爭了。

他們兩個人只要鬥下去，賀光明為了確保獲得優勢，就不得不尋求自己的支持。而賀光明和徐建華想在城建這塊獲得大力支持，就更離不開自己的後援，如此一來，自己居中協調，進退自如。

而且自己這麼一打圓場，還為雙方解決了僵持局面，雙方都得對自己表示感謝。這絕對是一舉數得之舉，官場老狐狸的算計可見一斑。

如果是正常情況下，馬宏偉的這番算計肯定是十分絕妙，但是他卻忽略了一個重要人物，那就是柳擎宇。

一般人看到副市長都出面協調了，那肯定要給個面子啊。偏偏柳擎宇不是一般人，他做事從來講究一是一，二是二，他不會去冤枉別人，更容不得別人冤枉自己。

柳擎宇立刻看向馬宏偉，說道：

「謝謝馬副市長的好意，我柳擎宇心領了。不過，馬副市長，夏書記，我認為這件事情必須先弄清楚，我柳擎宇不是那種不知道進退的人，更不是目無領導，不懂官場規則的人，如果是我做錯了，我願意承擔一切後果；但是我絕不能容忍別人故意給我戴帽子。各位領導，我希望大家能夠幫我主持公道，把這件事調查清楚！其實非常簡單，只需要賀縣長您打個電話，問問政府辦，到底是誰給我們縣城管局打的電話就成了。」

馬宏偉的臉色沉了下來。他沒有想到柳擎宇竟然如此不長眼，連自己的面子都不給。

夏正德的想法和馬宏偉想法不同，他對柳擎宇敢在這時候還堅持自己的意見非常支持，因為他看得清楚，如果今天這件事讓賀光明得逞的話，那麼不僅柳擎宇要背上黑鍋，自己也是要背上一些罵名的。

所以，夏正德幫腔道：「賀同志，我看你就打個電話吧，把事情弄清楚，也是給馬副市長一個交代，要不，真要是讓柳擎宇背上這麼一個不尊重領導的罪名，他心裡不甘，馬副市長和咱們大家也都不爽不是？」

見眾人目光都望向自己，賀光明只能點點頭，拿出手機來，準備撥打電話。

韓明強看到賀光明開始打電話，臉色當即大變，心中暗道：糟了，這是我在裡面搗鬼啊，接下來該如何是好？心開始往下沉。

其實，韓明強多慮了。以賀光明的智慧，又豈會想不通其中是怎麼回事！他瞥了韓明強一眼，眼神充滿警告之意，等電話接通後，立刻怒聲罵道：

「黃俊傑，你們政府辦到底是怎麼辦事的？為什麼沒有把領導視察的消息發到城管局的辦公室？到底是誰，哪個環節出了問題，你給我好好調查。」

賀光明的話聽起來挺兇的，但實際上，卻給政府辦主任黃俊傑留下了充分的操作空間，讓他可以安心地推卸責任。

果不其然，不到五分鐘，黃俊傑那邊查明了情況，得知是韓明強故意買通下面的一個副主任，便立刻向賀光明回報道：

「對不起啊縣長，這事的確是我們政府辦這邊做事欠妥，是新來的一個實習生在打電話的時候漏打了城管局的電話，而且這個年輕人在說話的時候也沒有傳達清楚，以至出現這種情況。我已經把那位實習生狠狠地罵了一頓，以後再出現這樣的問題，直接讓他滾蛋。」

聽到黃俊傑這樣回報，賀光明十分滿意，這個結果所有人都可以接受，而且自己這邊也不會傷筋動骨，丟人現眼，不需要承擔任何責任，畢竟負責執行的人是實習生嘛，你還能把人家怎麼樣。

「馬副市長，夏書記，現在我的冤屈應該得以昭雪了吧？」柳擎宇這時說道。

馬宏偉點點頭：「嗯，沒事了，本來這也不是多大的事。好了，我們去會議室吧，我聽聽你們城管局這段時間的工作狀況。」

眾人在辦公室坐定後，在夏正德的主持下，工作彙報正式開始。

柳擎宇第一個進行彙報。

柳擎宇的彙報結束，韓明強正準備報告的時候，手機突然嘟嘟嘟地響了起來。這一下弄得韓明強有些尷尬。

馬宏偉倒是表現出寬宏大量的一面，笑道：「明強啊，沒事，先接電話吧，工作要緊。」

話說得十分漂亮，挑不出任何毛病，在場的都是聰明人，從馬宏偉對柳擎宇和韓明強說話的語氣就可以看出來，馬宏偉對柳擎宇說話的時候是公事公辦，對韓明強說話卻是多了幾分友善。

夏正德把一切都看在眼中，心中更加確定馬宏偉這次下來突擊視察恐怕真的是有所為，只不過他的目標到底是什麼呢？

韓明強接通了電話，電話裡傳來一個十分焦躁宏亮的聲音：

「韓局長，大事不好了，我們景林縣城郊的垃圾掩埋廠工程被附近社區的村民給包圍了，他們把所有施工工人全都給趕出了工地，現在雙方正對峙著。他們還選出了代表，要求與縣委縣政府的領導交涉，否則他們將會集體到蒼山市上訪。我們縣環衛所的話，這些老百姓根本就不聽，這件事您向柳局長彙報一下吧，必須趕快控制住局面啊，不然一旦發酵下去，後果不堪設想啊！」

聽到這裡，韓明強內心深處興奮不已，自己在柳擎宇上任前便佈局好的事，在他精細地操作之下，終於在最恰當的時機爆發了。

不過他的臉上卻沒有露出狂喜之色，而是充滿了焦慮，看向柳擎宇說道：

「柳局長，剛才鍾天海同志讓我向您報告一則重大事件，建在我們景林縣城郊的垃圾掩埋場被附近村民給控制了，他們要求見我們縣委縣政府的領導，要求取消這個工程，否則的話，他們將前往蒼山市上訪。」

聽到又是群眾事件，柳擎宇的臉一下暗沉下來。

這個工程他自始至終都不知情，而且他也沒有看到過有關這個工程的任何資料。現在出事了，卻找到自己頭上，柳擎宇立時便猜想到，這一次又被韓明強給坑了。

柳擎宇看了韓明強一眼，雙眼寒光閃爍，說道：「好，那我們現在立刻趕往現場去看看吧，不過，恐怕光是我們去不行，得請縣委領導一起去啊。」

柳擎宇看向夏正德和賀光明。

賀光明沉聲說道：「馬副市長，您看這件事情我們應該怎麼辦？」

馬宏偉的臉色異常難看，批評道：

「這新年剛過，你們景林縣就發生這樣性質惡劣的群眾事件，這是有些幹部的嚴重失職！剛才柳擎宇同志在彙報工作的時候，口口聲聲說各方面的工作做得不錯，那又為什麼會爆發如此嚴重的群眾事件？

「我認為，要想迅速平息老百姓的怒氣，必須先找出主要責任人狠狠地處理一下，一是向老百姓表明我們政府在處理事情的時候是十分果斷的，絕對不會姑息有責任的相關人；二是，透過處理這樣的事情，提醒所有幹部，不管任何人，只要他負責的工作出了問題，都必須受到問責，我看柳擎宇同志身為城管局局長，上任後才短短幾個月，景林縣就接連出現強拆、群眾事件，他負有不可推卸的責任，應該立刻停止其一切職務，以儆效尤！」

高手就是高手，不出手則已，一出手必定石破驚天。

馬宏偉到來之後，處處表現出寬宏大量的一面，對柳擎宇容忍有加，但是現在發現機會的時候，他毫不猶豫地出手了，一出手，就要**置柳擎宇於死地，不給他任何東山再起的機會**。

一旦真的按照馬宏偉的意見對柳擎宇進行處理，那麼這個黑鍋柳擎宇就背定了。

賀光明立刻附和道：「馬市長說得很有道理，我對城管局的表現也十分不滿意，城管局接連出現各種問題，我看柳同志還是過於年輕，不適合待在城管局這樣複雜的地方，而且這次群眾事件恐怕十分嚴重，我們必須給老百姓一個交代，柳同志從現在起立刻停止一切職務，等事件處理完後再進行行政罰責。」

聽馬宏偉和賀光明在這裡一唱一和，想要直接處理掉柳擎宇，一直表現低調的夏正德不得不出聲了：

「馬副市長，您下來視察工作，我們景林縣非常歡迎，您對景林縣提出的各種批評和建議，我們也都虛心接受，但是，有一個問題，我們必須弄清楚，這裡是景林縣，不是蒼山市，在景林縣，主管組織、人事工作的人是縣委書記，而不是縣長，更不是副市長，在涉及人事調整、處理的問題上，還請領導尊重一下我這個縣委書記，不要插手我職責範圍內的事，或者，您也可以向市委請示調走我這個縣委書記，由您來兼任，那樣的話，我沒有任何意見。」

夏正德又看向賀光明，說道：

「賀同志，我不知道你和柳擎宇同志之間有什麼過節，我想，一個負責任的領導不應該在事情還沒有搞清楚之前就胡亂確定責任人，你確定這次真正的責任人是柳擎宇嗎？你有證據可以證明嗎？而且涉及人事方面的處理意見，你能替我這個縣委書記做主嗎？你不認為你的手伸得太長了一點嗎？」

不得不說，夏正德的反擊來得非常及時，非常犀利，雖然他表面上是在斥責賀光明，但是實際上，他把馬宏偉也給帶上了。

因為在處理柳擎宇的這件事情上，不管是馬宏偉也好，賀光明也好，他們在沒有諮詢夏正德這位主管人事的縣委書記的前提下，便擅自拍板拿下柳擎宇城管局局長的位置，這不是手伸得太長了是什麼？

這下子，不僅賀光明傻眼，就連馬宏偉也有些傻眼了。沒有想到，夏正德竟然發飆了，而且一點面子都沒有給馬宏偉留，直接指責！

縣委書記指責副市長？開玩笑，一般的縣委書記，誰敢做這樣的事！**官場上，官大一級壓死人**。身為副市長，要想找機會給一個縣委書記穿點小鞋，製造點障礙，是很容易的。而且還是為了一個下屬去得罪上司，這種事更不可能有人願意去做了。

當初馬宏偉下決心想要拿下柳擎宇的時候，也曾經考慮過夏正德有可能不滿，但是他並不認為這個時候夏正德會全力為柳擎宇出面。

馬宏偉還是低估了夏正德的脾氣。

自始至終，柳擎宇一直表情平淡，似乎馬宏偉他們要處理的根本就不是自己一般。因為柳擎宇和馬宏偉他們不同，和夏正德共事的這半年多，柳擎宇深切地認識到這位看似低調平庸的縣委書記骨子裡的囂張，以及他看似平庸的背後所隱藏著的心機和城府，還有他絕妙的佈局手段。

這一切，正是柳擎宇毫無顧忌地站在夏正德陣營的原因。柳擎宇知道，夏正德絕不是一個甘於平凡之人，對於面子，對於自己的人，他很維護，只不過他做事特別慎重，只會在最恰當的時機表現出來罷了。

此刻，不管是馬宏偉也好，賀光明也罷，聽了夏正德這番話，兩人都感覺到臉上無光，現場氣氛一時間顯得十分尷尬。

夏正德知道這對馬宏偉有些冒犯，但是他必須這樣做，只有這樣，才能真正拉攏住柳擎宇。在夏正德的心中，就算是得罪了馬宏偉也沒有什麼，如果失去了柳擎宇這個左膀右臂，那才是真正的得不償失呢。

這時，柳擎宇說話了。

柳擎宇是一個感恩的人，既然夏正德出面幫助自己化解了這次危機，他也不能讓夏正德徹底將馬宏偉得罪了，那樣對夏正德不太公平。

柳擎宇沉聲道：「各位領導，我先談一談對這次突發的群眾事件的看法吧。首先，我並不知道有城郊垃圾掩埋場這個項目，我到城管局也有段時間了，城管局內幾乎所有重要的檔案我全都看了，各種重要檔案的目錄就擺在我的辦公室，上面並沒有這個垃圾掩埋場的檔案，我從來沒有看到過這份檔案。如果說，這個項目是由我們城管局來負責的，為什麼我卻沒有看到這份檔案呢？是不是有人故意這樣操作，為我設置陷阱呢？我不能肯定是這種情況，但是不排除這種可能！

「第二，這個絕對不是我們城管局一家的責任，所有人都知道，這種項目絕對不是我們城管局一家說蓋就蓋的，所以，出了事情也不能、也不應該由我們城管局一家來承擔責任。

「第三，我柳擎宇在這裡立下軍令狀，只要各位領導給予我大力支持，我答應把這次事件擺平，如果擺不平，我願意辭職。但是前提是各位領導需要支持我搞明白這個垃圾掩埋場到底是怎麼回事，我需要看到有關這個項目的所有資料。」

柳擎宇這個時候發言正是時候，化解了馬宏偉、夏正德、賀光明三人之間的尷尬局面，而柳擎宇立下軍令狀，願意擺平此事，也給現場所有人吃了一顆定心丸。

因為一旦群眾事件爆發，所有人都要承擔責任的，尤其是主管副縣長徐建華更是首當其衝。柳擎宇願意去擺平，他求之不得。

對賀光明而言，更是不願意承擔風險，而由柳擎宇出面，對他來說壞事就變成好事了。如果解決了，就是他的政績；萬一擺不平，柳擎宇辭職，更是他願意看到的。

所以，賀光明毫不猶豫地說道：「好，柳擎宇同志，既然你願意立下軍令狀，那我答應給你這個機會，但是你必須記住你的承諾。」

「沒問題，我柳擎宇從來都是一諾千金，但是我也希望賀縣長和夏書記，以及在座的各位領導能夠大力支持我，只要我們上下一心，擺平這次事件並不是什麼難事。」

夏正德擔心地說：「擎宇啊，這次事情恐怕沒有那麼容易擺平，你要是沒有把握，就不要逞能啊，一旦矛盾激化，後果不堪設想。」

柳擎宇淡淡一笑，道：「夏書記，您放心吧，我有分寸的。現在，還請幾位領導辛苦一下，先去事件現場，我隨後就到。」

看到柳擎宇決心已下，夏正德等人自然沒有意見，不過是去現場看一下罷了，不管柳擎宇去不去，他們都是必須去的，對他們而言，這是政治任務。

幾個人很快就離開了城管局。

柳擎宇臉色陰沉地看了韓明強一眼，向檔案室走去。韓明強也跟著走了過去。

來到檔案室，柳擎宇往那裡一坐，對檔案室負責保管檔案的科員鄒鴻成說：「鄒鴻成，我要看一看有關垃圾掩埋場的檔案，咱們局裡有嗎？」

鄒鴻成看到柳擎宇身後站著韓明強，原本有些發虛的心立刻便踏實了，堆笑道：「柳局長，整個檔案室的資料索引我不是都給你複印了一份嗎？你應該非常清楚啊。」

「鄒鴻成，看不看影本是我的事情，現在你只需要告訴我檔案室裡到底有沒有這份資料就可以了。」柳擎宇冷冷說道。

「這個嘛……」

鄒鴻成猶豫不決，看向柳擎宇身後的韓明強。

不要把這份資料給柳擎宇看，並且把這份資料從目錄索引上弄下去，這都是韓明強親自向他下達的指示，此刻，柳擎宇在場，韓明強也在場，他不知道該如何做好了，只能徵求韓明強的意見。

然而，此刻韓明強卻看向窗外，就好像沒有看到鄒鴻成的求救目光一樣。這下鄒鴻成可有些慌了，難不成他想置身事外?!

柳擎宇的目光其實一直盯著鄒鴻成，當他看到鄒鴻成竟然看向韓明強求助時，立刻就明白是怎麼回事了，心中對韓明強直接提高了警惕。

從眼前的情況來看，恐怕韓明強在自己上任前就已經佈局了！他能夠提前那麼早就佈局，說明這小子為人十分陰險，城府相當深。

「怎麼？檔案室裡有沒有這份資料，你這個管理員都不知道嗎？如果是這樣的話，我看你得調整一下位置了。」柳擎宇面色凝重地說。

鄒鴻成四十多歲了還是一個科員，心知晉升無望，對能夠待在檔案室這樣的部門，他也心滿意足了，雖然沒有多大的油水，但是勝在清閒，沒事上網看看新聞，玩玩遊戲，倒也愜意。

見柳擎宇動怒，連忙說道：「有的，有的，柳局長，我們檔案室有這份資料。」

柳擎宇命令道：「把資料給我找出來。」

鄒鴻成很快就把資料給找了出來。

柳擎宇拿著資料質問鄒鴻成：

「鄒鴻成，既然有這份資料，為什麼它沒有出現在目錄索引中？你知不知道，正因為你沒有把它做入目錄中，現在已經引發了一場群眾事件，這個責任可不小啊，到時候追查下來，恐怕不僅僅是你還能不能做成這個檔案室科員的問題，弄不好就要被開除出單位啊。雖然我柳擎宇不想辣手處理你，但是這件事如果沒有一個合理解釋的話，我不介意因為這件事情給我帶來的麻煩處理你。你自己好好想想吧。」

說完，柳擎宇轉身向外走去。

鄒鴻成真的有些怕了。他非常清楚群眾事件的嚴重性，更清楚很多領導都喜歡推卸責任，他一個箭步衝到韓明強身邊，拉住韓明強的胳膊說道：

「韓局長，您可一定要給我說句話啊，當初要不是您讓我把這份檔案從目錄索引中剔除，我是不會這樣做的！韓局長，求求你，幫我跟柳局長說句話吧。」

韓明強看到鄒鴻成被嚇成這個樣子，心中那叫一個氣啊，他更沒有想到的是，鄒鴻成被柳擎宇這麼一嚇唬，竟然把自己給咬了出來，本來他還真想替鄒鴻成說幾句話的，現在鄒鴻成這麼做，他立刻鐵青著臉說：

「鄒同志，請你不要血口噴人，我怎麼會讓你做這種事呢，這對我有什麼好處？你自己工作上的失誤，我可以理解，柳局長也不會太過於嚴厲處罰你，但是如果你連我都敢誹謗的話，我會採取法律手段告你的。」

韓明強說話時，臉上殺氣凜然。

被韓明強這麼一嚇唬，鄒鴻成害怕了，韓明強在城管局內積威甚久，他還真有些忌憚韓明強。韓明強話中的暗示他也聽清楚了，如果自己承認工作失誤，這事還有緩和餘地啊，所以他眼珠一轉，立刻鬆開韓明強的胳膊，連聲說道：

「韓局長，對不起啊，是我記錯了。」然後看向柳擎宇說道：「柳局長，真是對不起啊，是我記錯，錯怪韓局長了，這件事的確是我的失誤造成的，還請柳局長和韓局長諒解。」

柳擎宇看他這副軟骨頭的姿態，心中充滿了不屑，這種人是他最厭惡的一種，做事根本不講究原則，見到利益毫不猶豫地撲上去咬一口，見到責任能推就推，能躲就躲，欺軟怕硬，屬於典型的官場庸吏。

「鄒鴻成，既然你承認是你的工作失誤造成的，我看你真的不適合在這個位置上幹下去了，我可不想再因為你工作上的失誤發生幾起群眾事件，你不想混了，我柳擎宇還想再混幾年呢。」

然後對龍翔說道：「從現在起，鄒鴻成在局裡的一切職務全部停止，你立刻找人暫時接手檔案室。」

說完，柳擎宇邁步向外走去，再也不看鄒鴻成一眼。

韓明強也緊跟著向外走去。

這個時候，鄒鴻成可急眼了，立刻看向韓明強大聲喊道：「韓局長，您幫我說句話啊……」

然而，韓明強回應他的卻是一個無情的背影。

龍翔走在最後面，輕輕地拍了拍鄒鴻成的肩膀，嘆息道：「老鄒啊，不是我說你，做人要有底限啊，牆頭草不是那麼好當的。」

柳擎宇拿到檔案後，立刻上車前往垃圾掩埋場。

趁坐車的時間，柳擎宇一目十行地把檔案流覽了了一遍。

好在柳擎宇目力驚人，到達前，對整個項目的情形有了全面的了解。也因為有了全面的認識，柳擎宇的眉頭緊緊地皺了起來。

柳擎宇來到垃圾掩埋場的時候，便看到在工地外面，幾百人正把夏正德、賀光明、徐建華三人圍在當中，似乎是在向三人講述整個事情的經過。

柳擎宇的個子很高，所以看得真切，現場並沒有看到副市長馬宏偉。

柳擎宇心中對馬宏偉充滿了鄙夷。馬宏偉好歹也是副市長，發生了這麼嚴重的事，他竟然不敢露面，可見此人對仕途前程是多麼看重，相較之下，賀光明倒可愛得多，在如此危險的情況下，敢於出面解決事情，尤其是現場只有寥寥幾名員警在維持秩序，在這種情況敢深入情緒激憤的老百姓之中，勇氣值得敬佩。

下車之後，柳擎宇邁步直接擠入人群，來到夏正德和賀光明兩人近前。兩人被人群包圍著訴苦，因為疲於應付，滿頭的汗。

雖然對這種事，縣裡有各種應急處置方案，但是問題在於兩人對於情況都不太瞭解，所以不敢輕易承諾，只能暫時採取拖延策略。

看到柳擎宇走了進來，不管是夏正德也好，賀光明也好，兩人心頭都是一輕。

這時，柳擎宇湊到夏正德耳邊低聲耳語了幾句，夏正德立刻大聲喊道：

「各位鄉親們，大家的訴求和問題我和賀縣長都知道了，剛才來的這位，是縣城管局的局長柳擎宇同志，我相信大家應該聽過他的名字，現在柳同志帶來了有關垃圾掩埋場這個項目的最新資料，現在我和賀縣長、柳擎宇同志需要馬上召開一個討論會，商量一下這件事的解決方案，大家能不能暫時後退，容我們三人商量一下？大家放心，我向大家保證，無論如何，今天我們縣委縣政府都會給大家一個滿意的答覆。」

老百姓其實是最講理。也是最善良的。對柳擎宇這個新上任的城管局局長，大家都有所耳聞，尤其是柳擎宇上任後就裁減了三分之一態度惡劣的協管人員，在景林縣引起了極大的轟動；更不用說之前他在關山鎮的那些事蹟，所以，柳擎宇雖然僅僅是一個小小的城管局局長，但是在老百姓心目中的位置卻是相當高，名氣之大，要遠遠超過縣委書記和縣長。

最重要的是，**柳擎宇身上凝聚了民心和民意**。

夏正德說完，在場的老百姓沒有任何反駁，紛紛向後退去，給他們留出了充足的空間和距離，讓他們可以舉行小型的露天會議。

賀光明低聲問道：「柳擎宇，你確定你可以擺平這次事件嗎？我看群眾反應非常激烈啊！」

柳擎宇沉穩地說道：「夏書記，賀縣長，其實，能不能擺平，問題的關鍵並不在我這裡，而是在你們二位領導身上，只要你們真的想要解決這個問題，這個問題就可以解決，如果你們不想解決這個問題，我柳擎宇就是說出大天來也不管用。」

夏正德和賀光明就是一愣。

柳擎宇把手中的資料往兩人面前一放，說道：

「二位領導，請你們看一看城管局保存的這份有關這個垃圾掩埋場的檔案資料。我沒有想到，像垃圾掩埋場這麼重大、關係到老百姓切身利益以及環境問題的項目，竟然沒有一套完善的流程，沒有任何環評程序，沒有任何審批程序，更沒有諮詢過民眾的意見，完全就是在一年前由縣政府下發了一份公文，說是要建造垃圾掩埋場，然後又沒有進行任何招標程序，便由有關部門指定了一家公司，由縣財政出錢修建了這個垃圾掩埋場。從本質上說，這個垃圾掩埋場是非法的，根本不應該存在。」

聽柳擎宇說完，夏正德和賀光明臉色都變得難看起來。

對於這個垃圾掩埋場項目，兩人其實都有耳聞，畢竟這個項目是在夏正德剛剛當政時建立起來的，只不過那時夏正德剛到任，立足未穩，為了自保和長遠規劃，雖然知道當時在任的縣長薛文龍並不符合流程，但是為了避免和薛文龍發生衝突，他只在常委會上提醒了薛文龍一下，要求他做事的時候必須按照規則和流程來，薛文龍自然沒把夏正德的話當回事。

而賀光明上臺後，雖然知道這個項目存在許多問題，卻直接採取了冷處理的方式，不聞不問，以免麻煩上身。

誰都沒想到這件事最終會演變成這種局面。現在聽到柳擎宇的話，兩人臉上都感覺到有些發熱。

此刻，不管是夏正德也好，賀光明也好，都非常清楚，這件事如果不解決，對他們的仕途十分不利；但是要解決，也面臨著種種難題。

首先就是這個項目的存續問題，是保留還是放棄？保留，就要得罪老百姓，因為當地居民認為這會帶來巨大的環境污染，他們每天都得生活在臭氣熏天的環境中；然而不保留，肯定會得罪薛文龍的後臺，因為這家建設公司是市委副書記鄒海鵬的侄子開的，如果項目取消的話，承建項目的公司將會面臨巨大的虧損。

到現在為止，這家公司只拿到三成的預付款，也就是六百萬左右，而他們實際上投入的金額，約占整個工程款的六成，現在已經到了整個工程的收尾階段，按照合約，只要驗收通過，他們就可以拿到剩下的款項了。

前段時間，這家公司的老闆還曾經親自找到賀光明，就是希望這個項目能夠早點過關，好儘快拿到尾款。

夏正德不禁看向柳擎宇說道：「小柳啊，我知道你的鬼主意很多，而且你也立下軍令狀了，保證能夠把這個事情擺平，你先說說你的意見是什麼，我和賀縣長會盡力給予你最大的支持。賀縣長，你看怎麼樣？」

雖然話是對著柳擎宇說的，但是夏正德卻是看向了賀光明，因為這件事要想解決，必須兩個人聯手才行，否則的話，很難真正解決。

賀光明對這件事如何解套也十分頭疼，看到連夏正德都向柳擎宇借智慧，他沒有任何猶豫，點點頭道：「是啊，柳同志，你有什麼建議可以說出來，我和夏書記一定會大力支持的。」

柳擎宇這才侃侃談道：

「二位領導，我認為，當務之急首先就是應該立刻停止這個項目，盡力恢復環境。我之所以這樣說，原因有三，第一，這件事現在媒體還不知道，所以我們儘快解決，就不會產生太大的輿論壓力，後續處理起來就更輕鬆一些。

「第二，一旦媒體把這個項目曝光，尤其是興建的流程曝光的話，景林縣的形象將會徹底毀了，一個手續如此不全的項目竟然能夠通過審核，而且還進行了這麼長時間，這說明其中藏了很多問題。雖然這個項目是薛文龍主政時期推進的，但現在他被雙規了，所有責任就會落在二位領導頭上。在輿論壓力下，上面肯定要找責任人的，那麼這個責任誰負呢？

「第三，身為縣委領導，老百姓的父母官，對這樣一個影響老百姓身體健康和環境的項目，難道不應該制止嗎？雖然得罪某些既得利益方，卻贏得了民心，到底應該如何抉擇？還得二位領導來拿主意。而且這件事一旦漂亮解決，政績也是你們的。

「而且，我還有一個新的建議，隨著翠屏山風景區的開展，環境保護十分重要，所以我們可以向市裡或是省裡申請專項建設資金，建設一個正規的垃圾掩埋場，只要在選址、民意等方面都按照正規流程走，請專業的公司來操作，不僅可以化解眼前的危局，還可以樹立我們景林縣注重環保的形象，讓旅遊、綠色、環保成為我們景林縣的城市名片，給我們景林縣的旅遊帶來許多的機會。這也是政績啊！」

第六章

一張公告

「局長，韓明強他們明顯是摘桃子啊，我們必須出招才行啊！」

聽了龍翔的抱怨，柳擎宇淡淡笑道：「出招？不需要！對付韓明強這一招，咱們只需要出一張公告就可以了。」

「一張公告？」龍翔有些不解地看著柳擎宇。

夏正德和賀光明聽完，眼睛一亮。柳擎宇的這個提議很不錯啊，雖然取消這個項目可能會得罪一些人，但是與照柳擎宇提議的那個新項目展開後所能夠獲得的收益相比，那絕對不是在同一個檔次上啊。

身在官場，誰不希望自己有拿得出手的過硬政績啊，這是在官場上強勢晉升的重要籌碼。政績如果僅僅靠吹噓、宣傳，雖然也可以獲得，但是那畢竟是無根之水，根基不牢啊，如果真的有這麼一個項目運作起來，那麼兩個人的政績可就是實實在在的了。

此時，夏正德與賀光明都不禁重新審視眼前這個年輕的城管局局長。不但想法先進，而且目光看得很遠，最重要的是，這個小子很有手腕。

他們曉得，這個時候，他們也唯有按照柳擎宇的提議去操作，才有可能獲得最大的利益。

夏正德和賀光明對視一眼，說道：「小柳，你的提議很好，我同意。」

賀光明也點點頭：「我同意。」

隨後，三人商量了一下細節問題，又分別和其他縣委常委們溝通了一下，這才由夏正德出面宣布道：

「各位鄉親，經過我們縣委縣政府主要領導們溝通協商之後，最終做出決定，立刻取消此地的垃圾掩埋場工程……」

聽到夏正德的宣布，現場立刻掌聲雷動，所有老百姓看向夏正德和賀光明的目光中充滿了感激和信賴。看向柳擎宇的時候，更是充滿了濃濃的感動。大家都看出來，柳擎宇在其中肯定起到了決定關鍵的作用。

就在這時，副市長馬宏偉從汽車裡走了出來，朝夏正德他們這兒走了過來。

看到馬宏偉出來，夏正德和賀光明都是一愣。因為之前他們就商量好，為了確保馬宏偉的人身安全，請他不要下車，由夏正德和賀光明來負責就好。

現在馬宏偉卻走了出來，他到底想要幹什麼？該不會是來阻撓剛才的宣布的決定吧？

只見馬宏偉走到夏正德和賀光明的身邊，拍了拍兩人的肩膀，讚許道：

「嗯，夏正德同志和賀光明同志，你們的表現我非常滿意，身為官員，就得急老百姓之所急，想老百姓之所想，千方百計地為老百姓分憂，這是我們市委領導對你們基層的期待和指示，你們執行得非常好。」

接著，轉過頭來看向密密麻麻的老百姓說道：

「各位鄉親，我是蒼山市副市長馬宏偉，這次也跟著他們一起過來為大家解決問題，我想問問大家，對於夏正德同志和馬宏偉同志這次的表現，大家滿意嗎？」

下面的老百姓立刻大聲說道：「滿意！滿意！」

馬宏偉一笑，點點頭道：「大家滿意就好，我身為副市長，對他們的表現也非常滿意。請大家放心，不管任何時候，我們蒼山市市委市政府的領導、景林縣縣委縣政府的領導，都會把老百姓的利益放在第一位，為大家多辦實事和好事，為大家解決各種問題……」

接下來，馬宏偉又發表了長達五分鐘的講話，這才和夏正德等人一起離去。

當馬宏偉講話的時候，夏正德和賀光明從彼此的眼神中都看到了鄙夷和不滿，這哥們也太無恥了，見事情大局已定就出來摘桃子、搶政績。只是當著面，兩人自然什麼話都不能說，還得恭維著，順著他，心中卻咬牙切齒。

事情擺平了，柳擎宇藉口城管局工作很忙，便跟馬宏偉等人告辭了。

回到城管局後，柳擎宇立刻把龍翔叫了過來：

「龍翔，你通知所有黨組成員以及各個科室的負責人，半小時後召開黨組擴大會議，會議的主題，就定為學習縣委領導講話精神，大力推進問責制度的落實。」

柳擎宇說話時，臉色顯得十分嚴峻。龍翔看到柳擎宇的臉色便知道，會議上恐怕有人要倒大楣了，因為他從柳擎宇的眼神中看到了殺氣。

得到要召開黨組擴大會議的韓明強、劉天華、張新生三人圍坐在茶几旁，正在討論這次會議的議題。

韓明強辦公室內。

劉天華說道：「老韓啊，你看柳擎宇剛從垃圾掩埋場回來就要召開會議，意欲為何？」

韓明強陰沉著臉說：「恐怕柳擎宇這次是針對垃圾掩埋場的事情來的，這一次我們佈局佈得那麼深遠，事情都鬧得這麼大，沒有想到柳擎宇竟然真的能把這件事情平息下來，真是讓我佩服啊。我真的很難想像，他到底是用了什麼辦法說服了夏正德和賀光明，讓他們對老百姓採取了妥協態度？

「這件事他們早就知道，卻一直按兵不動，就是因為忌憚這個項目背後承建商是鄒海鵬的侄子，明知這種情況他們還是採取強硬態度，這才是我最擔心的，至於這次會議，我估計柳擎宇肯定也會出一些狠招，我們接著就是了。」

「老韓，難道這次垃圾掩埋場的事情就這樣算了？為了這件事，我們費了多大力氣啊，結果卻沒有起到作用，我真是有些不太甘心啊。」張新生忿忿地說。

韓明強一陣陰笑，「這個也沒有什麼大不了的，我們只要想辦法從夏正德和賀光明那邊知道柳擎宇到底採取了什麼辦法擺平了此事，我們就可以採取相應的手段來應對，尤其是這個項目中涉及了鄒海鵬的侄子鄒文龍的產業，就算我們不說，恐怕鄒文龍也不會甘休的，這個項目他們投入了那麼多，卻最終停了，這損失怎麼算？誰來承擔這責任？這些都夠夏正德和賀光明頭疼了。大家不要忘了，鄒文龍他叔叔可是市委副書記，主管人事工作，他們誰想要提拔的話，不得過鄒海鵬那一關？」

聽韓明強這樣說，張新生和劉天華都使勁點了點頭。

不過，兩人雖然臉上對韓明強的意見表示肯定，心中卻多了幾分疑慮。因為以前柳擎宇沒有來的時候，韓明強採取的每一個佈局都可以說是完美無瑕，都能成功，成功地趕走了一個又一個局長，但是自從柳擎宇上任之後，韓明強的佈局接連失敗，這讓他們對韓明強已經不再像以前那樣充滿信心了。

半個小時後，黨組會準時開始。

這一次會議，韓明強沒有再像以前那樣最後一秒才趕到現場。因為上次柳擎宇說得非常清楚，只要他到場就會開會，他也只能按照規矩，提前三分鐘左右趕到現場，以免落在柳擎宇的身後。

柳擎宇坐在主席位上，目光從在座眾人臉上一一掃過，隨後說道：

「各位同志，我們今天召開這次黨組擴大會議的議題，龍翔同志應該已經通知大家了，主要是要重點討論一下問責制的落實問題。

「我相信大家都應該已經聽說了，在我們城管局主管的工作範圍內、在城鄉結合部的垃圾掩埋場現場發生了群眾事件，而導致這起事件的主要原因，就是垃圾掩埋場的污染問題。在這裡，我想問一問，誰是負責環衛所的？這個人來了沒有？」

柳擎宇說話的時候，連正眼都沒有看鍾天海一眼。因為自從發生了垃圾掩埋場事件後，柳擎宇就意識到鍾天海這個環衛所所長百分之百是韓明強的人。

環衛所負責全縣城垃圾處理、清運工作，對垃圾掩埋場這麼重大的項目不可能不知道，而老百姓的反對意見他也不可能不知道，但是，鍾天海卻從來沒有向自己這個局長提起和彙報過。

雖然每次的黨組會議上，鍾天海都以一種中立的姿態出現，但是在發生群眾事件這麼大的事情的情況下，鍾天海竟是直接向韓明強彙報，而不是向自己彙報，柳擎宇便完全確認了鍾天海這枚韓明強隱藏得極深的棋子。

柳擎宇非常生氣，所以柳擎宇回來後立刻召集本次會議。

鍾天海訕訕一笑，站出來說道：「柳局長，環衛所是我負責的。」

柳擎宇假裝才知道一樣，露出一副震驚的表情說道：

「哦？原來是你負責的啊，鍾同志，有一點我想不明白啊，為什麼垃圾掩埋場這個手續不全、民怨極大的項目，你這個負責人從來沒有向我彙報過呢？如果你提前向我彙報了這個情況，也許今天這起事件就不會發生了。你能給我解釋一下，到底是什麼原因讓你一直把這件事情向我隱瞞嗎？」

鍾天海愣住了。他本來以為這次會議只是學習一下縣委有關問責制的講話精神，沒有想到會議一開始，柳擎宇便將矛頭指向了自己。不過身為黨組成員，鍾天海對柳擎宇並沒有太懼怕。他穩定了一下情緒，沉聲道：

「柳局長，說起垃圾掩埋場這個項目，很是複雜啊，你也知道，這種項目根本不是我們城管局影響得了，也不是我們管得了的，我們環衛所只負責往垃圾掩埋場裡面傾倒垃圾，別的是不管的，而且，我也沒有想到這件事會發展到這種程度，畢竟這應該是環保局或者縣政府那邊負責的啊。所以我認為根本不需要向您彙報。」

鍾天海是個十分狡猾之人，他預感到形勢不妙，立刻使用推卸責任大法，想要把責任推出去。

這原本是一招好棋。然而，他忘了他的對手是柳擎宇。

柳擎宇聽完，臉色一寒，冷冷道：「哦？照你的意思，你對老百姓對你們環衛所傾倒垃圾十分反感是不知道了？」

現場一片沉寂，所有人的目光全都看向鍾天海。

有些聰明人已經意識到柳擎宇這句話話裡有話啊！

大家跟柳擎宇一起開會的次數多了，都認識到這位年輕局長詞鋒之犀利。他的話裡往往蘊含著讓人不易覺察的陷阱。

此刻，鍾天海也頭疼了。自己到底應該如何回答呢？

鍾天海猶豫不決。

柳擎宇的目光一直定格在鍾天海的臉上，等候著他的回答。

時間一分一秒地過去，氣氛變得越來越凝重。

「怎麼？鍾天海同志，這個問題很難回答嗎？」柳擎宇質問道。

鍾天海只能硬著頭皮說：「柳局長，我對老百姓的意見的確不知情。」

柳擎宇猛的一拍桌子，怒聲道：

「鍾天海同志，你身為環衛所所長，竟然對所主管的工作如此不負責任，對老百姓反應如此激烈的事情一點都不知道，看來你並沒有把精力和心思用在工作上啊。這樣可不行啊！如果再發生這樣類似的群眾事件，恐怕我們城管局的領導層都得被免職了。」

說到這裡，柳擎宇話鋒一轉，看著眾人說道：

「這次我從垃圾掩埋場回來之前，特地向縣委書記夏正德同志、縣長賀光明同志請示，他們同意我對這次事件中處置不力的官員進行問責，經過今天的會議，我想結果已經非常清楚了，環衛所所長鍾天海同志由於對工作極其不負責任，以及在這次事件中不夠積極，並且沒有及時向上級領導進行彙報，以至於讓這起事件越鬧越大，我提議啟動問責機制，對鍾天海同志進行問責，並把結果彙報到縣委有關領導那裡。大家對此有沒有意見？」

柳擎宇話音剛落，韓明強便立刻反駁道：

「柳局長，我認為這樣處理鍾天海同志有些太重了啊，你應該也知道，環衛所是我們所有直屬部門裡工作最辛苦的一個，他每天忙裡忙外的，總是考慮著如何確保縣城整潔，如何盡快把垃圾運走，對於垃圾掩埋場那個項目有所忽略也是可以理解的，就算他有錯誤，也沒有必要處理得如此嚴厲吧？這樣下去，誰還敢在城管局工作啊？」

張新生立刻跟著說道：「是啊，柳局長，這種處理太嚴厲了，太讓同志們心寒了，您身為城管局局長，應該想辦法維護手下才對啊，怎能主動提議去處理屬下呢？」

柳擎宇冷冷地回道：

「韓明強同志，張新生同志，對於你們的意見我並不認可，我們城管局是什麼部門？我們是為人民服務的部門，我們的每一項工作都關係到老百姓的生活安定、幸福指數，都關係到老百姓對於縣委縣政府的滿意程度，每一個在位的幹部都應該做好本職工作，並且及時向領導、縣委縣政府彙報老百姓所反映的各種意見，如果連這最基本的工作都做不到，這個幹部還稱職嗎？

「而我身為局長，為什麼要庇護一個工作不認真負責的手下呢？那樣豈不是成了官官相護了嗎？那樣的話，老百姓的意見誰去受理？老百姓的切身利益誰去保證？如果你們是為了老百姓的利益而得罪了人、出了一些事情，我柳擎宇絕對會據理力爭，毫不猶豫地庇護你們，但是，如果你們是因為工作不力受到處理，我為什麼還要庇護呢？

「至於韓明強同志所說的，有些幹部因為處理嚴厲了就不敢在城管局工作下去了，那麼我可以直接告訴這樣的幹部，你不願意幹下去，我柳擎宇歡迎你調走或者辭職，因為城管局需要的是敢於承擔，有工作責任心的幹部，不需要那種拈輕怕重、水準差還挑肥揀瘦的幹部。城管局**不是利益場，不是一塊肥肉，而是國家部門**，身為國家幹部，就必須努力做好本職工作，做不好，就應該受到問責。好了，其他同志還要什麼意見嗎？」

林小邪突然從手提包內拿出一份文件遞給柳擎宇，說道：

「柳局長，您看一看，這是我最近接到的環衛所工作人員的舉報，說鍾天海同志在環衛所的經費上涉及貪污、挪用，尤其是涉嫌用環衛所的車輛去為房產企業運送各種垃圾、廢棄物放進垃圾掩埋場內，而縣城很多應該運出去的垃圾卻經常延遲、滯後，導致民怨極大，我是今天剛剛收到這份資料。」

滿場皆驚。一直猶如隱形人般的林小邪竟突然在這個最關鍵的時刻拿出這麼一份資料，這簡直是一擊致命啊。

柳擎宇接過林小邪遞過來的資料看了起來。

會議室所有人的臉色都顯得十分凝重。他們不知道林小邪提供的資料到底有幾分真實性，對林小邪這位主管紀律的黨組副書記不得不高度重視起來。

這位副書記不出手則已，**一出手就直接致命**啊，這樣的人絕對是厲害之人啊。以前大家看到林小邪總是笑呵呵的，也沒有什麼實權，再加上異常低調，所以對他根本就沒有多少重視，也沒有誰會去他那裡彙報工作。這次，眾人不得不重新審視林小邪了。

柳擎宇其實用不了一分鐘就把資料看完了。但是他看得很慢，整個會議室靜悄悄的，大家都屏息凝神地看著柳擎宇，心中也都有些忐忑不安。

此刻，心情最糟糕的要屬鍾天海了，他本來想要藉由這次事件協助韓明強扳倒柳擎宇，這樣自己就可以晉升為副局長，這是韓明強答應他的。他雖然也是黨組成員，是副科級，但畢竟不是副局長，沒有多大權力，所以他一直很不甘心。

萬萬沒有想到，柳擎宇竟奇蹟般地解決了這次群眾事件，而且直接把矛頭對準了自己，他心裡非常清楚，林小邪所說的那些事情都是事實。

柳擎宇看完資料之後，臉色嚴峻地看了鍾天海一眼，然後當著眾人的面撥通了縣紀委書記楊劍盛的電話：

「楊書記，您好，我是柳擎宇。」

電話那頭，傳來楊劍盛爽朗的笑聲：「小柳啊，有什麼事嗎？」

「楊書記，我向您彙報一件事情，我們縣城管局的黨組副書記林小邪同志收到了一份舉報資料，舉報環衛所所長鍾天海同志涉嫌貪污、受賄等問題，這份資料我剛剛看了，證據十分翔實，您看您是不是派紀委工作人員過來協調一下？」柳擎宇沉聲道。

楊劍盛對柳擎宇和市紀委書記孟偉成的兒子孟歡之間的關係非常清楚，孟歡之所以能夠晉級鎮委副書記，柳擎宇的大力推薦起到了很大的作用。而他是把孟歡當成侄子來看待的，所以接到柳擎宇的電話，他立刻笑著說道：

「好，沒問題，我馬上派兩路人馬過去，一路人馬立刻核實資料，另外一路人則請鍾同志到我們縣紀委來喝杯咖啡，同他好好聊一聊。嗯，林小邪同志的工作做得很到位嘛，值得表揚。」

電話掛斷了，現場所有人再次看向柳擎宇和林小邪。

韓明強雖然料到了柳擎宇可能會對鍾天海出手，卻沒有想到柳擎宇出手這麼狠辣，一點迴旋的餘地都沒有給他留，而且直接動用了紀委前來辦案，這對在座所有人的震懾作用是相當強的。

更讓在座眾人感覺到不可思議的是，柳擎宇在電話中強調是林小邪的功勞，柳擎宇這種不貪功的做法贏得了很多人的欣賞和讚譽。而林小邪能夠讓縣紀委書記特別讚揚，今後的仕途之路也多了幾分坦途。

韓明強知道，自己又敗了，心中非常不甘，已經開始策劃起新的陰謀來，然而，他萬萬想不到，今天的會議僅僅是剛開始，柳擎宇更加鐵腕的手段還在後面呢。

鍾天海的身體鬆垮垮地縮在椅子上，頭低了下去。

紀委的效率非常高，不到二十分鐘，工作人員便出現在會議室，鍾天海直接被帶走了。

等一切都塵埃落定之後，柳擎宇再次一掃過眾人的臉，接著看向林小邪和陳天林，問道：「林小邪同志，陳天林同志，現在裁減協管人員的工作進行得怎麼樣了？」

陳天林報告：「我這邊第一波裁減人員名單在年前就公佈了，被裁減人員，我已經聯繫了縣就業扶助中心，協助他們另外就業。」

林小邪接著說道：「此外，第二批的裁減人員名單也出來了，準備今天和第二批裁減人員進行談話後，就把他們的資料轉到就業中心輔助就業。」

柳擎宇點點頭：「好，協管人員裁減一事到現在為止，基本上大局已定，現在我再宣布最新的整改事項：為了確保城管局執法大隊隊伍的單純性和穩定性，以及所有城管人員都能夠文明執法，認真工作，我決定實施全新的考核制度，綜合平時的工作狀態、出勤率，以及老百姓的口碑等多方因素來作評估。

「從今以後，凡是執法大隊的工作人員，不管是在編的，還是不在編的，都將實施統一的考核標準，每年統計一次，每年各有兩名淘汰名額，誰的評分排名倒數，就將被淘汰，永不錄用。」

柳擎宇說完，現場再次沉默下來。

大家都知道柳擎宇早有對城管局大力整頓之心，但是之前一直是小打小鬧，就算是裁減協管也是分批進行，誰都沒想到，春節剛過，柳擎宇便再次強勢出手了，而且針對的還是在編人員，這一招不可謂不狠。

尤其是在編人員可不像是協管人員那樣，光是有錢或者有些小關係就可以進來。在編人員哪個背後都有很強勢的關係，至少也是科級領導的後臺，而柳擎宇不過是個正科級的領導而已，竟然敢如此大刀闊斧整頓，難道就不怕招人記恨嗎？

這時，柳擎宇再次發言了：

「我知道，這次整頓會遇到許多阻力，但是我仍然會堅決推動對城管局的整頓，因為我們景林縣城管局已經積弊甚久，之前多次群眾事件以及輿論惡評都和我們城管局有著密不可分的關係；夏書記和賀縣長也很認同我的想法，對大力整頓十分支持。所以，在這裡我要鄭重地警告一下咱們局裡的某些同志，不要試圖螳臂當車，否則後果自負。」

柳擎宇的目光特地向韓明強的方向看了一眼，和韓明強對視了兩秒鐘這才移開，眼神中充滿了警告。

韓明強原本真的想要站出來和柳擎宇唱反調的，但是被柳擎宇一瞪，又縮回去了。因為他聽到柳擎宇說夏正德和賀光明已經支持他了，這時候唱反調等於是自己伸出臉來讓柳擎宇打，與其那樣，不如暗地裡下絆子；至於柳擎宇的警告，韓明強直接無視了。

「開玩笑，你不讓暗地裡下絆子我就不下啊？難道我還明目張膽地和你對著幹？我又不傻！哼，柳擎宇，你儘管折騰吧。」韓明強心中暗道。

散會後，韓明強、劉天華和張新生三人再次齊聚在韓明強的辦公室內。

劉天華陰沉著臉說道：「老韓啊，你發現沒有，現在柳擎宇在局黨組會議上的威望越來越高啊，以前柳擎宇說話的時候，支持的聲音很少，現在他的意見，支持的聲音越來越多，現在鍾天海被拿下，也不知道會是誰來取代他的位置，我們在黨組會上的發言權已經越來越小了。尤其是這次柳擎宇竟然連執法大隊正式在編人員都開始實施末位淘汰制了，這樣一來，那些在編人員為了能夠留下，肯定會想辦法向柳擎宇靠攏的，形勢對我們來說越顯嚴峻啊。」

張新生也說道：「是啊，我們必須出重拳，儘快將柳擎宇給擺平了，否則等到他的權威日漸擴大，我們的空間越來越小，將來柳擎宇很有可能全面掌控城管局啊。」

韓明強嘿嘿冷笑道：「上次我不是跟你們說過了嗎？擺平柳擎宇的事我已經在策劃了，而且保證他這一次栽個大跟頭。至於那些執法大隊的人和剩下的協管人員，你們更不必擔心。哦，對了，等林小邪那邊宣布剩下人員名單之後，你們通知下去，告訴所有剩下的協管人員，就說今天晚上在『錦繡大酒店』我請他們吃飯。

「對這些人，我們只需要略施小恩小惠，威逼利誘一番，他們就會見風使舵的。畢竟我們都是副局長，想找個藉口收拾他們，甚至砸了他們的飯碗，是很輕鬆的。最不濟也不能讓他們向柳擎宇靠攏。」

劉天華和張新生點點頭。雖然他們對韓明強的信任度越來越低，但是他們知道，沒有韓明強的支持，他們的位置就更加不穩固。權力將會更加縮水，為今之計，只有步步緊跟韓明強，爭取幫助韓明強擺平柳擎宇才行。

下午三點左右，林小邪那邊公布了裁減人員名單。

這個結果可謂是幾家歡喜幾家愁。被裁的人愁眉苦臉，留下的人笑顏逐開，雖然未來還要面臨淘汰的壓力，但是看到那些被裁的人，心裡就充滿了優越感。也開始盤算著是不是要想辦法向柳擎宇那邊靠一靠。

不過，很快這些留下來的協管人員便接到了通知，說是今天晚上，副局長韓明強、劉天華、張新生在錦繡大酒店設宴款待眾人。

這讓他們有些受寵若驚，有些聰明的人猜想到韓明強宴請他們的目的，但是沒有人敢拒絕。

宴會上，一向高高在上的韓明強、劉天華和張新生三人放下了身段，和眾人開懷暢飲，稱兄道弟，在這種攻勢下，不少人都向他們表示了忠心，畢竟對這些沒有靠山的人來說，能夠有副局長願意拉你一把，是十分難得的事。

經過這次宴會之後，韓明強三人在執法大隊這些協管人員心中的地位再次超越了柳擎宇。

第二天上午，剛上班，龍翔便來到柳擎宇辦公室，把昨天晚上韓明強宴請協管人員的事向柳擎宇報告了。

「局長，韓明強他們明顯是摘桃子啊，我們這邊辛辛苦苦把那些不合格的協管都給剔除了，剩下的這些都是肯認真工作的，結果他們一頓飯就被拉攏了過去，這也太陰險無恥了。我們必須出招才行啊！」

聽了龍翔的抱怨，柳擎宇淡淡笑道：「出招？不需要！對付韓明強這一招，咱們只需要出一張公告就可以了。」

「一張公告？」龍翔有些不解地看著柳擎宇。

柳擎宇笑道：「對，就是出一張公告！由於裁減了將近三分之二的協管人員，節省了很多財政資金，為了確保剩餘的協管人員能夠高品質、高水準地完成工作，局裡將會拿出一部分資金對工作出色的協管人員進行獎勵，獎勵人數為現有人數的三分之一；也就是說，考核排名前三分之一的人可以得到這筆獎金，獎金金額是普通協管人員獎金的一倍。而且考評工作由你們辦公室負責，由局紀委進行監督，這份公告，你先送給各位黨組成員看看有沒有異議，等他們簽字之後，今天就可以貼出去。」

說著，柳擎宇拿出一份自己印出來的公告遞給龍翔。

拿著這份公告，龍翔大嘆道：「局長，該不會是你早就料到韓明強會採取這種手段來拉攏那些協管人員了吧？」

龍翔相信，這份公告一旦發出去，韓明強昨天辛辛苦苦忙碌一晚上的成果立刻就會化為烏有！

畢竟在真金白銀的誘惑面前，誰抵抗得住呢？誰不想拿到這份獎金？那麼誰可以決定你拿到這份獎金？辦公室啊！辦公室主任是誰？龍翔！龍翔是誰？柳擎宇的死忠嫡系。

最重要的是，這份公告的出發點是激勵協管人員把工作做好，任何人都不可能反對的，也就是說，這份公告百分之百會貼出去。

龍翔對柳擎宇頓時甘拜下風，這位局長雖然年輕，但是手段實在是太犀利了。

柳擎宇笑著搖搖頭：「我可沒有那麼神！我沒有想到韓明強真的會做出這種舉動來，

當初我設計裁減三分之二協管人員的時候，就已經把這份公告設計好了，畢竟做什麼事都不能只罰不獎，**獎懲結合才能達到最佳的效果。**」

龍翔佩服道：「現在，我真的有些憐憫韓明強了。」說著，拿著那份公告走了出去。

龍翔先等其他黨組成員都簽字確認後，這才拿著公告找到了韓明強。

韓明強看到這份公告，當時臉色就沉了下來，眼神也有些呆滯了。心中那叫一個氣啊！這份公告一出，昨天晚上他喝了那麼多酒，廢了那麼多心思，還有掏的那麼多錢全都白費了。

柳擎宇這不是玩自己嗎?!

然而看到大家都簽字了，他不簽也不合適，只能憤怒地簽上字，然後把公告丟給龍翔，恨聲說道：「龍翔啊，以後有這樣的公告早點拿出來。」

龍翔陪笑道：「好的，好的，以後我會儘快給您拿過來的。」說完，便拿著公告飄然而去。

等龍翔離開後，韓明強氣得將茶杯狠狠地摔在地上，怒聲道：「柳擎宇，你真是欺人太甚了！我和你沒完！」

走出韓明強辦公室的龍翔聽到韓明強辦公室內傳來的杯子碎裂聲，笑了。他知道柳擎宇的這一招實在是太妙了，相當於直接打韓明強的臉，打得他又疼又無奈。

此刻，韓明強點燃一根菸，站在窗口，一邊大口抽菸，一邊思考接下來要採取的行動。

殊不知，在韓明強盤算著扳倒柳擎宇的終極計畫時，柳擎宇在他的辦公室裡，也站在窗前，嘴裡叼著根「鑽石牌」軟中國紅香菸在那裡抽著。

每當柳擎宇思考重大問題的時候，就喜歡點根菸，在繚繞的菸霧中尋找解決問題的思路。

時間一分一秒地過去，柳擎宇眼神漸漸變得銳利起來，韓明強所做的每一件事，點點滴滴在他的腦海中浮現，柳擎宇的殺氣也越來越盛。

「不行！絕對不能容忍韓明強繼續胡搞下去！必須儘快把韓明強擺平才行！否則的話，城管局這個爛攤子將會越來越難以收拾。我已經給了他這麼多明示暗示了，讓他老實一些，但是這傢伙竟然不斷用各種手段給我製造麻煩，甚至想將我從局長的位置上趕下去！是時候對他採取更加強硬的手段了。」

想到此處，柳擎宇撥通了龍翔的電話：

「龍翔，明天一上班，你就通知所有黨組成員到會議室開會，說我已經確定了被裁減副局長的人選，將會在明天早晨的黨組會上宣布。」

龍翔聽了一愣，「局長，要不我現在就通知他們吧？」

「不用，明天通知就行。」柳擎宇指示道。

聽著電話裡嘟嘟嘟的忙音，龍翔突然眼前一亮，他有些明白柳擎宇為什麼堅持要明天才通知那些黨組成員了。

想明白這個原因，他心中對柳擎宇更加欽佩了。不得不說，這個年輕的局長**手腕夠鐵，城府夠深，出招接連不斷，讓人目不暇接，招招疼到肉。**

他已經可以想像到，等到明天黨組會召開後，韓明強的臉色會是一個什麼樣子。韓明強到底做好心理準備了沒有？

與此同時，龍翔也在心中分析著，明天將會被裁減的副局長到底是誰呢？

韓明強的確沒有做好心理準備。

當第二天韓明強接到龍翔的通知，說是要宣布被裁減的副局長人選時，他再次把新添的水杯給摔了。

韓明強本以為柳擎宇說要裁減副局長只是一個威懾和恫嚇而已，就算真的要實施，也得再等幾個月，畢竟柳擎宇到城管局才多長時間啊。他怎麼也沒有想到，所有的工作都還沒有步入正軌呢，柳擎宇竟然真的要對副局長動手了！

韓明強用腳趾頭也能猜到柳擎宇絕對是要對自己的嫡系人馬動手。

接到這個通知後，劉天華和張新生幾乎同時來到韓明強的辦公室內，兩人臉色十分難看，心裡十分清楚，柳擎宇召開這次黨組會針對的絕對是他們。

沉默良久後，劉天華出聲道：「老韓，現在怎麼辦？柳擎宇竟然真的要裁減副局長了，難道就真的讓他亂搞下去嗎？」

「是啊，老韓，一旦我們之中有一個人被裁減，你在黨組會將會徹底失去優勢啊！」張新生加重語氣道。

韓明強臉色也十分難看，沉思了一會兒，這才說道：「我現在立刻給賀縣長打個電話。」

「賀縣長，柳擎宇要裁減我們城管局的副局長，您看這件事情是不是太草率了啊，他才到我們城管局多久而已，局裡的情況還沒有弄清楚呢。而且，這麼重大的事情，怎麼著也得由您和縣委班子來決定吧？」韓明強挑撥地說道。

就聽電話那頭傳來賀光明堅定的聲音：

「老韓啊，這件事柳擎宇在剛前往城管局的時候，就已經和夏書記和我說好了，我們的態度是不干涉柳擎宇在城管局的整頓，只要他能夠確保城管局步上正軌，少出一些類似垃圾掩埋場這樣的事，我和夏同志就心滿意足了。如果柳擎宇不行的話，他會主動辭職的。嗯，就這樣，我這邊還有一個會議要參加。」

說完，賀光明便掛斷了電話。

掛斷電話後，賀光明嘴角露出一絲冷笑，心中暗道：

「韓明強啊韓明強，你以為你有一個副市長哥哥站在身後就可以為所欲為了嗎？這次垃圾掩埋場的事不是你精心佈局的嗎？馬宏偉難道不是你動用關係給請來的嗎？他怎麼會那麼巧上班第一天就到我們景林縣來視察？這回你把我都給設計進去了，還想把我當槍使，你以為我賀光明是吃素的嗎？有啥本事你和柳擎宇對掐去吧，想要我出面幫你？門都沒有！」

韓明強哪裡知道，他機關算盡，這一次垃圾掩埋場事件，賀光明徹底認清了他的醜惡嘴臉，下定決心與他劃清關係；而他對柳擎宇的認識也越發深刻，他有些明白為什麼夏正德對柳擎宇那麼看重了，因為這個柳擎宇的確很有才華，能夠把垃圾掩埋場那麼嚴重的問題輕鬆擺平，這種眼光和手段，就連自己這個官場老油條都要服氣。所以，他開始準備調整對待柳擎宇的策略了。

賀光明雖然是鄒海鵬和董浩兩人聯手才被調到景林縣擔任縣長的，但是和薛文龍的風格不一樣。薛文龍太過於囂張，賀光明卻是穩紮穩打，步步為營。他非常清楚鄒海鵬和董浩把自己調來景林縣的目的，就是牽制夏正德，以免他掌控大局，但是在對待柳擎宇的問題上，他的觀點卻和鄒海鵬、董浩他們不同。

一開始他受到兩人的暗示，再加上韓明強從中推波助瀾，讓他對柳擎宇接連出手，但是當他看到柳擎宇越發強勢，手段那麼多，眼光那麼深遠後，他便意識到，柳擎宇的強勢崛起根本就不是自己能夠阻擋的。

此外，柳擎宇的身後不僅站著夏正德，還有蒼山市市委書記王中山，否則鄒海鵬之子鄒文超又怎麼可能被抓進監獄？連鄒海鵬那樣強勢的人都保不住自己的兒子，他又何必為了所謂的提攜之恩非得和柳擎宇死磕呢？

再加上韓明強這次竟然把他也給算計進去了，讓他十分不滿，所以他決定徹底放棄韓明強。也暗暗下定決心，對鄒海鵬等人要自己收拾柳擎宇的指示陽奉陰違，絕對不能和柳擎宇結怨太深，否則一旦以後柳擎宇飛黃騰達了，自己就真的得不償失啦。

韓明強聽著電話裡的斷訊聲有些呆住了。賀光明竟如此不給自己面子，一點為自己出頭的意思都沒有！他也只有滿臉苦澀地看向劉天華和張新生，說道：

「對不起了，二位，賀縣長不願意出頭，恐怕我們很難阻止柳擎宇了。」

劉天華和張新生對視一眼，臉上表情越顯慘白。

十點整，柳擎宇不慌不忙地來到會議室。

會議室內所有黨組成員全都到位了，整個會議室鴉雀無聲，氣氛顯得十分低沉，所有人的目光全都看著柳擎宇。

從今天開始，城管局的真正掌控者將會換人。以前韓明強一家獨大，這次的裁減結果，將會徹底改變整個景林縣城管局的大局。

柳擎宇坐下之後，淡淡地掃了眾人一眼，沉聲道：

「下面，我宣布被裁減的副局長為——」

柳擎宇說到這裡，頓了一下，看了眼陳天林，陳天林的心嚇得噗通噗通地劇烈跳動起來。

沒想到柳擎宇看了他一眼之後，目光又看向了劉天華，這下換劉天華的腦門冒汗了，雙腿不停地打著哆嗦，豆大的汗珠順著額頭劈里啪啦地往下直掉。

看到柳擎宇的作態，一旁的張新生興奮起來，心想這次被裁減的人一定是劉天華，他終於躲過了這一劫，臉上不覺露出一絲微笑。

然而，就在這時候，柳擎宇的目光從劉天華的臉上轉移開來，最終定格在張新生的臉上，宣布道：

「被裁減的副局長為張新生同志！從現在起，免去張同志在城管局內的所有職務，另有任用。同時，鍾天海同志由於貪污受賄證據確鑿，已經被雙規，進入司法程序，所以他回不來了，我提議鍾同志的職務由劉天華同志來接任，劉天華同志不再擔任副局長的職務，但依然是黨組成員。副局長職務暫時由龍翔同志來擔任，龍翔同志依然兼任辦公室主任。

「職務調動隨後我會向上級領導報批，等正式批准會進行公告。同時，我會在半個月後，對副局長們以及各黨組成員的分工進行調整，大家有什麼專長和想法，都可以到我這裡來聊一聊，我會在充分徵求大家意見之後，對分工做出最終的調整。好了，散會吧。」

說著，柳擎宇站起身來向外走去。

柳擎宇離開了，辦公室內一片沉寂。

如此短暫的會議上，柳擎宇竟然宣布了如此重量級的消息：裁減一個副局長，提升龍翔為副局長，把劉天華調離副局長職務，再加上黨組成員分工調整，也就是說，柳擎宇這一系列組合拳打出之後，誰也不能保證自己會被分配主管哪個領域。

最重要的是，這件事的主動權掌握在柳擎宇的手中。此時此刻，所有人才意識到，柳擎宇這個一把手的權力竟然那麼大。雖然韓明強以常務副局長的身分稱霸了許久，但是現在，**城管局的一把手是柳擎宇！**

是實實在在的一把手，是可以掌控他們命運的一把手！

一把手就是一把手！

韓明強這個二把手再狂再傲，很多東西他做不了主。柳擎宇才是真正強勢的鐵腕局長。從今以後，韓明強再也無法和柳擎宇正面抗衡了。因為他的所有嫡系人馬全部被打散或者拿下。

這個年輕的局長在短短不到幾個月的時間，竟然將韓明強徹底給壓制了下去，不管是核心部門財務部，還是業務核心部門執法大隊，全都在柳擎宇的掌控之下。

而龍翔的上位，更是讓所有人看到投靠到柳擎宇陣營所帶來的巨大好處。他們現在才佩服龍翔的明智選擇，此刻看向龍翔的目光也不一樣了，因為他們知道，從今以後，城管局內，龍翔將會成為新的權貴人物。

因此龍翔身邊一下子圍上來好幾名黨組成員，眾人紛紛恭喜龍翔，有的還邀請龍翔吃飯，不過對所有的宴請，龍翔全都拒絕了，他的回答是來日方長；並且謙虛地表示自己還只是代理副局長的職位，真正的任命並沒有下來。

看到龍翔的低調，眾人對龍翔更加佩服了。

散會之後，柳擎宇的辦公室立刻熱鬧起來。辦公室外面，前來彙報的人一個接著一個，以至於龍翔不得不親自在柳擎宇辦公室外面坐鎮，以便維持秩序。

人，就是這麼現實。現實，就是這麼殘酷。

幾家歡樂幾家愁。柳擎宇這邊門庭若市，韓明強那邊卻門可羅雀。

韓明強鬱鬱寡歡地獨自回到辦公室，劉天華這次沒有跟在他的後面，而是回去自己的辦公室，過一會兒，確定韓明強已經走回辦公室後，他才厚著臉皮來到柳擎宇辦公室外面排起隊來。

韓明強的時代已經過去，柳擎宇的時代到來，他決定拋棄韓明強這輛戰車，準備轉換陣營了。他的心中非常忐忑，不知道柳擎宇會不會接受他的投誠。

……

韓明強回到自己辦公室後，鐵青著臉拿出手機開始撥打電話。他決定立刻啟動最終決戰，徹底把柳擎宇從局長的位置搞下去。

此刻的韓明強對柳擎宇算是恨之入骨了。最讓他感到憤怒的是，自己的嫡系人馬竟然全被柳擎宇一一分化瓦解，現在自己幾乎成了光桿司令了。

尤其是剛才他接到內線人員打來的電話，說劉天華竟然也在柳擎宇辦公室外排隊等候彙報，這更讓他感到憤怒異常。

電話很快接通，傳來一個十分低沉的聲音：

「韓局長，你好，怎麼突然想起給我打電話來了？」

韓明強沉聲道：「周鵬，我要你辦一件事，如果辦成了，以後所有景林縣的拆遷工作都會交給你們鵬飛集團來做。」

「韓局長，據我所知，您在城管局內的威望越來越差了，即便是以前，你也只給了我們一半的業務而已，難道你現在都快成光桿司令了，反而能夠帶給我更多的資源不成？」周鵬語帶嘲諷地說。

韓明強冷笑道：「周鵬，不要忘了你們鵬飛集團是如何起家的，沒有我，你現在不過是一個小混混而已！我再怎麼光桿，以我常務副局長的位置，想要收拾你們一個小小的拆遷公司還是很輕鬆的。別忘了，咱們是一根繩上的螞蚱，一榮共榮，一損俱損，怎麼，難道看我現在勢力下降，你也想要落井下石不成？」

周鵬忙陪笑道：「韓局長，看您這話說的，我周鵬怎麼是那樣的人呢！我是個懂得感恩的人啊，當年沒有您培養我、提攜我，怎麼可能有今天的我，您說吧，想讓我怎麼做？」

韓明強滿意地道：「好，等的就是你這句話！在吩咐你辦事之前，我也給你交個底，如果這件事情做成了，很有可能柳擎宇城管局局長的位置不保，到時候，有我哥這個副市長在後面撐腰，我晉級成為局長是板上釘釘的，只要我當了局長，景林縣縣城拆遷工作就全都歸你了。而且從今年開始，舊城改造項目也將會陸續啟動，到時候的業務量將會非常之大，絕對讓你賺錢賺到手抽筋。」

周鵬雙眼放起光來，對舊城改造的事他也聽說了，此刻聽韓明強這樣承諾，他知道韓明強已經到了背水一戰、破釜沉舟的時候了。

萬一韓明強敗了，自己這個靠韓明強吃飯，和韓明強已經組成利益共同體的拆遷公司老闆，下場恐怕也好不到哪裡去。

他非常清楚一朝天子一朝臣的道理，更清楚有利益的地方就有紛爭，而拆遷是成本最小、利潤最高的暴利行業，誰都想要插一槓子，所以，他只能和韓明強綁在一起。

所以，周鵬立刻表態道：「韓局長，你放心吧，不管你吩咐我做什麼事，哪怕是殺人放火，我周鵬也不皺一下眉頭。」

韓明強呵呵笑道：「殺人放火倒不用，只不過需要你承擔一些風險而已，因為這一次，我們絕對是火中取栗。我們要對付的不僅僅有柳擎宇，還有鄒文超、馬小剛、包曉星、董天霸和徐海濤。怎麼樣，現在害怕了嗎？」

聽到鄒文超、馬小剛這幾個衙內名字的時候，周鵬的腿有些打哆嗦。然而，經過一番思索後，他毫不猶豫地牙一咬，心一橫，握緊拳頭說道：

「韓局長，你儘管吩咐，我周鵬絕無二話，只要你能夠兌現承諾，就算是跟天王老子敵對我也不怕。」

「好！很好。周鵬，我當初沒有看錯你！」韓明強小小地讚揚了周鵬一句，「其實，你也不用太過於恐懼，我們並不是真的要和鄒文超這些人作對，咱們的確不夠級別，我們可以利用他們來對付柳擎宇，柳擎宇才是我們真正的敵人，而你要做的事情，就是在他們之間製造矛盾……」

接著，韓明強把自己的計畫大體跟周鵬說了一遍。

周鵬聽完，長長地鬆了口氣，剛才他真的以為要和鄒文超他們這些衙內死磕呢，韓明強說完計畫後，他終於放心了。對這個計畫的成功也更有信心了，便拍著胸脯向韓明強保證，一定可以把這件事情做好。

第七章

雙強對峙

「低調和軟弱只是夏正德的表象，這個人城府極深，否則，薛文龍那麼牛的人，又怎麼可能一朝土崩瓦解呢？現在很多人都認為夏正德應該全面掌控景林縣大局才對，而不應該是現在這種和賀光明雙強對峙的局面。」

景林縣，海悅天地娛樂城正在進行大規模擴建。

雖然在進行工程，但是內部依然正常營業。此刻，娛樂城最頂級的包廂內，鄒文超、董天霸、包曉星、馬小剛、徐海濤五個人圍坐在酒桌旁，一邊抽著菸，喝著酒，一邊商量未來娛樂城的發展規劃。

董天霸舉起一瓶酒伸向鄒文超，說道：

「文超，今天這第一杯酒，我們大家敬你，恭喜你從監獄裡出來，你為我們兄弟扛起了所有的責任，大家都非常感謝你。

「你在監獄裡替我們大家受苦的時候，我們沒有忘記你，籌錢擴建了這個海悅天地娛樂城，我們要把這個娛樂城打造成以蒼山市為中心，輻射整個白雲省的頂級娛樂城，為此，還從銀行貸了九千萬，用於擴建、宣傳之用。

「雖然我們的宣傳工作才剛剛啟動，但是效果已經出來了，娛樂城現在的營業額已經超過了以前謝老六時期，可謂是日進斗金。我們兄弟幾個商量好，雖然你這次沒有出任何錢，但是在這個娛樂城裡照樣有你百分之廿五的股份，你是我們兄弟幾個中占股最大的一個股東。你在監獄裡所受的苦不會白受，兄弟們現在用最直接的方式來表達對你的敬意。來，乾了！」

說著，董天霸直接端起酒杯一飲而盡。

其他幾個也都一飲而盡。

鄒文超聽了董天霸這番話，心中微微有些感動。他曉得自己能夠以保外就醫的方式出來，董天霸的老爸董浩出力最大，現在董天霸他們竟然把這麼賺錢項目的百分之廿五的股份分給自己，還真是讓他非常吃驚。

自己雖然受了些苦，但是看到幾兄弟們給自己這種待遇，他認為值了，留著平頭的鄒文超也毫不猶豫地端起酒杯一飲而盡。

喝完，他看向幾個同伴，點點頭道：

「好，兄弟們夠意思，我鄒文超沒有看錯人，你們幾個值得交往，從今以後，咱們就是親兄弟了，大家有福同享，有難同當！來，這第二杯酒，我敬大家，祝我們財源廣進，生意興隆，早日滅掉柳擎宇！」

董天霸等人都舉起酒杯，異口同聲地說道：「好，財源廣進，生意興隆，早日滅掉柳擎宇！」

幾人豪氣沖天，再次一口乾掉所有的酒。

喝完這第二杯酒後，鄒文超看向董天霸，說道：「天霸，現在柳擎宇那邊情況如何？」

董天霸立刻陰沉著臉說道：

「好人不長命，禍害活千年啊，柳擎宇這個王八蛋在你進去之後這段時間，不知道使用了什麼手段，竟然逐漸在景林縣城管局站穩了腳跟，而且據我們剛剛得到的消息，柳擎宇把韓明強也給踩了下去，基本上徹底掌控景林縣城管局了。哼！柳擎宇是越來越囂張了。怎樣才能把他給滅了呢？要不我們出錢找殺手來滅了他？」

董天霸臉上殺氣瀰漫，他真的是恨透柳擎宇了。

鄒文超搖搖頭說道：「不行！這個辦法絕對不行，上次在新源大酒店的時候，我們已經讓丁禿子試過一次了，柳擎宇這傢伙身手相當厲害，不是一般人制服得了的，要是殺手再次失手，恐怕我們都得跟著完蛋！他的手段和能力我們不得不小心點。」

董天霸皺著眉說：「那我們怎麼對付他？難道就讓他這樣在我們眼前囂張地晃啊晃的？」

鄒文超陰陰笑道：「當然不！要是不把柳擎宇這個王八蛋給踩下去，我怎麼能一解心頭之恨呢！但是，有過前車之鑑，我們再行動就必須謹慎才行，我猜想柳擎宇已經得到市委書記王中山和市公安局局長鍾海濤的強力支持，所以，如果我們再用非常規的手段對付柳擎宇，就算是真的成功了，恐怕也很難把自己給擺脫出來。不要忘了，王中山和鍾海濤都是十分好面子之人。如果我們真的不管不顧，再次用非常規手段動了柳擎宇，恐怕他們就沒有上一次那麼好說話了。」

聽到鄒文超這樣說，董天霸和其他人臉色全都凝重起來。

馬小剛沉聲說道：「老鄒，那你說我們怎麼辦？」

鄒文超陰笑著說：「雖然我們不能採用非常規的手段對付柳擎宇，但是可以用官場的手法來收拾他，只要我們照規則操作，王中山和鍾海濤他們就算知道了也沒有脾氣。」

馬小剛不解地說：「官場的手法？怎麼玩啊？」

鄒文超笑道：「這個看起來有些複雜，而且一般人根本找不到門路，但是對我們來說卻輕而易舉。我已經有了一個初步想法，這個策略叫農村包圍城市。柳擎宇不是城管局局長嗎？那我們就想辦法把城管局內各個科室的負責人，甚至是一些關鍵位置的人全都給收買了，收集柳擎宇違法亂紀的證據。

「我就不信柳擎宇徹底掌控了城管局後不會犯錯，哪怕是抓到一點點的證據，以我們身後的這些關係，只要聯合起來，足以把柳擎宇從城管局局長這個位置上給揪下去。等到他不再擔任城管局局長了，看我們虐不死他！

「而且，我們也可以從與城管局有關的各個單位、部門去見縫插針，給予柳擎宇最大程度的掣肘，城管局想要錢？不給！想要政策？不給！總之一句話，只要柳擎宇在城管局局長位置上待一天，我們就要讓城管局無法正常運作！照這樣下去，用不了半年，柳擎宇就得乖乖從城管局局長位置上滾蛋！柳擎宇不是和賀縣長有過一年之約嗎？一年內他要是幹不好的話，直接自動辭職。」

聽了鄒文超的這個計畫，董天霸等人都使勁地點點頭，在他們這個圈子裡，鄒文超的頭腦是大家公認最好的，鄒文超不在的時候，眾人唯董天霸馬首是瞻，鄒文超在的時候，董天霸聽鄒文超的；尤其是這一次，鄒文超為了保住他們，當然也是為了自保，扛下所有的責任，更是讓眾人對鄒文超越發信任了。所以眾人全都表態，決定照鄒文超的意思去辦。

鄒文超得到眾人的支持，心裡也挺爽的，便意氣風發地給每個人一一分派任務，準備狠狠地踩下柳擎宇，以報當初一箭之仇。

然而，鄒文超他們萬萬沒有想到，就在他們算計柳擎宇的時候，在城管局內，有著和他一樣目的想要算計柳擎宇的韓明強，暗中把主意打到了他們身上。

鄒文超從監獄保外就醫出來的消息，雖然一般的老百姓不知道，但是對蒼山市官場的一些高層人士來說卻並不是什麼新聞，只不過大家都睜一隻眼，閉一隻眼罷了。

韓明強也從哥哥韓明輝那裡得知了鄒文超從監獄裡出來的消息，而且，他早就聽說董天霸等人正在大力擴建海悅天地娛樂城的事，最重要的是，海悅天地娛樂城原本就屬於違建，現在又大力擴建，就更加違規了。

他還打聽到，娛樂城擴建根本就沒有經過任何的審批手續，完全是非法擴建；此外，為了擴建，海悅天地還強行拆除臨近的八家商鋪和七間民房，又找了當地黑道對那些被拆的商鋪老闆和老百姓進行威脅，這些老百姓敢怒不敢言，十分鬱悶。

這回，韓明強為了搞定柳擎宇，連鄒文超他們都給算計上了。韓明強給周鵬出的招最狠的地方，就是要周鵬派人牽頭組織被強拆的那些老百姓，把事件給鬧大。這樣一來，柳擎宇和縣城管局馬上就會被送到風口浪尖。當然，同樣被送到風口浪尖的還有鄒文超他們。

蒼山市，市委書記王中山的辦公室內。

市公安局局長鍾海濤滿臉憤怒地把鄒文超出獄的消息向王中山報告著。

「王市長，董浩和鄒海鵬他們的膽子也太大了，鄒文超這才被送進監獄多久時間啊，他們竟然讓他以保外就醫的方式避開法律的懲罰，王書記，這樣對柳擎宇非常不公平。」

王中山臉色也顯得十分嚴峻，點點頭說道：「是啊，這兩個人實在是太囂張了，他們這樣做對柳擎宇非常不公平，從現在他們的行為來看，很顯然，他們之前已經達成了一些私下的協議啊。」

鍾海濤認同地說：「是啊，本來根據我們掌握的資料，可以推斷出在柳擎宇的事件中，董天霸、馬小剛也參與了，但是由於鄒文超把所有的罪責全都承擔了下來，我們掌握的證據也無法完全將這兩個人定罪，最終只能抓鄒文超一個，現在在董浩周旋之下，鄒文超又出來了，這算是怎麼一回事啊！法律在他們的眼中難道就只是一句空話不成？王書記，我們要不要深入調查一下，把鄒文超再給抓回來？」

王中山無奈地說道：

「老鍾啊，對你的意見我打心底裡是非常贊同的，對這種無法無天的舉動我們必須要嚴加制止，但問題在於，董浩是什麼人？鄒文超是什麼人？他們背後都有靠山啊，就算我們真的把鄒文超給抓回來了，我們蒼山市恐怕要承受巨大壓力。

「身為市委書記，我的任務是確保整個蒼山市的穩定，這是最重要的。而且你想想，董浩那個老狐狸又豈是易與之輩，他既然敢冒著偌大的風險把鄒文超給撈出來，在流程上、手續上絕不可能讓我們找出任何問題。甚至他們也許都留好後手了。」

鍾海濤面色不由得一沉，怒道：「那我們難道就眼睜睜地看著鄒文超逍遙法外？」

王中山眼中寒芒一閃：

「當然不行！不過，這件事我們必須講究策略！而且，**我們必須借勢**！透過這件事，狠狠地教訓一下鄒海鵬和董浩等人。」

鍾海濤一愣，問道：「借勢？借誰的勢？」

王中山淡淡一笑，說道：「借柳擎宇的勢。」

「借柳擎宇的勢？怎麼借？柳擎宇不過是一個小小的城管局局長而已啊？」鍾海濤再次愣住了。

王中山露出微妙的表情道：

「沒錯，柳擎宇的確是個小小的城管局局長，但是，他卻不是一個普通的城管局局長，這小子不僅頭腦靈活，手段強硬多變，應該是大有來頭。」

鍾海濤想了想，說道：「嗯，這我贊同，柳擎宇的確不簡單，對敵的時候似乎總有很多常人難以想像的後手，他的背景我根本看不透。」

王中山嘆說：「別說是你，就連我都看不透。你想想，如果是一般的人，發生新源大酒店那種事，怎麼可能引發省委書記震怒！又怎麼可能派出一個省委宣傳部部長親自帶領調查組下來調查？這規格是不是太高了啊。但是，柳擎宇似乎根本就不認識宣傳部部長，也不認識省委書記，這其中的內幕就很讓人深思了。

「不管柳擎宇的背景如何，我認為柳擎宇絕對不是一個簡單的人，而且就其本身所表現出來的能力和才氣，都值得我們大力培養。我已經得到消息，鄒文超回來後不久，竟然直接去了景林縣，很可能是要想辦法找柳擎宇報仇。

「不是我看不起他，跟柳擎宇鬥，他還嫩了點！我們儘管讓他去好了，等到鄒文超和柳擎宇在景林縣發生矛盾衝突後，事情鬧大，我們再介入，到時候看鄒海鵬和董浩他們怎麼收場！」

聽了王中山的這番分析，鍾海濤只能伸出大拇指來，讚嘆道：

「書記，還是你老謀深算啊，你想得也太遠了。不過，難道您就不擔心柳擎宇會敗給鄒文超他們嗎？據我得到的消息，鄒文超和董天霸、馬小剛、包曉星、徐海濤他們四個人又聚在了一起，他們五個合起來的力量，別說是在一個小小的景林縣了，就算是在我們蒼山市，一般人也不敢直面其鋒芒啊！」

王中山老神在在地說：

「說實在，我真的不怎麼擔心柳擎宇，因為我相信，以這小子的手段，就算他們五個人聯合在一起，也未必是他的對手。當然啦，也不是說柳擎宇百分之百能贏他們，畢竟包曉星、徐海濤他們在景林縣擁有深厚的背景，而且賀光明在很多時候也得看鄒海鵬和董浩的面子，我之所以對柳擎宇有信心，是因為夏正德。

「雖然夏正德在景林縣表現十分低調，甚至很多人都認為他十分軟弱，但是我的想法和大部分人恰恰相反，低調和軟弱只是夏正德的表象，這個人城府極深，就連我都有些發怵，否則，薛文龍那麼牛的人，聚攏了那麼龐大的實力，又怎麼可能一朝土崩瓦解呢？現在很多人都認為薛文龍垮臺了，夏正德應該全面掌控景林縣大局才對，而不應該是現在這種和賀光明雙強對峙的局面。」

鍾海濤頻頻點頭道：「嗯，我也有同感，按理說薛文龍倒臺後，夏正德應該輕易就可掌控大局了，為什麼到現在看起來，好像他根本沒有能力掌控大局？」

就在鍾海濤與王中山討論這個問題的時候，在景林縣，柳擎宇的辦公室裡。

柳擎宇正在和副縣長鄭博方通電話，電話中，鄭博方也對柳擎宇提出了同樣的問題，以此來考驗柳擎宇的政治智慧。

從上次在龍翔的引薦下見面後，柳擎宇和鄭博方之間的關係火速升溫，由於兩人年紀相差只有十來歲，在國際大勢以及經濟發展趨勢上的觀點十分相近，所以經常通電話，討論各種各樣的話題。

透過談話，兩人都各有收穫。尤其是在官場閱歷的積累上，柳擎宇從過鄭博方身上瞭解到很多自己忽略的細節，對一些政治手段的運用也有全新的感悟。

兩人的稱呼，也從客套的官銜到互以兄弟相稱。柳擎宇稱鄭博方為老鄭，鄭博方稱呼柳擎宇為擎宇。

這是柳擎宇進入官場後，在政治智慧上又一次階段性的跨越，這一步雖然無法和那些老狐狸相比，但是對柳擎宇來說，已是十分難得的跨越。因為身在官場，很多政治智慧並不是別人教的，而是自己體悟出來的。鄭博方的言傳身教起到了很大的作用。

即使是柳擎宇的老爸劉飛也不可能把自己為官的種種細節都告訴柳擎宇，因為那樣對柳擎宇並沒有什麼好處。他只是給兒子點撥了一些大方向，強調為官一任，造福一方的執政理念，其他的就讓柳擎宇自己去看《孫子兵法》和《三十六計》了。

柳擎宇聽到鄭博方的問題之後，略微沉思了一下，說道：

「我認為夏書記和賀縣長之間保持著這種看起來勢均力敵的局勢，恰恰體現了夏書記城府之深。由於景林縣剛剛經歷過薛文龍一家獨大的時期，這時候，蒼山市市委班子成員絕對不願意看到景林縣再出現一個薛文龍那樣的人物，尤其是這個人還是縣委書記，那樣對景林縣的發展並不是什麼好事。

「夏書記雖然有能力也有手段，可以全面掌控景林縣的大局，但是他並沒有這樣做，而是給了賀光明發展自己勢力的機會，甚至還會給予賀光明一些讓步，這樣一來，在蒼山市市委班子看來，景林縣就不再是一家獨大的局面了，夏正德和賀光明彼此相互制衡，共同發展，不管是市委書記王中山那邊，還是市長李德林那邊，都可以高枕無憂。

「否則，夏書記一家獨大的話，不僅市委王書記不放心，市長李德林以及鄒海鵬、董浩他們也都不會放心，到時候他們肯定會想方設法往景林縣摻沙子，塞人手，夏正德的勢力將會極大地削弱，也會引來王中山和李德林的同時出手牽制，那樣對他來講，反而得不償失。

「我相信，透過和賀光明的交手，他應該已經探知賀光明能力的強弱，所以他故意示之以弱，形成兩強相爭的局面。如此一來，在很多事情上，反而有利於他根據自己的意願去調整。所以我認為，夏書記這一招叫**以退為進，不爭是爭**。運籌帷幄，決勝千里。夏書記真是高人啊！」

鄭博方聽了柳擎宇精闢的分析之後，不禁大讚道：

「擎宇啊，真沒有想到，你才進入官場這麼短的時間，就能看透這麼多的事！在這個問題上，咱們的觀點完全一致，夏書記的確是高人，他這種不爭是爭的手段，對他真正掌控景林縣的大局十分有利，只不過他這種掌控是化明為暗，這是真正的大智慧。

「擎宇，我送你一段話，你好好思考一下，應該對你看穿一些官場上的人情世故有所幫助：**睿智的人看得透，故不爭；豁達的人想得開，故不鬥；悟道的人通天意，故不急；厚道的人重謙和，故不躁；明理的人放得下，故不癡；自信的人肯努力，故不誤；重義的人交天下，故不孤；濃情的人淡名利，故不獨；寧靜的人行深遠，故不折；知足的人**

常快樂，故不老。」

柳擎宇聽完這段話後，仔細地把它們全都記在了腦子裡。

之後兩人又聊了一會兒，便掛斷了電話。

第二天，柳擎宇剛坐下來，喝了杯淡茶，準備開始工作，龍翔便一臉凝重地走了進來，沉聲道：「局長，外面來了二十多名縣民，說是想要見您，希望您幫他們討回一個公道。」

柳擎宇不由得一皺眉頭，站起身來，透過窗口向大門口看了一下，大門口果然站著一群人，他們很有秩序地站在外面，並沒有堵住大門，顯得十分理性。

柳擎宇問：「知道他們要見我是什麼事嗎？」

龍翔報告說：「剛才我大概瞭解了一下，這些人都是海悅天地娛樂城附近的老百姓，最近娛樂城在搞擴建，強拆他們的房子，只給了少得可憐的賠償金，他們現在居無定所，所以想讓咱們城管局給討個公道。」

「這種事，他們不是應該去找信訪局投訴嗎？為什麼到城管局找我呢？」柳擎宇提出疑問。

龍翔苦笑說：「這些老百姓說，娛樂城的所有項目都沒有經過審批程序，擴建工程也都是違法的，拆除違法、違建工程這一塊是咱們城管局管理的，所以他們希望城管局能夠出面，行使公權力，拆除那些違章建築，這樣也算是為他們出了一口惡氣。」

柳擎宇聽了說道：「好，既然涉及城管局的工作範圍，那我們必須認真對待才行，你讓他們派幾個代表進來吧，去會議室，我和他們好好談一談。對老百姓任何的反映意見，我們都不能敷衍塞責。」

過了一會兒，龍翔帶著五個人走進了城管局小會議室。

柳擎宇仔細地聽他們講述完事情的來龍去脈，又仔細看了他們的房屋所有權狀之後，真誠地說道：「各位鄉親，大家放心，我馬上派人去調查，今天下午就會給大家回覆。」

等這些老百姓都離開後，龍翔跟著柳擎宇回到了柳擎宇的辦公室，關上房門後，龍翔表情凝重地說道：「局長，這件事非常棘手。」

柳擎宇一愣：「怎麼回事？」

龍翔苦笑道：「局長，您知道海悅天地的背景嗎？」

看到龍翔的表情，柳擎宇皺著眉頭回憶著：

「據我所知，以前這個海悅天地娛樂城是謝老六開的，但是在翠屏山風景區專案中，謝老六因為被牽連已經被拿下了，後來的事我就不太清楚了。」

「局長，您可能不清楚，自從謝老六垮臺後，很多人都盯上了這塊肥肉，這個海悅天地就被包曉星、徐海濤等人暗中用極低的價格給拿到手。由於他們的身分，沒有人敢和他們叫板。他們拿到之後，重新裝修，同時增加了一些博彩等明令禁止的項目，海悅天地娛樂城在極短的時間內便恢復了人氣，甚至遠超從前，這樣一來，原來的地方就顯得不夠用了。

「包曉星他們不知道動用了什麼關係，竟然從銀行貸款了將近一億，用來對整個娛樂城進行擴建，他們現在正在擴建的項目就是博彩大廳，目標是把娛樂城建成整個白雲省娛樂業的龍頭，至少在蒼山市周邊地區成為當之無愧的老大。

「即便是現在，每天都有很多從外地趕來的賭客、嫖客雲集在這裡，因為這裡有最先進的賭博設備，有從北京請來最專業的職業經理人打理。」

龍翔頓了一下，臉色更加凝重地說：

「局長，據我所知，娛樂城利潤極其可觀，為了確保這隻金雞母可以一直做下去，很多景林縣的官員都被拉下水，成了保護傘。這也是沒有人敢動這家娛樂城的主要原因。尤其是董天霸、馬小剛他們是這家娛樂城的大股東，您想想，有這樣的超級衙內在裡面入股，誰敢動這裡？而且這裡又是天高皇帝遠，省裡也看不見啊，就算聽到點什麼，在董天霸他們背後關係的運作下也沒有什麼大事。所以，我們要想動海悅天地娛樂城，很難很難。」

柳擎宇這才明白是怎麼回事，沒想到，在這個豪華、奢靡的娛樂城背後，竟然還藏著如此驚人的內幕。

問題也就出來了，**這件事自己到底應該管還是不管**？如果管的話，又得和董天霸、馬小剛他們這些衙內們發生激烈衝突；如果不管的話，又對不起那些信任自己，來找自己的老百姓。

怎麼辦？一時之間，柳擎宇猶豫起來。

這時，龍翔又補充道：「局長，海悅天地娛樂城的違建行為，絕對不是我們城管局一家能夠解決的問題，還牽扯到了住房與城鄉建設（**規劃**）局（**作者按：以後一律簡稱建設局**），而且對違建的執法，我們城管局單方面是很難實施的，要想真正解決這個問題，必須得到建設局的支持。

「因為按照我們城管局的規定，我們只負責對未經批准擅自新建、改建、擴建等違反城市規劃和城市用地（**含林地**）規劃的行為進行監察管理，建設局方面則是對各種建築行為進行審批，原則上來說，如果建設局方面沒有什麼太大的動作，我們城管局是不應該輕易採取行動的。這算是潛規則吧。」

柳擎宇聽了，眉頭皺得更緊了。

柳擎宇略微沉思了一會，對龍翔說道：「你幫我約一下建設局局長王啟建，就說我要過去拜訪他。」

龍翔聽到柳擎宇這樣的指示，知道這位局長大人心中還是放不下老百姓啊，他明知道為老百姓討回公道需要得罪很多人，卻依然毫不猶豫地向前邁出了這一步，很顯然，柳擎宇這是準備出手的節奏。

雖然龍翔心中充滿了種種憂慮，還是照柳擎宇的吩咐，和建設局局長王啟建聯繫了。

王啟建對柳擎宇要見他感到十分意外，因為他之前從來沒有和柳擎宇接觸過。對柳擎宇這個年輕的城管局局長早有耳聞，知道這哥們脾氣相當大。所以，他不是很願意和柳擎宇見面。

不過，自己要是不給柳擎宇這個面子的話，以後真要有事需要城管局出面，就有些麻煩，因為他們的職能是有部分是重合的。

所以，王啟建思慮再三後，決定在下午三點和柳擎宇見面，聊一聊。

只不過王啟建心中很是納悶，柳擎宇見自己到底所為何事呢？

下午三點鐘，柳擎宇準時出現在景林縣建設局局長王啟建的辦公室內。

王啟建親自到辦公室門口來迎接柳擎宇。雙方在會客沙發上落座之後，王啟建笑著看向柳擎宇：「柳局長，不知道你找我有何貴幹？」

柳擎宇見王啟建如此直接，便笑著說道：「王局長，我找你的確是有事，是想要向你諮詢一下，海悅天地娛樂城的擴建項目是否得到了你們建設局的審批？」

聽柳擎宇問的竟然是這個項目，王啟建的眉頭一下子就緊皺起來。

這個項目他是知道的，也曾經有老百姓舉報過這個項目，但是王啟建知道這個項目的背後，主管城建方面的副縣長徐建華的兒子是股東之一，而縣委副書記包天陽的兒子包曉星也是股東之一，有這兩個衙內在裡面攙和著，他怎麼敢輕易捲入這種問題中呢，所以在他暗示之下，建設局對這個項目就好像根本不知道一樣，不聞不問不參與，這樣，既可以避免知道了不辦事受到上級領導責罰，又可以避免知道了去辦事卻讓上級領導不滿。

王啟建是一個實用主義者，是一個典型的官僚。建設局是個十分有油水的單位，他認為自己在這個位置上還沒有撈夠呢，而且他還想官升一級，所以絕對不敢得罪主管人事的縣委副書記包天陽和自己的頂頭上司徐建華。

此時，聽柳擎宇問到這個問題，王啟建眼珠轉了轉，立刻打馬虎眼道：「哎呀，柳局長，真是不好意思啊，你說的這個項目我真是記不太得啊，畢竟我們建設局和你們城管局不一樣，我們每天需要審批的檔案實在是太多了，我也不清楚到底有沒有這個項目，要不這樣吧，我回頭讓辦公室去檔案室查一下，看有沒有這個項目，等回頭查清楚了，我親自給你回電話。」

官話，又是官話，滿口的官腔。

王啟建這番話表面上聽起來十分熱情，但實際上，如果柳擎宇真的回去等著的話，恐怕等到猴年馬月也不一定能夠等到王啟建的回話。

柳擎宇要是打電話催問，王啟建可以說把這件事給忘了，他馬上讓人去查，等查到了立刻給柳擎宇回電話，這樣一拖再拖，聰明的人就會明白人家根本就不想幫你辦這件事。不聰明的人，還要揪著這個問題繼續問的話，王啟建會有很多辦法來搪塞，直到你失去耐心為止。

這就是官話、官腔的力量。

然而，柳擎宇不是一般人，對官話、官腔他早已見怪不怪了。

聽王啟建如此說，他只是淡淡一笑道：「王局長，不用那麼費事了，我今天來就是為了弄清楚這件事，這樣吧，我就在這裡等著，你讓辦公室趕快去查吧，半個小時總可以查到了吧？」

王啟建的臉色刷的沉了下來。他相信自己的話柳擎宇應該可以聽懂，自己已經委婉地說了，給柳擎宇留了面子，但是柳擎宇卻無視自己的態度，還堅持要弄清楚，這時候，身為和柳擎宇同樣級別的局長，立刻就端起了他的身分和架子。

「柳局長啊，說實話吧，我建議你最好不要介入這件事，這不是我們這個級別的人能夠攙和的，這是作為老大哥給你的忠告。**身在官場，明哲保身才是正途**，否則的話，你會發現自己四面楚歌的。」

柳擎宇聽了，淡淡一笑道：

「謝謝王局長對我的忠告，不過，王局長，你可能不知道，我柳擎宇在進入官場前是當兵出身，是個直腸子，死腦筋，我認為是對的，就一定要堅持，我已經接到一些老百姓舉報，說是海悅天地正在新建的項目涉嫌違規建設，而且還強拆老百姓的民宅，身為城管局局長，接到老百姓的投訴和舉報，如果不把這件事情弄清楚，我感覺我對不起局長這個職務，更對不起老百姓對我的信任，對不起國家發給我的工資。

「王局長，你也是老資格的公務員了，我相信你應該比我更清楚我們為什麼會被稱為公務員，因為我們是要為老百姓、為人民服務的，我們是人民的公僕，身為公僕，我們就必須為老百姓做事，不能成為某些權貴的代言人或者某些違法勢力的保護傘啊。」

話說到這裡，雙方間已經多了一絲火藥味，柳擎宇話裡話外對王啟建這種推諉、避諱之舉表現出了不滿。而柳擎宇的這番話，也激起了王啟建心頭的怒火。

對王啟建而言，柳擎宇根本就是個無關緊要的陌生人，和他之間沒有任何利害關係。他認為，他能夠給柳擎宇這些忠告已經很給他面子，很夠意思了，他沒有想到柳擎宇根本就不領情，還指責自己！這讓他相當不爽。

王啟建之所以能夠在建設局局長這個位置上做得如此穩固，和景林縣主管城建方面的副縣長徐建華的大力支持是分不開的，而徐建華、徐海濤父子和柳擎宇之間的關係，他也是清楚的。所以，無論是於公於私，他都沒有配合柳擎宇的必要。

因此等柳擎宇說完之後，王啟建直接下逐客令道：「柳局長，真是不好意思啊，我一會還要去參加一個會議，得馬上走了，我相信你身為城管局局長也一定很忙吧，我就不留你了，有什麼事，我們可以電話聯繫。」

「沒事，王局長，你可以去開會，不過在開會前，請你吩咐辦公室一聲，讓他們去幫我查一下海悅天地娛樂城的檔案資料，複印一份給我。」柳擎宇不動如山地說。

見柳擎宇居然還不死心，王啟建的臉色更加難看了，直接強硬地說道：

「不好意思啊，柳同志，我突然想起來了，昨天辦公室的工作人員向我報告，說有關海悅天地娛樂城的檔案找不到了，現在他們正在全力尋找，要是找不到的話，恐怕還得再補辦一份，要不你看這樣行不，等到所有資料都齊備之後，我讓人親自給你送過去？」

王啟建現在是直接拒絕了，一點面子都沒有給柳擎宇留。

王啟建怒了。

柳擎宇也怒了。

柳擎宇絲毫不讓步地看著王啟建道：

「王局長，既然你不給我海悅天地娛樂城的資料，那麼你們建設局派人跟著我們城管局一起去現場檢查檢查應該沒有問題吧？我相信，只要你們的工作人員去現場看一看，就可以確定這個項目是不是違法、違建了。」

王啟建冷冷道：「柳局長，我們建設局的工作實在是太忙了，人手根本就不夠用啊，等我們忙完了，我第一時間派人配合你們城管局去這個項目現場檢查如何？」

王啟建是個老狐狸，他雖然拒絕了柳擎宇的所有要求，但是卻也沒有把話說得十分死，而是以官腔、官話來回答柳擎宇，這樣一來，不管是誰，都無法從王啟建這番話挑出毛病，也無法據此來判定王啟建的真正立場。

柳擎宇對王啟建徹底失望了，明白王啟建在海悅天地違建的事上根本不可能給自己任何的支援，還很有可能為自己插手這件事製造重重障礙。

然而，王啟建越是如此，越是激發了柳擎宇想要把這件事情弄清楚，還給那些被強拆、被驅趕的老百姓一個公道的決心。

柳擎宇站起身，看了王啟建一眼，沉聲道：

「王局長，我知道你在忌憚什麼，甚至很可能你已經深陷這個項目無法自拔，但我要告訴你的是，不管這件事情有多麼麻煩，不管這個項目背後站著誰，我柳擎宇一定會把這個項目弄個水落石出的。**人民的權益是絕對不能被那些權貴、資本家所侵佔的**，任何膽敢為了一己之私肆意損害人民利益的人，都應該受到法律的懲罰。既然這件事你們建設局不參與，那麼我們城管局一家來幹！咱們走著瞧！」

說完，柳擎宇轉身向外走去。

等柳擎宇走出建設局大門之後，王啟建拿出手機，撥通了副縣長徐建華之子徐海濤的電話：

「海濤啊，剛才柳擎宇到我這邊來了，他準備插手這個項目，你們要小心一點。」

徐海濤聽了說道：「好，知道了，老王，謝謝你啊！有時間來海悅天地玩啊，小翠一直都惦記著你呢！」

王啟建嘿嘿一笑，說道：「好的好的，那就謝謝你啦。我準過去。」

徐海濤掛斷電話，罵了聲「老淫棍」，接著撥通了鄒文超的電話：

「老鄒，如你所料，柳擎宇親自出馬來關注我們娛樂城的事了，你真是太神了。」

鄒文超眼中閃出兩道寒芒，陰笑著說：「這一次，我要讓柳擎宇吃不了兜著走！」

到底鄒文超設計好了什麼陰謀呢？柳擎宇並不知道。

現在的柳擎宇，心情十分糟糕，臉色陰沉似鐵。

原本是一個普通老百姓就應該可以查閱的資料，不僅老百姓無法查閱，自己這個城管局局長出面竟也無法查閱。這到底是為什麼呢？這種現象正常嗎？

為什麼王啟建要拒絕自己查閱這些資料呢？

王啟建和包曉星等一干海悅天地的大老闆之間，到底有什麼關係？

這個海悅天地娛樂城項目到底是一種怎麼樣的情況？

一時間，一個個疑問在柳擎宇的腦海中浮現。

不行，我必須親自去海悅天地娛樂城看一看！

想到此處，柳擎宇對唐智勇說道：「智勇，去海悅天地娛樂城，我要好好看看這個地方到底是怎麼回事！」

「好耶。」唐智勇一聲應和，腳下油門一踩，汽車直奔海悅天地。

車上，柳擎宇閉目沉思，想著對策。

就在這個時候，柳擎宇的手機突然嘟嘟嘟地響了起來。

聽到熟悉的鈴音，柳擎宇緩緩睜開雙眼，拿出手機接通了。

這個鈴音是他專門為關山鎮新任鎮委書記秦睿婕設置的。秦睿婕是他非常信得過的人，她在關山鎮鎮委書記這個位置上，可以確保自己當初為關山鎮設計的規劃確實執行，但是，她畢竟是個女人，對她能否真正掌控關山鎮的大局，柳擎宇心中沒譜。所以為秦睿婕設了一個專用的鈴聲，以便秦睿婕有事時他可以及時回應。

「睿婕書記，好久不見，今天怎麼想起給我打電話了？」柳擎宇很隨意的說。

秦睿婕在電話那頭聽柳擎宇正經八百地叫自己「睿婕書記」，柳眉微微一皺，略微不高興地道：「怎麼，柳擎宇，過年的時候在北京和曹淑彗一起玩得太開心，把我都快給忘了吧！」

一股濃濃的醋意飄來，酸味十足。

柳擎宇一愣，秦睿婕竟然知道自己和曹淑慧過年這段時間在一起玩。

「哼，怎麼不說話了？柳擎宇柳大鎮長，柳大少，真沒想到，你竟然飛龍入淺坑，心甘情願地潛伏在關山鎮待了那麼長時間啊。」

秦睿婕言語間依然醋味十足。

聽到秦睿婕這一聲柳大少，柳擎宇更加困惑了。

自己的身分，別說是景林縣、蒼山市，就算在整個白雲省，知道的人也不會超過一個巴掌，這個秦睿婕不過是個小小的關山鎮鎮委書記，她怎麼會知道自己的身分呢？如果不知道自己身分，又怎麼會叫出這一聲柳大少呢？

柳擎宇是一個反應十分快的人，他立刻想到，能夠知道自己身分、知道自己過年和曹淑慧在一起的人，絕對是那個圈子裡的人！

圈子外的人是不可能知道自己和曹淑慧在一起的。而能夠接觸到那個圈子的人，肯定也不是一般人。也就是說，秦睿婕的身分絕對不簡單，恐怕和自己差不多，也是飛龍在淵呢。

既然身分被對方知曉了，柳擎宇說話就更加放鬆了，彼此間的隔膜也在頃刻之間化解掉了，笑著說道：「秦大美女，怎麼，知道我和曹淑慧在一起，你吃醋了？」

柳擎宇本來是想要調侃秦睿婕一句的，因為在關山鎮，秦睿婕可是有名的冰山美人，一般人想要看到她的笑容比登天還難。

讓柳擎宇沒有想到的是，秦睿婕竟然毫不猶豫地說道：「是的，沒錯，柳擎宇，我吃醋了。」

這一下，柳擎宇無語了。

秦睿婕氣呼呼地道：「柳擎宇，你現在在哪裡？我現在人已經到景林縣了，今天晚上我想和你吃個飯。之前你和曹淑慧在一起，現在，你也得陪我一回。」

這個女人，就連和柳擎宇約會都這麼強勢，讓柳擎宇十分無奈。

不過，柳擎宇對於秦睿婕的個性相當瞭解，知道要讓她跟曹淑慧或者小魔女韓香怡那樣笑咪咪地和自己說話恐怕很難，而且，以前在一起工作的時候，這個女人強勢慣了，柳擎宇反倒不怎麼在意，便說道：

「好啊，我非常歡迎，我現在正在趕往海悅天地娛樂城的路上，你也往那邊走吧，我在娛樂城門口等你。」說著，就要掛斷電話。

只聽秦睿婕用一種近乎命令的語氣急聲道：「等等！柳擎宇，你不許去海悅天地娛樂城！」

柳擎宇再次無語了，心中暗道：「你又不是我老婆，管得著我嗎？」不過他嘴上自然不會這樣說，只說道：

「大美女，你把我當成什麼人了，就那種地方，夠資格讓我去嗎？我過去是要調查一下海悅天地娛樂城違規違建的事，而且很有可能惹出麻煩，我勸你還是不要去了，等我調查完了給你打電話怎麼樣？」

柳擎宇還沒說完，就聽到電話裡傳來嘟嘟嘟的忙音，這個秦睿婕，還是那樣的急性子啊！

第八章

拆除違建

柳擎宇用手一指海悅天地娛樂城擴建部分，大聲道：「大家看到沒有，這擴建的項目都已經侵佔了整整半條馬路，大家說，這座建築屬不屬於違規建築？應該不應該拆除？」

老百姓喊了起來：「屬於違規建築，應該拆！拆！」

當柳擎宇的汽車穩穩地停在海悅天地娛樂城大門口時，柳擎宇便看到大美女秦睿婕正俏生生地站在門口外面。

秦睿婕腳上蹬著一雙黑色長筒皮靴，下身是一件黑色緊身褲，外罩黑色齊膝長裙，上半身是一件緊身羊毛衫，將她凹凸有致的身材勾勒得淋漓盡致。

不過可惜，一般人很難飽覽這種熟女風光，因為秦睿婕在外面還穿了一件紅色風衣，猶如一朵盛開的桃花一般，在春寒料峭的二月綻放。

她往那裡一站，使得進出海悅天地娛樂城的男人們都忍不住側目，因為這樣有氣質的美女實在是太難見到了，尤其是秦睿婕那美豔的臉頰上帶著一層冰霜，更是讓很多男人不由自主地升起一股征服她的欲望。

柳擎宇走下汽車，秦睿婕徑直向柳擎宇走來，隨後伸手挽住柳擎宇的胳膊，說道：

「走吧，咱們一起去現場看一看，我陪你。」

柳擎宇被秦睿婕的舉動給弄懵了，自己和秦睿婕的關係並沒有好到這種地步啊。雖然上次在舞會上兩人一起跳了舞，但也不至於關係進步如此之快吧？

柳擎宇哪裡知道，早在柳擎宇在關山鎮的時候，秦睿婕便對柳擎宇另眼相看，柳擎宇表現出來的那種果斷、堅毅、強勢，讓她不禁情愫暗生，只不過那時候，那種情愫還處於萌芽階段，她僅僅是對柳擎宇有些好感而已。

直到那次舞會，她突然發現，她唯一想要選擇的舞伴只有柳擎宇！

她的出身其實不普通，更是家裡的獨生女，也是爺爺最寵愛的孫女，但是，她為了自己的理想，甘願放棄那種無憂無慮的生活，紮根基層，為老百姓多做些事。但是每當情人節、七夕的時候，她的內心深處便有些隱隱作痛，因為她找不到一個能夠讓她看上眼的男人。

其實，以她的美麗和氣質，追求她的人如過江之鯽，其中不乏官場俊傑和商界精英，但是這些人在秦睿婕的眼中，都太庸俗、太世故了，缺少一種讓她欣賞，甚至讓她欽佩的元素。

柳擎宇是唯一的例外。

那次舞會上，曹淑慧炫麗登場，曹淑慧的氣質、美貌、身材無一不比她差，而曹淑慧和柳擎宇之間的熟悉程度，更是她無法企及的。她內心深處被隱藏的情感一下子爆發出來。

曹淑慧的挑釁舉動激起了秦睿婕內心深處的鬥志。所以，舞會結束後，秦睿婕做出決定，無論如何，都要把柳擎宇給搶到手中，她要讓柳擎宇成為他的男人。

秦睿婕決定改變自己過往那種冷漠的習慣，在爭奪柳擎宇這件事情上主動出擊！

這關係到她一生的幸福，她願意為此做出改變，做出努力！

柳擎宇對秦睿婕這些內心的小劇場自然一無所知，不過，被這樣的美女挽著胳膊，他是絕對不會拒絕的。所以，他任憑秦睿婕挽著自己的胳膊，向不遠處擴建工程的建築工地走去。

來到擴建工地附近時，只見路上塵土飛揚，雖然是冬天，天寒地凍，不能施工，但是各種車輛依然來來往往，運輸著各種裝修物資。

讓柳擎宇意外的是，整個擴建工程，整體框架都已經完工，剩下的只是外牆和內部裝修了，正因為如此，海悅天地方面為了趕進度，好儘快開業，一邊花大錢採取特殊施工工藝，一邊在直接違反施工規範強行施工，為的就是儘快開業，因為對他們來講，開業越早，賺錢越早，畢竟貸款一億也是有些壓力的。

看完整個現場之後，柳擎宇怒了。

柳擎宇真的怒了。

因為整個擴建工程竟然侵佔了將近一半的公共道路，使得原本十分寬敞的馬路一下子窄了將近一半，以前號稱是整個景林縣最寬馬路、暢通馬路的光華路竟然堵車了。

此刻已經是下班時間，來來往往的車流交匯在這裡，將整個路口堵了個水泄不通，兩名交警站在那裡忙得不可開交，滿頭大汗，但是卻依然無法讓交通狀況得到緩解。

而有一部分擴建工程的主體竟然向街道兩邊的商鋪和住宅延伸，呈T字形鑲嵌進了整個街道內，就好像是人身體上的一個大大的毒瘤一般，讓原本十分暢通、筆直、美觀的光華路變成了畸形。

這麼明顯的違建，景林縣建設局竟然不聞不問，城管局這邊，如果不是因為這些老百姓舉報上來，他這個局長也一無所知。

根據柳擎宇的瞭解，主管這方面業務的人就是常務副局長韓明強。

想到此處，柳擎宇雙拳緊緊握住，咬牙道：「拆！這個違建建築一定要拆！」說話之時，柳擎宇身上殺氣蒸騰，寒氣逼人。

旁邊的秦睿婕看到柳擎宇如此表情，心頭便是一凜，輕輕地拍了拍柳擎宇的胳膊：「柳擎宇，我看這件事情還得從長計議，海悅天地後面的人勢力很是強大啊，而且他們黑白兩道通吃，兩手抓，兩手都很硬。」

柳擎宇冷冷說道：「兩手都硬？哼，我倒是要看看到底是國法硬還是他們關係硬，你的手機畫素怎麼樣？如果高的話，借我用一下。」

秦睿婕皺著眉頭說道：「你難道要拍照取證嗎？」

柳擎宇點點頭：「沒錯，我要把它拍下來，直接送到建設局局長王啟建的桌上去，我要讓他親口說出來，這是違章建築。」

秦睿婕笑道：「我手機的畫素不怎麼樣，不過，我帶著數位相機呢！」

在柳擎宇愕然的目光中，秦睿婕從風衣口袋中拿出一個十分小巧輕薄的數位相機，先是把頭靠在柳擎宇的肩膀上自拍了一張照片，然後把相機遞給了柳擎宇。

柳擎宇哪裡知道，秦睿婕為了能夠拿下他，可謂煞費苦心。

要說動心眼，她混官場多年，心計可是不比任何人差，她隨身帶著相機的目的，就是找到機會拍一張和柳擎宇在一起的照片，然後發到自己的社交網站上去，狠狠地刺激一下曹淑慧，讓她對柳擎宇心生怨念，然後逐漸遠離柳擎宇。

秦睿婕為了柳擎宇算是豁出去了，她絕不能容忍自己在感情上敗給曹淑慧。因為她的家族和曹淑慧家族不和睦。而且秦睿婕身為女人，對於容貌不比自己差、年齡又比自己年輕的曹淑慧天生充滿了敵意。

一山不容二虎，更何況是兩隻母老虎。

柳擎宇接過相機，便開始繞著整個建築工地拍起照來。

剛剛拍了不到兩分鐘，便看到二十幾名手持鐵棍，穿著建築工人服裝，戴著安全帽的年輕人，在一個光頭彪形大漢的帶領下向柳擎宇衝了過來。

帶頭的那個彪形大漢怒吼道：「喂，哪個龜孫子，誰讓你在這邊拍照的，趕快停下來，否則揍你一個生活無法自理。」

說話間，彪形大漢帶著一幫手下把柳擎宇、秦睿婕兩人圍在了當中。

彪形大漢拎著手中的鐵棍一指柳擎宇，怒聲道：「孫子，你不想活了？知道這裡是什麼地方嗎？誰讓你拍照的？」

聽對方出言不遜，出口孫子，閉口孫子，柳擎宇的臉便暗了下來，尤其是對方居然說要打自己一個生活不能自理，柳擎宇心中更加憤怒了。

他現在終於明白為什麼這個工地附近一個外人都沒有了，原來還養著一支這麼彪悍的護衛隊，雖然這些人穿著工人的制服，但是他們的衣服都非常乾淨，根本就不是幹活的工人，恐怕他們的真正身分應該是打手。

柳擎宇毫不畏懼地說道：「拍照是我的自由，我沒有違反任何法律法規，和你們有關係嗎？還有，你說話的時候最好嘴巴給我乾淨一點，我告訴你，我這個人脾氣不好，誰要是在我面前嘴巴不乾不淨的，我就會不由自主地產生一種想要揍人的衝動。」

秦睿婕面對二十多個手持鐵桿的隊伍不僅沒有懼意，反而在旁邊替柳擎宇補充了句：「嗯，他說得一點都沒錯，我可以證明，他這個人脾氣的確不好。我說光頭啊，你們最好離他遠一點，不要打擾他，否則的話，你們這是給自己找麻煩啊。」

秦睿婕看向光頭的眼神中充滿了輕蔑。

她早就看過柳擎宇的身手，跟在他身邊，自己不需要操心安全問題。

哪知這個光頭最討厭的就是別人叫他光頭。而且他天生討厭女人，因為他喜歡男人。此刻被一個女人，尤其是一個美女喊自己光頭，這傢伙立即火冒三丈，用鐵棍一指秦睿婕，說道：

「臭婊子，你給我閉嘴，這裡是老子的地盤，我的地盤我做主，喂，孫子，趕快把相機給我，否則別怪我不客氣。」

聽大光頭居然罵自己，秦睿婕柳眉倒豎，杏眼圓睜，狠狠地剜了光頭一眼，對柳擎宇說道：「這個光頭，你給我狠狠扇他幾巴掌。」

柳擎宇點點頭，突然身體一晃，幾乎在大光頭還沒有反應過來的時候，便已經躥到了光頭的身邊，掄起大巴掌來就是六個大嘴巴。

抽完之後，柳擎宇又閃電般返回到秦睿婕身邊，整個過程兔起鶻落。

等柳擎宇在秦睿婕身邊再次站定之後，光頭和他的小弟們這才醒悟過來，光頭的小弟們看著老大嘴巴上那清晰的指印，全都傻眼了。他們跟著光頭這麼長時間，從來都是看到老大欺負別人，啥時候看到老大被打過啊。

此刻，光頭也回過味來，一口吐出兩顆帶著血水的槽牙，用手摸了一下紅腫疼痛的嘴巴，怒聲吼道：「上，都給我上，把這兩個龜孫子都給打得生活不能自理！」

光頭一聲令下，手下小弟們紛紛揮舞著鐵桿向柳擎宇和秦睿婕身上砸了過來。

柳擎宇徹底怒了！

他沒有想到這些人竟然連秦睿婕這樣嬌滴滴的一個人美女也不放過。

柳擎宇一個閃身，躲過一個打手的鐵桿，閃電般出手，一掌砍在這傢伙握著鐵桿的手腕上，順手一抓，便把鐵桿給抓了過來，同時鐵桿揮舞而出，將打向秦睿婕的兩根鐵桿先後架了出去。

手中有了武器，柳擎宇如虎添翼，用時不到三分鐘，這些原本張牙舞爪的打手們橫七豎八地躺了一地，哎喲媽呀地叫個不停。

柳擎宇很憤怒，所以出手時帶上了力道，所有人都被他打斷了腿！至於光頭，他的情況最慘，被柳擎宇打斷了一條胳膊一條腿。

隨後，柳擎宇用腳踩在光頭的臉頰上，低著頭，冷冷地說道：「我剛才跟你說過，我脾氣不好，你卻非得惹我，現在我可以拍照了吧？」

說著，柳擎宇再次拿出了相機，不慌不忙地拍了起來，就好像那橫七豎八躺了一地的傷患跟他沒有任何關係一樣。

緊緊跟在柳擎宇身邊的秦睿婕神采熠熠，看向柳擎宇的目光中多了幾分柔情。

這個男人太強悍了！太有安全感了！

她混官場這麼多年，從來沒有看到過一個像柳擎宇這樣強悍有氣質的男人！秦睿婕並不是花癡，但是此刻，更加堅定了她要拿下柳擎宇的決心。

此刻，鄒文超坐在包間內，通過視頻監控系統全程關注著柳擎宇和秦睿婕的一舉一動，看到這裡，他拿出手機撥出了一個電話，下令道：

「好了，現在你們可以出場了。」

一陣陣警笛聲突然從四面八方響起，不到一分鐘的時間，呼嘯的警車便從四面八方蜂擁而至，很快便將現場給圍堵起來。

隨後，警車上員警們全都下了車，把柳擎宇和秦睿婕給包圍起來。

其中一輛警車，景林縣公安局局長白長喜從上面走了下來。

包圍圈在一點點縮小，白長喜穿過一個口子，走了進來，滿臉含笑地說道：

「柳局長，真沒有想到，我們又見面了。柳局長啊，你出手也太狠了點吧，你看看，橫七豎八躺了這麼多人，你這根本沒有把我們警方放在眼中啊，你這是知法犯法，無故打人，這可是嚴重的違法行為，現在請你們兩個人都跟我們走一趟吧。」

看到白長喜突然出現，柳擎宇先是愣了一下，隨即說道：「白局長，我也沒有想到啊，你們警方出現得真是太及時了，我們這邊剛剛打完，你們就出現了，看來你們警方真是如同神兵天降一般啊，不知道的，還以為我們是在演戲呢！」

「演戲？那倒不是，我們之所以這麼快出現，只不過是因為我們警方正在附近進行演習，正好接到有人舉報說這邊發生了一起打人事件，所以我們就過來看看。柳局長啊，你看到沒有，今天我們景林縣公安局的人幾乎都來了，眾目睽睽之下，沒有任何人能夠做出違規違法之事，我們現在完全是按照正常的法律程序，請你到局裡錄一下口供吧。柳局長啊，這次情況可是跟上次在中天賓館的情況完全不一樣啊。」

白長喜的臉上充滿了興奮之色。這次針對柳擎宇的行動，他期待已久。自從上次中天賓館事件之後，白長喜心中便明白自己和柳擎宇之間已是不死不休了，柳擎宇當時都十分明確地說過了，要讓自己在半年之內下臺，從那件事情之後，他夜不能眠，因為他知道，早晚柳擎宇都會對自己出手的。

他好不容易靠著各種手段混到了公安局局長這個位置，是絕對不能容許任何人把自己搞下去的，所以他一直絞盡腦汁，想要把柳擎宇給搞下去，只有把柳擎宇給搞下去了，他才安心。

但是柳擎宇這個傢伙是一個十分潔身自愛之人，他根本抓不到柳擎宇的任何罪證，這讓他十分頭疼。

然而，就在不久之前，他突然接到了鄒文超的電話，電話裡鄒文超對他講了一番話，他聽完大喜，因為他知道搞定柳擎宇的機會來了。

所以，他立刻以演習的名義把公安局的主要力量全都給調了出來，目的就是能夠在所有人的見證下，以正常流程把柳擎宇帶走，這樣，即便是市委書記王中山怪罪下來，也找不出自己任何毛病。

他想要既搞定柳擎宇，又不能讓上級領導挑出自己的任何毛病。**官場之上，自保第一**。

柳擎宇聽完，只是淡淡說道：「不好意思啊，白局長，讓你們公安局這麼興師動眾地過來迎接我，想要我去你們那裡的話，我也願意去，不過呢，這個事情的原因和結果必須搞清楚，我並不是毆打他們，而是正當防衛。」

「正當防衛？柳擎宇，你當我白長喜是三歲小孩子！你自己看看，這滿地的傷患，不都是你打的啊？難道這還有假嗎？」白長喜咄咄逼人地說道。

柳擎宇正要說話，一旁的秦睿婕突然說道：

「白局長，我可以作證，柳擎宇的確是正當防衛，我們正在這邊拍攝照片呢，這群人便手持鐵桿衝了過來，一言不合，便拿著鐵棍要打得我們生活不能自理。是他們先動手的，柳擎宇是為了保護我才被迫反擊，所以，你的說法根本站不住腳。他們之所以被打，是沒有想到遇到了對手。情況就是這樣。希望白局長你身為景林縣公安局局長，千萬不要信口開河，那樣對我們非常不公平。」

白長喜不為所動地說：「好，你們怎麼說都可以，這次出了這麼嚴重的問題，你們總得跟著我們去公安局做個筆錄吧？」

柳擎宇點點頭：「好，沒問題，做筆錄可以。不過呢，你們需要稍等一會兒。」

白長喜不由得眉頭一皺，說道：「柳擎宇，你到底要做什麼？」

柳擎宇正色說道：

「我要履行我身為城管局局長的職責，拆除這裡的違章建築！我剛才正在執行公務，對這裡的違建行為進行拍攝，調查取證，沒想到他們突然過來要我們交出相機，我們不交，他們便大打出手，現在，這些阻礙我們城管局正常執法的障礙已經消除，我當然要繼續執法了。

「我知道，你們雖然神兵天降，但也是正常執法，我也應該配合你們公安局做好你們的工作，所以，我現在提出兩條建議，你可以選擇其中一條。第一條，你們可以等我們城管局執法完畢之後，帶著我去公安局配合你們錄筆錄；第二條，你們可以現場讓我錄筆錄，我們城管局同步執法，咱們各幹各的。

「當然啦，如果你們有一些別的目的，非得現在就把我們帶走，我可以明確地告訴你，不可能！如果你非得強行帶我走的話，我不介意直接給市委書記王中山同志打電話，或者給市公安局局長鍾海濤同志打電話，看看他們是什麼意思，是不是你們公安局執法是執法，我們城管局執法就不是執法?!」

白長喜一下子傻眼了。

他想到柳擎宇會有理由不跟自己回去，他也想到了各種藉口來堵住柳擎宇的嘴，但是萬萬沒想到，柳擎宇的理由竟然是正在執法！

身為公安局局長，他非常清楚，城管局執法和公安局執法針對的對象不一樣，但是同樣身為公務機關，執法權都是受到保護的。自己強行執法的話，恐怕真的會引發兩個部門間的衝突；最要命的是，柳擎宇剛才說的很清楚，如果強行帶他走的話，他會直接給市委書記或市公安局局長打電話。

白長喜雖然很想把柳擎宇搞定，但是並不想惹上市委書記和市公安局局長，畢竟，惹上了這兩個人，就算他有鄒文超他老爸做靠山，恐怕也很危險。

所以，他只好裝腔作勢地說：「好，柳局長，既然你非得說你們城管局在進行執法，那我們就在這裡看著你們執法，這總行了吧！」

柳擎宇笑著點點頭：「好的，沒問題，如你所願。」說著，柳擎宇撥通龍翔的電話：「龍翔，通知城管局所有工作人員，尤其是執法大隊的工作人員，出動拆除怪手，直接趕到海悅天地娛樂城，告訴他們，我們要拆除海悅天地娛樂城的違規建築！」

龍翔聽到柳擎宇的命令，大驚道：「局長，您掌握他們違規的證據了嗎？沒有證據我們就強拆的話，我們將會陷入絕對被動的局勢當中。」

柳擎宇老神在在地說道：

「證據？可以說有，也可以說沒有！建設局那邊應該有檔案資料，但是他們不讓我看！不管他們給不給我提供證據，我現在實地調研後，可以確定，這就是違章建築，他們把房子建在馬路上，佔據了整整半面馬路，難道還不是違章建築嗎？我已經用相機拍照存證了。

「拆！必須拆！你通知下去，讓他們都來吧。出了事我擔著。我倒要看看，今天都有誰會跳出來！我就不相信為老百姓做點事就那麼難！我就不相信，海悅天地都囂張到這種程度了，就沒有一個官員敢於跳出來說句公道話，做件公道事?!

「**沒有人做，我柳擎宇來做。他們怕得罪人，我柳擎宇不怕！**」

聽到柳擎宇語氣如此激動霸氣，龍翔再也沒有任何猶豫！

他被柳擎宇這番話一激勵，感覺到渾身熱血沸騰。柳擎宇說得沒錯，要想真心為老百姓做點事，怎麼可能不得罪人！

憑什麼海悅天地娛樂城因為背後有背景，違規建築就不用被拆？

憑什麼老百姓辛辛苦苦奮鬥了一輩子才有的房子，說拆就拆了？說占就占了？

憑什麼海悅天地連大眾公用、國家規劃的馬路都敢侵佔？

憑什麼發生這麼嚴重的問題，有關主管部門就沒有人站出來管一管？

憑什麼？為什麼？既然別人不敢做，局長敢做，自己為什麼不大力支持！

一時之間，龍翔熱血上湧，接連幾個電話打出去，城管局一下子熱鬧起來。

城管局自從柳擎宇大力整頓以來，很多人為了好好表現，都開始認真工作起來，有些人甚至為了獲得領導的好感，經常刻意加班。因此，雖然已經有些人下班了，但是依然有大部分工作人員仍在辦公室裡加班。

尤其是執法大隊的執法人員和協管員，為了擠進前幾名，拿到獎金，很多人都自願加班，下班的人連十分之一都不到。

柳擎宇對這種現象暫時是睜一隻眼閉一隻眼，因為他剛剛整頓，要的就是這種效果，當這種風氣形成，大家都習慣之後，他才會稍微把這種現象修正一下，因為那個時候，大家都習慣了認真工作的模式，只要把刻意加班的虛假現象去掉，整個城管局的風氣就會大有改觀。

執法大隊的代理隊長接到龍翔的電話，立刻招呼所有人趕回局裡。一時間，城管局內人聲鼎沸，各路人馬紛紛齊聚在大院內。

林小邪、陳天林、劉天華都站在龍翔身邊，和龍翔低聲交流著。

韓明強則是準點一到就立馬走人了，今天的事情他不想攙和。因為他想要看一場天大的笑話，他要**坐山觀虎鬥**，他要看著柳擎宇和鄒文超等人**強強碰撞**。他想要**借刀殺人**。

韓明強雖然走了，但是其他留下來的副局長們以及各路科長們全都打起了精神，執行柳擎宇的指示。

等人聚集得差不多了，龍翔大聲說道：

「各位同事，我接到柳局長的指示，他要帶領我們前往光華路拆除一處違規建築——海悅天地娛樂城擴建工程。我相信大家都應該知道，光華路曾經是我們景林縣最寬敞最暢通的一條路，卻因為海悅天地的違規工程，變得就像腸子打結一樣，交通狀況擁堵不堪。我們城管局作為對違規、違建工程擁有執法監督權的執法單位，能夠眼睜睜地看著我們老百姓的利益被如此赤裸裸地侵犯嗎？能夠眼睜睜地看著自己的親人、朋友的利益受到侵犯嗎？作為執法者，難道我們能夠對於這種情況無動於衷嗎？」

說到這裡，龍翔聲音中充滿憤怒說道：

「各位同事們，就在今天下午，我們的柳局長親自找到建設局局長王啟建，要求他們建設局配合，聯合調查這個項目，王啟建不僅不予支持，還對柳局長要求調閱資料堅決拒絕，柳局長不得不親自到現場查看，進行查看的時候，遭到對方數十人的圍毆，好在柳局長打贏了他們。

「各位同事，現在，柳局長就在現場，柳局長讓我通知大家，如果是有種的男人，跟著柳局長，跟著我們城管局的領導們，我們一起去把這個違規建築給拆了！還我們景林縣老百姓一個通暢的道路。

「柳局長說了，出了事他擔著。現在我問你們，你們敢不敢去？」

龍翔說到最後，嘶聲力竭地吼了起來。

現場先是一片沉默，隨後不知道是誰吼道：

「去！為什麼不去！執法為民，我們有什麼好怕的！柳局長都不怕承擔責任，我們怕什麼？老子這個協管資格是柳局長救下來的，我還有什麼好怕的，大不了再次失業而已！」

隨著這名協管第一個跳出來，越來越多的「去」的聲音響徹整個大院，在龍翔、林小邪、陳天林等人的帶領下，眾人帶著設備，直奔海悅天地娛樂城現場。

當城管局眾人在龍翔的帶領下，浩浩蕩蕩地前進時，路上的人們全都驚呆了，紛紛議論著這城管局的人到底要幹什麼去啊？

景林縣只是個小縣城，城管局的人，尤其是協管，幾乎都來自下面的鄉鎮和村子，所以有些人和過路的人相互都認識，有個人向城管人員打聽是怎麼回事的時候，有嘴快的就告訴這人，說是奉了柳擎宇局長的指示，要去把海悅天地娛樂城違規擴建的項目給強行拆除了。

聽到柳擎宇居然要拆娛樂城，這人簡直驚呆了，隨後是興奮和狂喜，因為他們天天從光華路過，這本是回家最近的一條路，以前十五分鐘就可以到家的路程，現在卻需要半個多小時，甚至更長時間，讓人十分鬱悶，現在，聽說柳擎宇竟然要把那個占了將近一半路面的違規建築給拆除了，豈能不興奮。

他很快就把這個消息告訴他的同事們，柳擎宇要帶領城管人員強拆海悅天地違建工程的事就像長了翅膀一樣，瞬間傳遍整個景林縣縣城。

很多下班的人看到龍翔他們，紛紛自動地給他們讓路，讓他們優先通行，更有人衝他們豎起了大拇指，充滿了笑容和讚許。

這些城管平時哪裡見到過老百姓對他們這種真誠的笑臉啊，尤其是那些小商販，都是防火防盜防城管啊。今天，這些老百姓卻自發地給他們讓路，這種待遇，誰曾經享受過?!

很多城管人員都被老百姓這種行為給感動了。他們也是從老百姓中走出來的，他們也是老百姓之一啊，他們之所以和老百姓對立，只是因為工作性質的關係。因為他們擔負著管理整個城市的重責啊！

此刻，他們發現自己真心為老百姓做點事的時候，老百姓對他們是這樣尊敬，這樣支持，令他們非常感動。更多的城管人員在心中對柳擎宇充滿了敬意。這個年輕的城管局局長，敢冒著丟官的風險為老百姓出頭，這種官員怎麼能不讓人敬佩！

與此同時，在海悅天地娛樂城不遠處的一個酒店房間內，韓明強正站在窗口，望著娛樂城現場越來越緊張的局勢，臉上充滿了得意和陰鷙，在他身後的酒桌上，還坐著幾名他專程請來為這次強拆行動添火加柴的朋友。

在韓明強看來，一切盡在掌握中。

韓明強相信，經過這次事件，柳擎宇必定會被扳倒；即便扳不倒，他也不可能繼續在局長位置上幹下去了，這個局長位置必定是屬於自己的。

而海悅天地娛樂城前面的空地上，公安局局長白長喜真的有些傻眼了。

他本以為柳擎宇說要執法，不過是在找藉口而已，怎麼也沒有想到，柳擎宇竟然出動了城管局幾乎所有的人。而真正讓他感到震驚的，是在街道兩側，到處都站滿了圍觀的群眾，大家的目光都集中在柳擎宇和他的身上。

白長喜感到壓力很大，看向柳擎宇的眼神中也多了幾分忌憚。在他看來，柳擎宇完全是一個瘋子。實在是太不按常理出牌了！

景林縣官場中有幾個人是傻子？有誰看不出來這個娛樂城是違建？為什麼一直沒有人出面管這件事。他不相信柳擎宇看不出來！

柳擎宇看出來了，竟然還敢如此興師動眾地叫人進行強拆，這不是挑釁嗎？海悅天地背後的那些大老闆和大老闆背後的人能善罷甘休嗎？

柳擎宇真的瘋了！

此刻，柳擎宇站在城管局諸多同事面前，用手一指海悅天地娛樂城擴建部分，大聲吼道：「各位同事，大家看到沒有，眼前這擴建的項目都已經侵佔了整整半條馬路，大家說，這座建築屬不屬於違規建築？應該不應該拆除？」

還沒有等城管局的人員說話呢，路邊的老百姓已經喊了起來：「屬於違規建築，應該拆！拆！拆！」

一時間，喊拆的聲音響徹天地。這是老百姓的憤怒，這是老百姓的心聲，其中也包含了老百姓的無奈、憤恨和怒火。

柳擎宇也被四周老百姓這震天動地的喊聲給嚇了一跳，他沒有想到，老百姓們的聲音竟然這麼大，這麼齊。

柳擎宇清楚，拆除這座違規建築真正的執行者是眼前這些手下們，他必須獲得他們肯定的答覆。

柳擎宇再問：「我最後問你們一句，這裡到底是應該拆，還是不應該拆？」

「拆！」所有城管人員都憋足了勁，聲嘶力竭地吼了出來！

「好！好！好！」

柳擎宇一連說了三聲好，向在場眾人說道：「很好！大家不愧是我們城管局的工作人員，對得起身上這身制服，對得起人民納稅錢！現在，大家跟著我，一起把這座違規建築給拆除了。」

柳擎宇邁步向工地走去。

阻擋在柳擎宇身前的那些由建築工人組成的防禦牆在一步步後退。

雖然鄒文超、包曉星等人給了這些工人每個人兩百塊錢，讓他們阻止柳擎宇等人的強拆行動，但是此刻，在柳擎宇和他身後那些城管人員強大氣勢的壓迫下，他們在後退。

柳擎宇距離擴建工程的越來越近了。四周老百姓的掌聲越來越強烈了。

就在這時候，一陣腳步聲從不遠處傳來，隨後，白長喜身後的員警隊伍向兩邊一分，鄒文超、董天霸、馬小剛、包曉星、徐海濤五個從他們背後走了出來。

鄒文超衝著柳擎宇一陣冷笑：

「柳擎宇，海悅天地娛樂城不是你想拆就能拆的。我記得你曾經說過一句話，在官場上做事，必須按照規則行事，你們城管局的行動徵得上級主管部門同意了嗎？徐副縣長批准了嗎？賀縣長批准了嗎？就算是你要作死，你也不能帶著你的一幫下屬們一起死啊！

「你這不是在害他們嗎？萬一上級領導追查下來，你有背景，大不了調走了，他們呢？他們大部分可沒有什麼背景，一旦上級領導追查下來，他們都得丟了飯碗啊。

「柳擎宇，你真是太自私了，太無恥了，你為了成就你自己一心為民的聲譽和口碑，竟然明知故犯，帶著所有的同事前來強拆，你難道就不能為你的下屬們想一想嗎？你怎麼可以如此自私呢？我真的非常鄙視你！」

鄙視！挑釁！侮辱！

鄒文超又看向柳擎宇身後那些人，說道：

「各位城管局的兄弟們，我知道大家是被柳擎宇鼓動來的，只要大家退出今天的行動，我保證任何方面都不會追究你們今天的責任，誰要是繼續留在此地，可就別怪我們秋後算帳，出手狠辣！」

鄒文超復出就直接和柳擎宇對上了，而且還用上了**挑撥離間、拉攏分化之計**。

看到原本應該在監獄裡服刑的鄒文超竟然站在自己面前，柳擎宇先是一愣，隨即勃然大怒！

柳擎宇生氣並不是因為鄒文超對自己的挑釁，更不是鄒文超所使出的挑撥離間、分化拉攏之計，而是因為此刻鄒文超不應該站在自己的面前。

憤怒！柳擎宇憤怒了。

如果說之前白長喜的出現讓柳擎宇感覺到不爽，如果說建設局王啟建的敷衍塞責讓柳擎宇不滿，如果說娛樂城的違建行為讓柳擎宇痛恨咬牙，那麼鄒文超的出現，讓柳擎宇的怒火從心底最深處洶湧而出！

應該老老實實待在監獄服刑的犯人堂而皇之地出現在自己面前，這到底是為什麼？

是誰在玩弄權力？是誰利用規則和制度的漏洞為所欲為？這樣的行為讓老百姓情何以堪？這樣的行為怎麼能不讓柳擎宇怒髮衝冠！

其實，柳擎宇此刻已經想到了幾種可能，他能夠猜到，鄒文超的出獄和當初鄒文超把所有罪責全都扛下來應該是一種交易。鄒文超的出獄和董浩有著不可分割的關係。

柳擎宇雙眼怒視著鄒文超，突然怒極反笑，說道：

「鄒文超，真沒有想到，我們竟然再次在這種情況下見面。說實話，你的出現的確讓我很震驚，甚至讓我有種挫敗感。」

鄒文超嘿嘿一陣冷笑：「這正是我所期待看到的。柳擎宇，你太囂張了。」

說到這裡，鄒文超壓低了聲音，說道：「柳擎宇，我明確地告訴你，我們海悅天地娛樂城的違規建築不是你想拆就能拆的！」

聽到鄒文超竟然壓低了聲音和自己說話，尤其是看到鄒文超臉上那自鳴得意的表情，柳擎宇心中笑了。

鄒文超真要是和自己堂堂正正的說話，柳擎宇還真的有些發愁如何破解這小子的挑撥離間、分化拉攏之術，畢竟他說的話還是很有力道的，也能夠讓一部分人心動，甚至行動。但是這小子竟然壓低聲音和自己說話，想要狠狠地噁心一下自己，這一招看起來聰明，柳擎宇卻偏偏找到了反擊的機會。

柳擎宇立刻大聲說道：

「哦，原來你這是採用的挑撥離間、分化拉攏的手段啊，你的目的是把我的這些手下們給忽悠走，狠狠地打我柳擎宇的臉啊！我不得不承認，你這一招非常厲害，畢竟腿是長在別人身上，我柳擎宇雖然是城管局的局長，也不能強行把大家留下，讓大家跟著我幹，是不是？」

說到這裡，柳擎宇露出憤怒的表情，用手一指鄒文超道：

「鄒文超，你可以對我採取各種手段來阻止我，但是你不能一邊對我的手下們採用挑撥離間、分化拉攏的手段，還一邊低聲對我說我的手下們全都是傻子，說他們智商低下！

「鄒文超，雖然你是市委副書記鄒海鵬的兒子，但是，我柳擎宇是絕對不會向你屈服的。你可以看不起我柳擎宇，可以侮辱我，貶低我，但是，我絕對不能容忍你這種當面一套，背地裡一套的行為，更不能容忍你採取如此卑鄙的手段來侮辱我的同事們。

「是，你身分高貴，但是我和我的同事們也不比你差多少，所有人都是平等的。就算你是官二代又怎麼樣？只要犯法了，照樣需要接受法律的懲罰。

「鄒文超，你必須向我的同事們道歉！你實在是太卑鄙了！」

這一下，原本被鄒文超說得有些心動，想要離開現場，以避免捲入到這起衝突中的城管人員聽完柳擎宇的這番話後，徹底怒了！

再加上聽到柳擎宇提到鄒文超是市委副書記兒子的時候，心中的怒火更加澎湃了。

尤其是柳擎宇指責鄒文超當面一套，背地裡一套，罵他們是傻子的時候，所有人心中的怒火已經熊熊燃燒起來。

他們親眼看到鄒文超在挑撥離間完之後，故意壓低聲音和柳擎宇講話。很明顯，他講的話就是不想讓其他人聽到啊，順著這個思路想下去，柳擎宇所說的那番話絕對是真的啊。所以，再也沒有任何人想要離開。

柳擎宇充滿憤怒地向著鄒文超索要道歉的時候，他們也全都異口同聲地大聲吼道：

「道歉！必須道歉！」

還有人喊道：「市委副書記的兒子就了不起啊，就可以隨意辱罵別人啊……」

「鄒文超，你也太囂張了……」

一時間，各種言辭猶如一把把鋒利的小刀紛紛扎向鄒文超。

鄒文超也傻了。他沒有想到，自己醞釀多時，經過深思熟慮，想要狠狠地侮辱一下柳擎宇，志在必得的一招，竟然被柳擎宇採取這種讓他十分憤怒、十分無語的方式給破解掉了。

這個柳擎宇也太卑鄙了，他明明沒有說過那些話。

現在，看到城管局眾人紛紛怒氣衝衝地要求自己道歉，鄒文超知道自己已經沒有辦法挽回這一局了。

不過，他也的的確確從心底看不起這些城管們。此刻，見眾人氣勢被柳擎宇挑了起來，他的傲氣也徹底激發出來，不屑地瞥了一眼眾人，隨後怨毒地看向柳擎宇，說道：

「柳擎宇，真沒有想到，你堂堂的城管局局長，竟然也喜歡玩弄如此卑鄙無恥、栽贓陷害的手段。」

柳擎宇冷冷笑道：「鄒文超，你捫心自問，到底誰無恥？如果我猜得不錯的話，你們幾個是海悅天地娛樂城真正的大老闆吧？按照常理，以你們的身分，在這個時候，你們應該深深地躲藏在幕後，遙控指揮，甚至出動打手前來威脅我們才對吧？最不濟，你也可以讓站在旁邊看了半天熱鬧的白局長帶領他們的隊伍對我們橫加阻攔，但是，你們幾個偏偏走到了台前。讓我幫你分析一下你的動機啊。」

柳擎宇右手食指和拇指拖住下巴，繞著鄒文超走了兩步，然後說道：

「鄒文超，如果我猜得不錯的話，你們這些人堂而皇之地出現肯定是有後手啊，你們是認為你們有足夠的手段可以確保我們城管局不敢、不能把這處違規建築拆除是不是？而且，我相信，你們也絕不會承認娛樂城是你們的產業，是不是？

「你們出來是想要親眼目睹我柳擎宇被碰得頭破血流，你們要親眼目睹我柳擎宇黯然退場！甚至你們還準備了更刺激的節目等著登場？」

柳擎宇的眼中充滿了濃濃的不屑。

柳擎宇不是三歲小孩，既然敢當著白長喜的面說出要強拆執法，他就預測到了自己行動可能引發的事件；從白長喜的突然出現，他也意識到，自己已經踏入了某些人精心策劃好的圈套中。

但是，柳擎宇不在乎！因為他有著強烈的自信。

他相信，**只要自己是站在人民這一邊的，只要自己做的是為了老百姓有利的事，自己最終就不會失敗**。

而且他當著所有人的面說出鄒文超後續可能採取的各種手段，也是大有目的的。

鄒文超大吃一驚，沒想到柳擎宇竟然一語道破他的心思，竟然看出自己還有後手！這不得不讓他對柳擎宇提高警惕。

他嘿嘿笑道：「柳擎宇，你不要逞什麼口舌之利，你實在太虛偽了，你口口聲聲說為國為民，但是你做的哪一件事不是在為自己的聲譽和名利考慮？大家都不是小孩子，你不用忽悠大家。沒錯，我今天來就是要看你柳擎宇的笑話。」

「鄒文超啊，我不得不說，你們幾個真的很囂張，很有氣勢，看起來也似乎很有城府，很狡猾。」柳擎宇佩服地說。

聽柳擎宇這樣說，鄒文超的臉上露出一股傲然之氣，擺出一副本來就應當如此的樣子。

「鄒文超啊，或許你認為你這次肯定贏定了吧？」柳擎宇說道。

鄒文超嗤道：「反正最後勝利的肯定不是你。」

柳擎宇淡淡一笑，說道：

「鄒文超，我現在不想反駁你，我現在給你說一個小故事，一個哥們去買菸，買了包二十元的，他給了老闆五十，老闆找他四十，他把錢裝口袋裡就走了。沒走多遠，老闆喊他：『小夥子，你的菸沒拿！』小夥子流下了感動的淚水，拿出十塊錢給老闆：『你多找了我十塊錢。』老闆也留下了感動的淚水：『小夥子，把菸拿來，我給你換一包。』小夥子抽著老闆新換給他的菸，品味著那純正的味道，不禁再次感動。感動過後，小夥子說道：『老闆，把我剛才給你的那張五十拿來吧，我給你換一張。』」

在場眾人都訝異不已，現在雙方已經劍拔弩張到這個程度了，柳擎宇怎麼還有心情向對手講起笑話來？然而，柳擎宇講完後，包括白長喜、龍翔等人，都陷入了沉思中。

柳擎宇在這個時候講這個故事是有深意的。像他們這種經常混跡在官場政治鬥爭裡的人，很容易就能掌握到這個小故事的真正用意。

鄒文超聽柳擎宇居然給自己講起故事，眉頭也緊皺了起來，臉上露出凝重之色。

鄒文超一直處於他老爸鄒海鵬的庇護下，他的心機和城府由於有鄒海鵬的庇護顯得無往不利，這種心機和城府缺乏殘酷現實的檢驗。

而柳擎宇的心機和城府卻是在狼牙特戰大隊中，通過與各種各樣的敵人進行一場場生與死的較量，在密密麻麻的槍林彈雨中真正磨礪出來的！

不過，鄒文超畢竟還是聽明白了柳擎宇講這個故事的真正用意。柳擎宇這是在用故事告訴他，有些人往往認為自己成功地算計了別人，占了別人的便宜，但是實際上，別人並不傻，在你算計別人的時候，別人也在算計你。

柳擎宇是在告訴鄒文超，在最後結局揭曉以前，誰也不能確定誰才是真正的勝利者。

第九章

鬥爭策略

戰場上的用兵之道，柳擎宇早已經在狼牙特戰大隊的時候就熟得不能再熟了，官場上的情況和氛圍雖然不像戰場上那樣瞬息萬變，殺氣沖天，但是在柳擎宇看來，在官場上要想走得遠，站得穩，也是要講究策略的。

鄒文超看著柳擎宇足足有二十秒鐘，這才說道：「柳擎宇，你是不是太自信了啊？」

柳擎宇淡淡笑道：「我從來沒有不自信過。更何況，我面對的是像你這樣靠著父輩餘蔭混飯吃的宵小之輩呢？鄒文超，咱們之間就不要玩什麼花招了，有什麼手段當面使出來吧！」

鄒文超向海悅天地娛樂城的總經理周曉東做了個暗示，周曉東立刻會意，走向白長喜，沉聲說道：

「白局長，我現在正式向景林縣公安局發出求助，希望您和景林縣公安局能夠主持正義，杜絕和打擊有些公務人員利用職務之便，公報私仇，公器私用，想要強行拆除我們合法的建築。」

此時，白長喜心中這叫一個鬱悶，本來，他接到鄒文超電話，以為他只是讓自己過來把打人的柳擎宇給帶到公安局進行調查。

這種程度的小忙對他來說只是小意思，從心理上，他是非常不願意捲入到柳擎宇和鄒文超的鬥爭中去的，因為**越是在這種較量中，越是小人物的滑鐵盧**；因為大人物因為有背景，有關係，最終都會沒事的，而他們這些小人物就會成為犧牲品。

現在，很明顯自己被鄒文超給當槍使了。如果他現在就走，就是不給鄒文超面子啊。再想想董天霸背後站著一個蒼山市政法委書記，不管從哪個角度看他都得出面啊。

雖然心中暗恨鄒文超的陰險，但是白長喜不得不站出來。他板著臉，看向柳擎宇說道：「柳局長，本來這件事我們警方只是負責維持秩序，但是現在，娛樂城方面要求我們公安局主持公道，我們公安局作為協力廠商，應該夠格擔任這個公正人角色，我現在想要問問你，你們城管局想要強拆人家海悅天地娛樂城的擴建工程，你們有什麼證據可以證明人家這是違章建築？如果沒有的話，你們城管局的執法行為就屬於違規執法，必須立刻停止，並接受有關部門和上級領導的處理。」

白長喜字斟句酌，以確保不被柳擎宇抓到任何話柄，這是他身為官場老狐狸的一貫作風。

柳擎宇聽了，氣得鼻子都快歪了。

他走到白長喜身邊，用手使勁拍了拍白長喜的肩膀，怒道：

「白局長，請你睜開你那雙小眼睛，仔細看一看這棟建築，難道這還不能算證據嗎？你難道沒有看到這二十多米寬的馬路凸出來了一大塊嗎？難道你的眼睛瞎了嗎？難道你們公安局就沒有一個人看出這棟建築屬於違章建築嗎？你們還想要什麼證據？」

這一次，柳擎宇真的怒了！

人，可以無恥，可以無知，可以無畏，但是你**總不能有眼無珠吧**？眼前這活生生的證據就赫然醒目地屹立在這裡，難道這還不算是證據嗎？

然而，讓柳擎宇無語的一幕出現了。

白長喜聽完柳擎宇的話後，理所當然地說道：

「柳擎宇同志，你身為城管局局長，難道不知道官場上一切都需要用證據和資料來說話嗎？是，我的確看到了這個建築凸出去一塊，但是你憑什麼就斷定它是違章建築？你看過他們的建築圖紙嗎？你看過他們的審批規劃嗎？你如果沒有看過，憑什麼說人家是違規建築呢？

「就像某位局長曾經說過，污染過的水是紅的，紅豆熬出來的水也是紅的，你不能因為人家水是紅的，就斷定這水是被污染的不是？**一切，需要的都是證據！證據！**

「我要的是實實在在的資料！需要有關部門蓋章證明這棟建築屬於違章建築，我才能讓你們城管局強拆這棟建築，沒有有關部門蓋章確認的文件，誰也不能強拆這棟建築！」

說著，白長喜大手一揮，他那些手下立刻齊刷刷地站在柳擎宇的對面，擋住了柳擎宇和整個城管局隊伍前進的路線。

看著白長喜這番生動的表演，柳擎宇真恨不得一把抓住他的脖子，狠狠地給他幾個大嘴巴，但是柳擎宇卻強行壓下這個衝動。因為到現在為止，所有人都知道白長喜這是在故意刁難自己，都知道白長喜這是在玩弄權謀之術，但這就是官場規則，柳擎宇雖然脾氣不好，但並不是什麼場合一言不合就動手打人的。

動不動就動手打人，那不是囂張，那是找死！

打人，也是一門技術！打人也是需要技巧的！

柳擎宇看得出來，白長喜徹頭徹尾就是一名官僚，他滿口的官話，打著官腔，可以對眼前實實在在的證據視而不見，卻跟你要蓋章的資料！

柳擎宇雖然怒火熊熊，卻必須跟他進行周旋，因為**官場上，一切都需要用證據來說話**，這句話，白長喜的確沒有說錯。

柳擎宇冷冷說道：「好，既然白局長需要證據，那就請你把建設局局長王啟建同志喊過來吧，讓他帶上有關海悅天地娛樂城的檔案，帶上有關部門負責檢查違章建築的負責人一起過來。你不是需要證據嗎？你來給他打個電話就成了。」

聽到柳擎宇的話之後，白長喜冷冷一笑：

「柳擎宇，這個電話應該你來打吧，因為現在你們城管局是執法方，既然是你們城管局執法，你們必須自己提供相關的證據才行。」

柳擎宇點點頭道：「好，沒問題，我馬上給王啟建打電話。」

說著，柳擎宇拿出手機撥通了王啟建的電話，把這邊的情況簡單地說了一遍，讓王啟建立刻帶著人和資料過來。

然而，王啟建卻直接拒絕了，說他現在正在趕往市裡的路上，過不來。

自始至終，柳擎宇似乎沒有對白長喜的話有任何的違背，一直順著他的意思去做，柳擎宇的這種反常舉動，引起了白長喜的高度警覺。因為他很清楚，柳擎宇絕不是任人揉捏之人，**他為什麼會順著自己的意思來呢？難道他不知道自己是在故意刁難他嗎？**

柳擎宇掛斷打給王啟建的電話後，衝著白長喜嘿嘿一笑：

「白局長，你聽到了吧，王啟建這是在故意推諉啊，他其實根本就沒有去蒼山市，他此刻還在建設局裡呢，我是請不動他了，但是我今天又非常想要把我們的執法進行到底，所以，我只能找一個請得動的大人物了。」

說完，柳擎宇另外撥通了主管城建的副縣長徐建華的電話：

「徐縣長，現在我們城管局正在海悅天地娛樂城……請您過來一趟吧，順便把王啟建也帶上，讓他帶上有關的資料。徐副縣長，您不會不來吧，如果您不來的話，我就只能給賀縣長甚至是市委領導打電話了。」

說完，沒等徐建華說話便掛斷了電話。

此刻，柳擎宇的臉上充滿了冷笑。

在一般人看，這個娛樂城有徐建華兒子徐海濤的股份，把徐建華喊過來分明就是引狼入室，但是在柳擎宇看來卻並非如此。

因為柳擎宇經常研究《孫子兵法》和《三十六計》，知曉**兵家之道虛實相間**的道理。

戰場上的用兵之道，柳擎宇早已經在狼牙特戰大隊的時候就熟得不能再熟了，官場上的情況和氛圍雖然不像戰場上那樣瞬息萬變，殺氣沖天，但是在柳擎宇看來，**在官場上要想走得遠，站得穩，也是要講究策略的。**

想在官場上戰勝各路對手，絕不是一件簡單的事。因為這些對手大多是有著多年官場經驗的老油條，各種鬥爭方式他們早就見怪不怪了。所以，要想獲得更多的勝利，逆向思維必不可少。

這也是柳擎宇現在所採取的一種鬥爭策略。

很多人認為他不可能把徐建華請出來主持公道，但是柳擎宇卻偏偏要請徐建華。

此刻，電話那頭，徐建華接到柳擎宇的電話後，先是一愣，隨即怒氣上衝，因為柳擎宇剛才是在用怎樣的一種語氣說話啊！

照他話中之意，自己要是不去現場的話，這小子還要給縣委書記和市委書記打電話，這是一個下屬對上級主管領導所說的話嗎？這完全是威脅啊！

但是徐建華知道自己不去還真不成，他也已經得到消息，說是柳擎宇帶著城管局全體城管出動，想要強拆了海悅天地娛樂城，這是他絕不能容許的。

在景林縣誰不知道海悅天地娛樂城大有來頭，都知道自己是後面的勢力之一，作為柳擎宇的主管領導，如果真的讓人把兒子有股份的海悅天地娛樂城給拆了，這絕對是徹徹底底的打臉啊。

如果被打臉，以後自己還有什麼臉面再在圈裡混，以後誰還敢再來找自己辦事？

所以，徐建華權衡再三，雖然猜出柳擎宇讓自己出馬可能有陷阱，還是決定親自趕往現場一趟。

而且他已經接到鄒文超的電話，鄒文超跟他溝通了一些東西，可以讓他毫無顧慮地前往海悅天地娛樂城現場，他想要去看一看柳擎宇慘敗之時那痛苦、尷尬、無地自容的表情。

他十分期待。

所以，十五分鐘後，徐建華和建設局局長王啟建，以及建設局有關部門負責人便齊聚對峙現場。

雙方人馬依然處於對峙狀態，誰都沒有後退的意思。

而在娛樂城外面的空地上、馬路上，看熱鬧的老百姓也越來越多，所有人都在關注著這次城管局的強拆事件。

這時，徐建華面色嚴峻地掃視了柳擎宇和白長喜一眼，質問道：

「你們這是怎麼回事？為什麼要如此興師動眾地在這裡針鋒相對？這像什麼樣子？看看四周那些看熱鬧的群眾，難道你們認為這件事情鬧得還不夠大嗎？難道非得有新聞媒體介入報導，讓我們景林縣丟人現眼之後你們才肯散去嗎？」

徐建華的話聽起來十分公正，把雙方都給批評了一番。

白長喜立刻接口道：「徐縣長，說實在的，這件事和我們警方一點關係都沒有，我們是接到民眾舉報後趕到現場維持秩序的，您看，柳擎宇在沒有任何證據的情況下帶著城管局的工作人員想要強拆了人家的工程，我們身為員警，保護民眾的生命財產安全是我們的責任，我們只是在執行公務而已！反而是柳擎宇他們，身為城管機關，不思文明執法，這完全是和現在正在推廣的文明執法精神相違背啊。」

徐建華聽了，看向柳擎宇道：「柳擎宇，對白長喜同志的話你有什麼好說的？難道你真的非得和縣公安局的人對峙嗎？」

對徐建華可能採取的態度，柳擎宇早有準備，他冷冷一笑，說道：

「徐副縣長，我們城管局實在是太冤枉了，我們一直都在文明執法啊，我們根本就沒有採取任何非常規手段執法。」

白長喜哼了聲道：「柳擎宇，你不要在這裡信口雌黃了，你口口聲聲說這是違規建築，你的證據在哪裡？」

柳擎宇用手一指海悅天地娛樂城擴建凸出馬路的部分，說道：「徐副縣長，您是領導，您來說說，這樣的建築算不算違章建築？」

徐建華怎麼可能不知道呢，答案他早就想好了，所以，等柳擎宇問完，他連看都沒有看，便回答道：

「柳同志啊，我認為一切都應該以官方的公文作為執法依據，光憑肉眼來判斷是不靠譜的。這算不算違章建築，應該由有關主管部門來界定，這一點，我相信你應該不會不知道吧。」

柳擎宇淡淡笑道：「知道，我當然知道，否則我也不會讓您帶著王啟建同志一起過來了。」說著，柳擎宇看向王啟建說道：「王同志，你不是說你在趕往蒼山市的路上嗎？怎麼這麼快就到了？看來你是在忽悠我啊？」

王啟建尷尬一笑，隨即冷冷說道：「柳擎宇，我懶得理你，因為我認為你這個人辦事太不靠譜。」

這時，一直沉默不語的海悅天地娛樂城總經理周曉東也出聲了：

「柳局長，我早就跟你說過，我們這裡的的確確不是違章建築。可是你卻偏偏不聽，非得強拆，你是不是對我們海悅天地娛樂城有什麼偏見啊？還是說，你是因為我們沒有給你們城管局上供，就懷恨在心，想要整我們？」

說到這裡，周曉東又看向徐建華，說道：「徐縣長，您是領導，您可一定要給我們做主啊，我們私營企業，本小利薄，可經不起這城管局的層層盤剝啊！」

周曉東竟然還「委屈」的流下了眼淚，表演得實在是太逼真了，都可以拿奧斯卡小金人了。

徐建華聽完周曉東這番哭訴後，臉色更加難看了，質問柳擎宇道：「柳同志，你必須給海悅天地娛樂城一個交代。」

柳擎宇聽徐建華竟然如此直白地偏袒海悅天地娛樂城，當真氣得一魂出竅，二魂升天，立刻對周曉東怒聲說道：「周經理，如果你們海悅天地娛樂城能夠拿出齊全的工程資料，我柳擎宇二話不說，立刻帶人離開這裡。」

這時，鄒文超突然跳了出來，發難道：「柳擎宇，你做人也太不上道了吧？你興師動眾地搞了這麼大的聲勢，口口聲聲說這裡屬於違章建築，你要求人家拿出證據後卻僅僅是轉身離開，這太不公平了吧？」

「鄒文超，那你想怎麼樣？」柳擎宇雙眼瞇縫起來。

鄒文超嘿嘿一笑：「不是我想怎麼樣，而是人家海悅天地娛樂城想怎麼樣。」然後看向周曉東。

周曉東接口道：「柳局長，如果我們拿出了相關資料，我想你應該當眾向我們海悅天地娛樂城賠禮道歉；同時，也應該接受嚴肅處理。」

柳擎宇毫不猶豫地說道：「好，沒問題，如果你們真拿得出證明文件，我立刻向你們賠禮道歉，並且願意接受上級領導的任何處理。」

聽到柳擎宇這樣說，周曉東笑了，王啟建笑了，鄒文超笑了，董天霸笑了。

徐建華雖然表面上沒有笑，但是他內心卻笑開了花。

徐建華知道，這一次柳擎宇要栽跟頭了！因為今天整個過程都是鄒文超針對柳擎宇所布的一個局。不管是白長喜的出場也好，周曉東的胡攪蠻纏也好，為的只是讓柳擎宇受到處分，為的就是狠狠地打柳擎宇的臉！

現在，柳擎宇上鉤了。

周曉東鼓掌道：「好，柳局長就是柳局長，做事乾淨俐落，也希望你能夠信守承諾。」

這時，人群中走出一個女孩，手中拿著資料夾，快步走了過來，她把手中的資料夾遞給周曉東，周曉東又遞給柳擎宇，臉上滿是得意地說道：

「柳局長，請您睜大眼睛好好看一看，我們這擴建工程算不算違章建築，你仔細看看那上面鮮紅的印章是否是假的呢？」

柳擎宇接過文件，仔細審閱了一遍，震驚地發現，如此一個奇葩項目，從頭到尾竟然沒有任何一個部門、領導提出質疑，全都乖乖在上面簽字，蓋章，可以這樣說，整份公文在流程上沒有任何問題。

柳擎宇看完檔案後，再次丟給了周曉東，冷冷地說道：

「周總，你把我柳擎宇當成小孩子耍呢？這份文件根本就是影本！在場的，很多都是官場中人，都應該清楚，影本是沒有任何法律效力的，只能作為參考而已，你拿著這麼一份看起來跟原件一樣的影本來給我看，你讓我怎麼相信你這些資料是真的？萬一這些影本是人為後製的呢？現在這年頭，連領導看望孤寡老人都能用假照片來忽悠人，更何況這麼重要的資料呢？徐副縣長，您說我說的有道理沒有？」

柳擎宇再次把徐建華給牽進了這次矛盾糾紛中來。

眾目睽睽之下，徐建華雖然想要偏袒海悅天地娛樂城，但是也不能做得太明顯，只能不痛不癢地說道：「嗯，雖然是影本，但是依然可以作為重要參考，這一點你們雙方可以協商著來。」

柳擎宇說道：「周總，現在給你兩條選擇，要麼你這份資料被認定為無效，我們城管局繼續實施拆除，要麼你拿出有效的原件來，我要確認後才能知道這些公文是否是真的。」

周曉東不敢做主，看向鄒文超。

因為整個過程幾乎都是鄒文超策劃的，包括給柳擎宇看的是和真的原件沒有差多少的彩色影本，鄒文超萬萬沒有想到，柳擎宇竟然真的注意到了這個細節。既然被柳擎宇看出了破綻，鄒文超也只能朝周曉東點點頭，示意他可以給柳擎宇看真的原件。

周曉東拍了幾下手，很快，又有一名女孩拿著資料夾走了過來。顯然，周曉東這邊早就做好了萬全的準備。

自始至終，柳擎宇一直冷眼旁觀，看到對方把原件拿出來後，柳擎宇的嘴角露出一絲一般人難以覺察的微笑。

接過原件，柳擎宇再次仔細地閱讀完一遍之後，眉頭一皺，自言自語道：「嗯，這章看起來像是真的，不過這簽名不知道是不是真的。」

說完，看向站在旁邊的建設局局長王啟建，說道：「王局長，這上面有你的簽字批示，你幫我看一看，確認一下，這是你的親筆簽字嗎？」

說話間，柳擎宇拿著資料夾指著有王啟建簽字的地方問道。

王啟建當然知道這份資料是真是假，假裝看了一眼，說道：「嗯，是我簽字同意的。這個沒有問題。」

柳擎宇點點頭，隨後又翻到有徐建華這個主管副縣長簽字的頁面，來到徐建華身邊，問道：「徐副縣長，您看這上面您的簽字是真的嗎？」

徐建華看了一眼，也點點頭說道：「這個沒有問題。」

柳擎宇點點頭：「好，既然這份公文是真的，那麼我就放心了。」又轉向周曉東：「周總，既然這份文件是真的，為了更加詳細地對整個事件進行記錄，城管局也需要備案，我現在需要把這份原件帶回去仔細審查一下，我們城管有關部門簽字確認後，才能徹底免去你們的麻煩，我想，這一點你不會拒絕吧？」

周曉東眉頭一皺，再次看向鄒文超。

鄒文超沒有想到柳擎宇竟會提出這樣的要求，身在官場的他非常清楚，柳擎宇的要求看似過分，但如果真的按照規則去做的話，恐怕還真得讓城管部門備案確認後，才能確定海悅天地娛樂城項目是不是違章建築。

但是鄒文超又擔心這份檔案被柳擎宇帶回去後會出現什麼意外。鄒文超有些猶豫了。

柳擎宇再次重申：「鄒文超，周總，如果這份文件你們不讓我帶回去，讓有關部門簽字確認的話，那麼這個海悅天地娛樂城在我們城管局看來，還是屬於違章建築，我們依然要進行強拆，而且我也拒絕向你們海悅天地娛樂城道歉！就像你們之前說的，這一切都是流程，要想讓我們城管局認可，也必須按照我們的流程走。」

聽柳擎宇這樣說，鄒文超朝周曉東點點頭。

今天，他已經準備好很多戲碼給柳擎宇，為的就是看到他的道歉，為的就是讓柳擎宇威望掃地，甚至將柳擎宇徹底掃出官場。

周曉東得到鄒文超的指示，點點頭道：「好，沒問題，柳局長，這份原件你可以帶回去，但是明天上午十點鐘以前必須歸還我們。而且，你現在必須向我們海悅天地娛樂城道歉。」

「我柳擎宇，景林縣城管局局長，正式向你們海悅天地娛樂城道歉，對不起。」

柳擎宇接著對城管局的人員說道：

「各位，我沒有想到這裡竟然不是違章建築，不好意思，讓大家白跑一趟，大家可以回去了。不過，明天上午十點鐘之前，請所有參與今天任務的人員待在局裡隨時待命，在這份文件在我們城管局內部流程走完之前不許離開。現在，全體解散。」

柳擎宇帶著秦睿婕轉身向自己的汽車走去。

「秦書記，真是對不起，讓你跟著我受到牽連了，這樣吧，今天晚上我設宴好好款待你一下，就算是給你接風洗塵如何？」柳擎宇抱歉地對秦睿婕說道。

秦睿婕眼波流轉，嫣然一笑，剎那間芳華無限。

冰山美女的笑格外撩人眼球。那一刻，南極冰川也為之融化。

柳擎宇在剎那間也驚豔了。

秦睿婕故意說道：「柳擎宇，你倒是真會忽悠人，讓我等了這麼久，吃一頓飯就抵消了嗎？」

柳擎宇只能苦笑道：「那你說怎麼辦？」

秦睿婕笑道：「吃完飯，你陪我在虎山公園裡轉轉，我晚點就要回去了，來景林縣這麼多次，從來沒去虎山公園轉過。你應該聽說過，來景林縣沒有去虎山公園等於白來。」

虎山公園是景林縣縣城內一座突兀而起的小山包，整座山形狀猶如一座俯臥著的猛虎一般，山上林木茂密，風景優美，是北方園林粗獷派的代表之作。

清朝時期，這裡曾經建有一位王爺的行宮，後來行宮在抗戰時被日本鬼子給破壞了，留下來的只有斷壁殘垣和焦黑的土地。現在虎山已經被開發成一座公園，是晚飯後景林縣居民最喜歡去的一個地方，也算是景林縣縣城的地標了。

秦睿婕千里迢迢來到這兒，柳擎宇知道，自己怎麼也得盡一盡地主之誼，便說道：「好，沒問題。」

柳擎宇不知道，在他向周曉東賠禮道歉的時候，人群中，有幾名記者拿著照相機從不同的角度給柳擎宇拍下了照片，甚至還有人把柳擎宇說的話給錄了下來。

等柳擎宇離開後，鄒文超把周曉東喊了過來，湊到他耳邊低聲吩咐道：「你派幾個人遠遠地跟著柳擎宇，看看他都去了哪裡，他手中的那份文件如何處理，有什麼情況，立即給我電話。」

柳擎宇走了。

城管們散了。

整個海悅天地娛樂城施工現場再次恢復了從前的景象。

老百姓們也散了。很多老百姓滿臉苦澀地搖搖頭，還有人為柳擎宇留下了委屈的眼淚。

柳擎宇一心為民沒錯，但是，理想是美好的，現實是殘酷的。在龐大的利益集團面前，個人的力量顯得那樣蒼白，那樣無力。

只要不是瞎子都看得出來，這種佔了半條馬路的建築怎麼可能不是違章建築呢？但是，這樣的違建，卻偏偏在建設局那邊堂而皇之地通過了審核，甚至副縣長都在上面簽了字。

難道副縣長的眼睛都瞎了嗎？

瞎了！的確是瞎了！很多老百姓心中暗暗說道。

走吧！走吧！

繼續在這條堵塞的路上慢慢走吧，身為老百姓，人微言輕，除了一聲長長的嘆息之外，還能做些什麼？

這一刻，整個景林縣縣城似乎都在哭泣，都在悲鳴。這一天，整個景林縣縣城北風呼嘯，黑雲密佈。

人群中，那幾名記者看著柳擎宇和秦睿婕並肩離去的背影，再次舉起了相機。

此刻，在散去的人群之中，要說最鬱悶的，就屬景林縣城管局的這些城管人員了！他們興師動眾、氣勢高漲而來，帶著老百姓的期盼，帶著內心深處那理想主義的衝動和熱血，他們想要認認真真地為老百姓辦一件實事，但是，眼看就要成功的時候，卻偏偏功敗垂成了。

這種氣勢上的嚴重受挫，這種前後心理上的對比，還有四周老百姓那些充滿了沮喪、失落和絕望的眼神，很多城管人員內心深處的一塊軟肉真正被觸動了。

這一刻，所有人都黯然淚下。

就在剛才，柳擎宇敗了，道歉了，很多人和老百姓一樣，絕望了。

看看吧，白長喜、王啟建、徐建華，哪一個人是站在柳擎宇這一邊的呢？沒有！一個都沒有！

人在絕望的時候，就會產生怨氣，有的人開始議論開來。

「柳局長讓咱們明天上午十點前在城管局內待命是什麼意思啊？這棟建築都已經被確定不是違建了，還留咱們在局裡做什麼啊？」

「誰知道呢，八成是柳局長吃飽了撐的。」

一時間，各種議論之聲此起彼伏。

對於這一切，柳擎宇似乎並沒有覺察，依然淡定從容地帶著大美女秦睿婕上了車，絕塵而去。

同時，也有幾輛汽車緩緩駛出了停車場，不緊不慢地跟在後面。

在離海悅天地娛樂城不遠的一個酒店包間內，韓明強正坐在裡面自斟自飲呢。

房門一開，幾個穿著便衣的男人從外面走了進來，一邊從身上摘下照相機，一邊商量著什麼。

韓明強看向其中一個四十多歲的中年男人，說道：「怎麼樣，老王，事情辦得怎麼樣了？」

老王笑道：「老韓，你放心吧，我們幾個已經從不同角度拍攝了柳擎宇的照片，包括他現場道歉的視頻和音訊，還有柳擎宇和大美女一起離去的照片。你看著吧，到了明天早晨，有關柳擎宇的各種消息將會火遍整個網路。」

韓明強高興地道：「好！好！來，哥幾個，大家也辛苦半天了，我讓服務員重新上了一桌子飯菜，大家再好好喝幾杯。」

幾個人坐下之後，和韓明強觥籌交錯起來，酒過三巡，菜過五味，幾人準備起身離開，韓明強從手包中拿出幾個信封分別發給眾人，說道：「幾位，這次麻煩你們了，這是我的一點小意思。」

這幾個人早就習慣了這種交易，也沒有見外收下了，臨走時，老王不忘說道：「老韓啊，你放心吧，我們幾個跟你保證，明天柳擎宇絕對能從城管局局長的位置上滾蛋。」

韓明強十分興奮地把幾人送出了包間。

等送走他們，韓明強站在酒店門口，臉上充滿了興奮和期待，心中暗暗說道：「柳擎宇啊柳擎宇，你絕對想不到，螳螂捕蟬，黃雀在後，你辛辛苦苦去強拆，恰恰被我抓到了整倒你的機會。」

柳擎宇和秦睿婕坐上車後，柳擎宇便對唐智勇說道：「智勇，去浩天飯店。慢點開，不要著急。」

唐智勇按照老板的吩咐，不緊不慢地開了起來。

聽柳擎宇讓唐智勇慢點開，秦睿婕眉梢一挑，冰山般的臉上再次解凍，露出欣喜之色，暗道：「該不會是柳擎宇想在車上和我多待一會兒吧？」

秦睿婕這種想法剛剛升起，便看到柳擎宇竟然拿出手機，找到了一個電話號碼撥了出去。

電話很快接通了，縣委書記夏正德宏亮、爽朗的聲音從電話那頭傳了出來：

「擎宇啊，你在海悅天地娛樂城那邊搞得聲勢很大啊，現在都有人把投訴電話打到我這裡來了，說你們城管局太沒有規矩，執法粗暴、野蠻，還有人說你今天的強拆之舉根本就是沽名釣譽，想要在老百姓心目中樹立你一心為民的形象，其實你根本就沒有想要強拆，甚至還有人說你是和海悅天地娛樂城串通好了。對此，我很為難啊。」

柳擎宇聽了，聳聳肩道：「夏書記，嘴長在別人的身上，他們愛怎麼說就怎麼說吧，我無所謂，我該怎麼辦還是會怎麼辦的。因為我相信，只要我們這些當官的人心中想著老百姓，上級領導會看在眼中的。」

柳擎宇心中暗道：夏書記啊夏書記，如果我猜得沒錯的話，恐怕您一直都在等待著這麼一個關鍵時機吧？

我就不相信海悅天地娛樂城違章建築這麼嚴重的行為，夏書記他沒有得到過消息，而且夏正德心中充滿了正義，他是絕對無法容忍這樣的事情發生的，但是，他卻偏偏容忍了，而且一直容忍到了現在。

夏書記啊，您可真是一隻老狐狸啊！

尤其是柳擎宇曾經看過海悅天地娛樂城的相關資料，他們的擴建工程在謝老六被拿下之後就已經開始規劃。按理說，以夏正德的智商和能力，又有這麼長的時間跨度，他真要是想要阻止這個項目，絕對不會沒有辦法的，但是他卻偏偏一直按兵不動，這樣想來，在這背後，恐怕夏正德有著更深層次的想法。

想到這裡，柳擎宇又繼續往下分析：既然夏正德按理說早就知道了這件事情，但是卻偏偏一直按兵不動，那麼他的深層次想法到底是什麼？

直到柳擎宇看到那份周曉東他們拿出來的批准原件之前，他一直都沒有想通，但是當他拿到原件之後，看著那鮮紅的印章，看著那一個個簽字，他突然明白了。夏正德一**直在等待著機會，一個可以將景林縣那些害群之馬一鼓作氣，全部掃清的機會**。

恰恰在那個時候，柳擎宇被調到城管局工作，這到底是偶然還是必然？對此，雖然柳擎宇無法確定，但是有一點卻可以確定，自己被調到城管局的那一天起，恐怕夏正德就算準了總有一天自己會對海悅天地娛樂城的違建動手的。

而夏正德也一直在等待著這一天。

很多人都喜歡玩螳螂捕蟬，黃雀在後這一招，現在看來，**真正的黃雀還得是夏正德這種老謀深算的老狐狸啊！**

想到夏正德為這一天，竟然可以隱忍了這麼長時間，柳擎宇心中充滿了欽佩。但是同時，也有一點點悶。自己還是太年輕了啊，還是被夏正德當槍使了。

……

此刻，柳擎宇在分析夏正德的真實想法，夏正德也在分析著柳擎宇心中的想法。

柳擎宇拿到這份資料到底想要幹什麼呢？他會不會按照自己的規劃方案去操作這件事呢？會不會破壞了自己的規劃方案呢？

對夏正德來說，他一直按兵不動，也是冒了一定的風險的，他也曾經考慮過親自動手打掉這個違章建築，但是自從柳擎宇被調入城管局之後，他卻改變了這個想法，因為在他看來，如果僅僅是打掉這個違章建築，並不能讓景林縣的官場氣氛發生實質性的改變，雖然薛文龍已經倒下，但是很多問題官員依然僥倖留了下來，並且繼續肆無忌憚地謀取著私利。

為了能夠將這些人一網打盡，夏正德在隱忍著，他相信，柳擎宇在城管局局長這個位置上，早晚都會動這個違章建築的。

那個時候，就是他**真正出手的時機**。因為他知道，柳擎宇是一個不怕把事情鬧大的人，而事情鬧得越大，對於他出手越有利。

兩人沉默了一會，夏正德呵呵一笑，說道：「柳擎宇啊，我聽說你拿到了海悅天地娛樂城的建設規劃審批方案？」

柳擎宇點點頭，說道：「是啊，夏書記，您有什麼指示？」

夏正德笑著說道：「好久沒有見你了，倒是挺想你的，怎麼樣，找個時間過來，咱們好好聊聊？」

柳擎宇笑著說道：「行啊，沒問題……」

聽到柳擎宇的回答，夏正德知道，自己賭對了。

柳擎宇智商非常高，政治智慧也在不斷提升，他能夠在賠禮道歉的劣勢之下，在失敗的陰影之中還能分析得如此精準，操作得如此順暢，讓他這種老狐狸都感覺到有些不可思議。

夏正德捫心自問，如果把自己置於柳擎宇的那種年紀，那種境地，他絕對做不到柳擎宇那種程度。柳擎宇簡直就是一個妖孽啊！

想到這裡，夏正德笑著說道：「擎宇啊，你給我打這個電話，是不是知道我想你了啊，對於咱們見面的地點，你有什麼指示嗎，你說吧，我一定全力配合。」

夏正德和柳擎宇開起了玩笑，堂堂縣委書記竟然說願意接受一個小小城管局局長的指示，這說明夏正德對柳擎宇真的是非常欣賞。

柳擎宇聽了，連忙笑道：「夏書記，您饒了我吧，別人要是聽說我要指示您，非得痛批我一頓不可了。本來，我應該去您家裡或者辦公室找您彙報的，不過呢，情況比較特殊，我的車子後面還跟著一個非常討厭的大尾巴呢，所以，還真得麻煩您一下，我現在正在往浩天酒店趕，您看您能不能屈尊一下，到浩天酒店一趟。」

夏正德爽快地說：「沒問題，我馬上過去，訂好包廂後告訴你。」

「好的，我這邊還得停車買點東西，磨蹭一下時間，浩天酒店離縣委不遠，相信給您留下的時間非常充裕。如果我猜得不錯的話，我身後肯定有人跟蹤。」

掛斷電話後，柳擎宇看到原本雀躍的秦睿婕靠在座位上，默默地望著窗外，之前那副冰川融解的俏臉再次寒冰密佈，似乎有些不太高興。

柳擎宇頓時有些無語，只能在心中感嘆一句：女人心，海底針啊！

在柳擎宇的指示下，唐智勇在路邊找了個超市停下車來，隨後，唐智勇下車買了一條菸，又拎了瓶酒、一桶飲料走了出來，用了差不多有七八分鐘左右的時間。

柳擎宇的目光一直默默地注視著照後鏡，他已經發現跟蹤在後面的那輛黑色賓士商務車。

不得不說，對方在跟蹤上下了功夫。讓一輛十分惹眼的賓士商務車去跟蹤，這個想法很大膽，如果是一般人，絕對不會想到開著賓士商務車的人會去幹盯梢跟蹤的事。

只是對方忽略了一件事，那就是柳擎宇不是一般人，他曾經是狼牙特戰大隊的大隊長，多少次在生死線上與外敵展開一場場驚心動魄的廝殺，各種盯梢手段對他來說都是小菜一碟，他甚至不用眼睛看，在心中就會生出一種預感。

此刻，賓士車內，負責跟蹤的是兩個二十多歲的年輕人，一個黃毛，一個紅毛。

開車的黃毛看到唐智勇拎著那麼一大袋子從超市出來，眼中充滿震驚之色，說道：「這柳擎宇也太摳門了吧，帶著美女去吃飯，竟然還要在超市裡買酒買菸？」

紅毛也是一臉氣憤地說道：「是啊，那麼漂亮的美女，讓柳擎宇這樣的豬給拱了，真是太可惜了。」

隨後，柳擎宇的汽車發動，趕到浩天酒店，柳擎宇拿著原件檔案的資料夾走下車，他故意在櫃臺要了一間和夏正德相鄰的包廂，然後帶著秦睿婕、唐智勇走了進去，點了一桌豐盛的菜肴。

柳擎宇他們剛進入包廂，黃毛和綠毛便尾隨而至，到櫃臺詢問了柳擎宇所在的位置，然後在他們斜對面要了一個包廂，房門大開，以便可以隨時關注對面的情形。

柳擎宇那邊上菜的時候，黃毛還故意從門前經過，往裡面瞧了一下，確定裡面只有柳擎宇他們三人之後，才放心地回到他們的包廂。

等菜上全後，唐智勇把房門從裡面鎖上。

這時，柳擎宇站起身來，伸手拉開屏風，便露出隔壁飯桌。縣委書記夏正德正笑瞇瞇地坐在那裡，手中拿著一疊和柳擎宇的資料夾差不多厚度的文件。

柳擎宇把資料夾裡面的檔案交給夏正德，隨後把夏正德手中的文件又放回資料夾內。做完這一切之後，柳擎宇向夏正德豎了豎大拇指，和夏正德交流了一下眼神，又走了回去，拉上竹簾。

其實，夏正德選的這個包廂是一個大房間，裡面有隔門，一張大桌，兩張中桌，如果是客人比較多的時候，酒店就會把中間的竹簾一拉，將房間隔開來，兩邊各有一張桌子，如果客戶想熱鬧些，便拉開簾子，擺上大桌，這樣可以大為提高房間在使用上的彈性。

而這一點，今天恰好被夏正德給利用上了，他輕鬆地和柳擎宇完成了檔案交接之後，便起身離開了。

柳擎宇這邊則有說有笑地聊了起來。柳擎宇隨後讓服務員把房間門打開，說是房裡太悶熱，於是，三人就在斜對面黃毛和紅毛不時的偷窺下放鬆地吃了起來。

見柳擎宇他們這邊沒有什麼異樣，黃毛和綠毛也放心地吃了起來。

吃完飯，柳擎宇讓唐智勇開車把他們送到虎山公園，他陪秦睿婕在虎山公園裡轉悠起來。

黃毛和紅毛兩人則分工合作，黃毛負責留下來盯著唐智勇，紅毛則假裝散步，不緊不慢地跟在柳擎宇他們身後。

走著，柳擎宇感謝說：「秦書記，謝謝你今天的配合。」

秦睿婕嫣然一笑，道：「配合你倒是沒什麼，舉手之勞而已，不過，我好歹也算幫了你的忙，可不可以請你也幫我一個小忙啊？」

柳擎宇歪著頭說：「沒問題。什麼忙？你說吧。」

「你以後可不可以不要叫我秦書記啊，你可以叫我秦睿婕，也可以叫我睿婕，當然啦，叫我秦姐我也不反對。」秦睿婕不滿地說道。

柳擎宇聽秦睿婕這樣說，頓時臉上一陣乾笑。

他不是傻瓜，怎麼會聽不出來秦睿婕的意思呢。秦睿婕性格高冷，不輕易向別人袒露自己的情感，她能夠把話說到這種程度，也算是相當難得了。

說實在，秦睿婕這個大美女，論相貌雖然比起曹淑慧略遜一籌，但是論身材，卻勝過曹淑慧，在氣質上，兩個大美女則是各有千秋。曹淑慧清純、靈動，秦睿婕則是外表冰冷，笑起來卻傾國傾城，她要是少些冰冷，多一些笑容的話，絕對是女神級別的極品。

柳擎宇雖然知道秦睿婕對自己有意思，但是現在，卻只能佯裝不知，因為不管是秦睿婕也好，曹淑慧也好，他都非常欣賞她們，也願意和她們在一起聊聊天，散散步，但是在兩人身上，柳擎宇找不到那種讓他為之怦然心動，呼吸加速的一見鍾情的感覺。現階段，他只能把她們當做朋友。

然而，柳擎宇是個善良的人，自然不會直接告訴對方，說自己不喜歡她，你不是我的菜之類的話，那樣太傷人了。

「沒問題，那我以後就叫你秦睿婕吧。」柳擎宇順從地說。

秦睿婕笑著點點頭。

柳擎宇看到秦睿婕又笑了，不禁說道：「秦睿婕，其實你笑起來挺好看的，幹嘛總是冷著臉呢，累不累啊？」

聽柳擎宇誇讚自己，秦睿婕心中很高興，但是臉上再次恢復了那種冰冷的狀態，白了柳擎宇一眼：「要你管。」卻又挽住了柳擎宇的胳膊，一起向前走去。

此刻的柳擎宇絕沒有想到，韓明強針對他的最終大殺招已經全面啟動了。

就在兩人在虎山上散步的時候，網路上有關柳擎宇的新聞快速發酵著。

先是在論壇上出現柳擎宇、龍翔帶領著一大幫城管們浩浩蕩蕩殺奔海悅天地娛樂城的圖片，然後配上了一個充滿疑問的標題——

「景林縣城管隊員全體出動，氣勢洶洶，他們要去幹啥？」

這個帖子出現後，不久便引起很多網友的極大關注，尤其是那個大大的充滿了疑問的標題，更是讓人對接下來要發生的事充滿了期待。

一時間，跟帖無數，更有很多人回帖催促樓主趕快更新。

在吊足網民胃口之後，第二個帖子出現了。

這一次照片是柳擎宇給城管隊員訓話的照片，背景是海悅天地娛樂城的擴建工程，標題則是：「城管局長在準備強拆的建築前面訓話」，後面是一段柳擎宇講話的音訊檔。

音訊中聽得出來，柳擎宇的目標是強拆這座被定義為違章建築的建築。在圖片下面，有一段文字：

「城管局局長柳擎宇，意氣風發，帶領全體城管隊員誓言要強行拆除這棟違建，老百姓叫好不斷，柳擎宇聲望攀到頂峰，老百姓都在盼望著，等待著，他能成功嗎？」

這段文字最後的疑問再次引起網友們的瘋狂討論，音訊檔中，柳擎宇那番慷慨激昂的陳詞，更是讓很多人對柳擎宇充滿了欽佩和期待。

又過了二十多分，第三個帖子出來了。

這次，不僅有圖片、音訊，還有視頻，視頻是柳擎宇向周曉東道歉的內容。然而裡面並沒有把柳擎宇道歉前和道歉後的過程放上來，只截取了柳擎宇道歉的部分。

這次的標題是：「到底是沽名釣譽，還是一心為民？」

正文裡沒有任何文字，只有那鮮紅的標題猶如鮮血一般，潑灑在所有關注他的網民眼中。引起了所有網民的思考，**柳擎宇到底是沽名釣譽，還是一心為民呢？**

帖子沒有給出任何結論，很多網民紛紛發表了自己的意見，一開始，在憤怒的心情衝擊下，網民幾乎都一面倒地強烈批評柳擎宇是在沽名釣譽；但是也有一些比較理性的網民質疑，為什麼這段視頻只有這麼短短的一小段呢？為什麼不放出全部的視頻呢？

但是這種質疑的聲音被更多衝動的網民的憤怒和口水給淹沒了。

最絕的是第四幅照片，這次只隔了不到十分鐘便上傳了，是柳擎宇和秦睿婕並肩離去的照片，配上的標題是：「城管局長道歉完畢，攜美女並肩離去，他們要去幹什麼？」

又是一個沒有任何解釋的圖片，這再次引發了網民瘋狂的討論。

此刻，就連原本還對之前那段視頻充滿質疑的人也開始懷疑起來，為什麼現場會有美女？為什麼柳擎宇道歉完後和美女一起離去？這是不是柳擎宇精心策劃的一場表演呢？

一時之間，各種聲討柳擎宇的帖子漫天飛舞。

網民從各種角度闡述他們的想法，認定柳擎宇就是一沽名釣譽之徒，貪戀美色之輩，尤其是秦睿婕那沒有任何瑕疵的背影，更是讓很多網民感嘆，在美色面前，再狂的局長也得彎腰啊！

甚至有網民還八卦地推論說，柳擎宇的道歉肯定和這個美女的出現有關，說這個美女就是柳擎宇的情人，她的出現是對方給柳擎宇的一種警告，柳擎宇在對方的暗示和威脅下不得不做出妥協。

總之，各種聲音甚囂塵上，但是幾乎沒有人再為柳擎宇說話……

第十章

風雲變幻

鄒海鵬和董浩兩人聚在一起，顯得十分焦慮，臉上充滿了疲憊之色。

不得不說，這次景林縣風波風雲變幻之快，是兩人誰也沒有料到的。他們更沒有想到，本來已經是必勝之局的鄒文超他們竟然在一夜之間翻盤。

北京市某座守衛森嚴的別墅社區內。

六號院，客廳。

柳擎宇的老爸劉飛坐在電腦前，正在觀看網上各個有關兒子的評論。在劉飛旁邊，是他的頂級智囊諸葛豐。

看完之後，劉飛靠在椅子上，看向諸葛豐說道：「諸葛豐，你認為擎宇眼前的局勢如何？有沒有翻盤的機會？」

諸葛豐笑道：「我看沒事，因為我對這小子非常瞭解，沽名釣譽？開玩笑，就憑他的身分、智慧，他用得著沽名釣譽嗎？所以，這個帖子**絕對是一場精心策劃、針對擎宇的陰謀**。至於擎宇能不能翻盤，我相信應該沒有問題的，這小子啥時候吃過虧啊。想當年擎宇在美國執行任務的時候，面對那麼多頂尖高手，層層圍堵，重重包圍，依然能夠單槍匹馬殺得他們人仰馬翻，最終突圍離去，這種小小的困難根本難不住他。」

「是啊，自從進入官場後，這小子成熟多了，雖然缺點還是不少，但是進步卻是明顯的，我真的很好奇，**他這次要如何化解危局**啊？」劉飛沉思起來。

虎山公園。

柳擎宇和秦睿婕饒了一圈之後，緩緩走了下來。

隨後柳擎宇讓唐智勇開車把秦睿婕送回賓館，他則直接返回了住處。

黃毛和紅毛兩人一路盯梢，發現沒有任何問題，不過為了確保萬一，兩人並沒有離開，而是繼續坐在車內蹲守，同時打電話向鄒文超回報情形，確定柳擎宇沒有做出任何可疑動作。

鄒文超聽到兩人的報告之後，安心了許多。

……

柳擎宇剛剛回到住處，手機便響了起來。

電話是龍翔打來的。

龍翔焦急地說道：「局長，出大事了，現在網上鋪天蓋地的出現瘋狂批評、質疑你的聲音。」

柳擎宇立刻打開電腦上網看了一下，看完，柳擎宇的臉色變得精彩起來，他先是一愣，隨即大怒，但是緊接著，柳擎宇突然哈哈大笑起來。

電話那頭，龍翔聽到柳擎宇的笑聲，不解地問：

「局長，怎麼了？您笑什麼？」

柳擎宇笑著說道：「龍翔啊，我沒想到韓明強竟然忍不住出手了，而且一出手就是狠招，想要置我於死地，但是他不知道，他這是自掘墳墓啊！一直以來，我都在思考如何收拾他呢，現在他倒是主動送上門來了。這回，我不需動用任何資源，只需要一個電話就可以把他搞定了。」

掛斷電話後，柳擎宇立刻撥通了鄒文超的電話。

此刻，鄒文超正在海悅天地的辦公室內大發雷霆呢。

他用手一指電腦上那鋪天蓋地針對柳擎宇的報導，對馬小剛、包曉星他們幾個怒吼道：「這些帖子是怎麼回事？是誰主導的？你們怎麼那麼沒腦筋啊？這種事，咱們在下面怎麼做都可以，怎麼能捅到網上去呢？雖然這可以讓柳擎宇顏面掃地，但是對我們來說是非常危險的，這是把我們這棟違建公然放在老百姓面前啊，等媒體都過來採訪，看到我們這棟建築物的情形後，我們會有多麻煩啊！混蛋！想出這個辦法的人簡直就是混蛋！到底是你們誰幹的？」

馬小剛、包曉星等人你看看我，我看看你，同時搖搖頭，紛紛表示不是自己幹的。

這一下，鄒文超愣住了，對這幾個兄弟他倒是瞭解的，如果是自己幹的，不需要有任何避諱。那麼現在可以肯定，這件事不是自己這邊的人做的，那麼**到底是誰做的呢？**

這時，柳擎宇的電話打了進來。

鄒文超接通了：「柳擎宇，找我什麼事？」

柳擎宇裝出十分憤怒的樣子吼道：

「鄒文超，你也太卑鄙了吧？竟然如此抹黑我，你看看網路上，一片罵我的聲音，你現在是不是很爽啊？」

「我爽？爽個屁！柳擎宇，這件事根本就不是我們幹的。」鄒文超也很悶。

柳擎宇早就猜出不是鄒文超他們幹的了，做出一副不解的樣子說道：

「哦？不是你幹的，我自己肯定不會傻到去抹黑自己吧，那會是誰做的呢？在整個景林縣，誰對我恨之入骨呢？」

他自言自語說到這裡，突然作出恍然大悟的樣子說道：「啊！該不會是韓明強這傢伙幹的吧？他恨不得把我往死裡整呢。」

說完，柳擎宇便掛斷了電話。

電話那頭，鄒文超臉色難看起來。

鄒文超也不是傻瓜，柳擎宇說得非常有道理，既然這件事不是自己人幹的，柳擎宇也不會自己抹黑自己，那麼唯一的可能，就是柳擎宇的敵人做的！

那麼在柳擎宇的敵人中，在整個景林縣縣城內，有能力做出這件事情的人，也只有韓明強了。

想到這裡，鄒文超臉色刷的一下沉了下來，咬牙切齒地說道：

「韓明強啊韓明強，你這個王八蛋，為了把柳擎宇搞下去，為了自己能夠當上局長，竟然不顧我的感受和損失，你的心也太毒了一些！好好好，你不是想要當局長嗎？老子讓你連常務副局長都當不成！」

說完，鄒文超看向包曉星和徐海濤等人，說道：

「你們立刻發動所有的關係，給我搜集韓明強違法亂紀的證據，不管搜集到多少，明天早晨上班之前，一定要送到景林縣紀委書記楊劍盛的桌上！韓明強這個王八蛋竟然連我們都敢陰，實在是太欠收拾了，以為有個副市長的哥哥就了不起啊，看老子整不死你！」

幾個人聽到鄒文超的吩咐，立即開始行動起來。

對包曉星和徐海濤來說，要想找韓明強的罪證實在是太簡單了，不到半小時，他們就得到了回覆，有充足的證據可以搞倒韓明強。

鄒文超立刻讓包曉星把所有證據匯總到一起，連夜送到紀委書記楊劍盛家去。

與此同時，鄒文超和馬小剛等也發動各種關係，盡快把網上有關柳擎宇的帖子全部刪除。因為他們非常清楚，這件事鬧得越大，對他們越沒有好處。

就在當天晚上，夏正德讓縣委辦主任通知所有縣委常委以及主管城建的副縣長、城管局局長、建設局局長、公安局局長等人，所有人於隔天上午八點半到縣委會議室內參加常委擴大會議，討論城建工作的相關議題。

對這個通知，沒有誰懷疑什麼，因為大家都知道發生在海悅天地娛樂城擴建工地的那件事，大家都認為可能和這件事情有關。

第二天，柳擎宇剛到辦公室，便讓龍翔通知所有黨組成員，二十分鐘之內全部到會議室開會。

韓明強接到龍翔的通知後，當即皺起了眉頭，柳擎宇怎麼會突然通知開會呢？難道是柳擎宇發現網上有關他的報導是我幹的？

不過他很快就又否定了這個想法，這次的行動他做得極其隱蔽，柳擎宇根本不可能知道是自己幹的。就算知道，柳擎宇也抓不到證據，因為他請的那幾個全都是外地飛過來的，這些人也已經在凌晨就坐飛機回去了。

確定沒有什麼問題後，韓明強瀟灑地站起身來，邁步往會議室走去。邊走心中還邊道：「柳擎宇啊柳擎宇，你再囂張也蹦躂不了幾天了，隨著昨天道歉事件的發酵，你的聲望將會直接跌到谷底，最多三天時間，縣委就會迫於壓力把你這個局長給拿下，到時候，局長位置鐵定是我韓明強的了。哈哈哈！」

他越想心中越得意，嘴裡還哼起了小曲。

這一次，韓明強到會議室的時間難得很早，因為他急切地想要看到柳擎宇那憤怒、鬱悶的眼神，也想聽一聽其他黨組成員是怎麼議論柳擎宇的。

果然，來到會議室，便看到眾人交頭接耳，話裡話外的議題都和柳擎宇有關，韓明強心中越發興奮，柳擎宇已經成為眾矢之的了，自己這次使出的終極大招終於見到成果了。

這時，柳擎宇邁步走進會議室，坐在主席位上。

坐下之後，柳擎宇並沒有立刻開會，而是抬起手腕看了看錶，然後低頭喝起水來。

看到柳擎宇這種動作和表情，韓明強心中更加得意了，暗道：「柳擎宇啊，你肯定是不知道如何開口了吧？網上的輿論那麼激烈，你死定了！」

時間一分一秒地過去，柳擎宇到會議室足足有三分鐘的時間了，卻依然沒有開口說話的意思。

其他黨組成員看到柳擎宇沒有說話，自然也不便說話，眾人紛紛喝水或者抽菸，默默地等待著。

就在這時候，會議室的房門一開，四個身穿黑色西裝的男人從外面走了進來，隨後往左右兩邊一分，守住會議室的門口，隨後，一名中等身材的男人走了進來。

這個人一進來，會議室內所有人，包括柳擎宇，全都站起身來。

因為進來的人是縣紀委副書記邵宏宇。

柳擎宇邁步迎上前去，主動伸手和邵宏宇握了握，道：

「邵書記，我已經照您的意思把黨組成員們召集到一起了，有什麼需要我們城管局配合的，您儘管說，我們一定配合。」

邵宏宇笑著點點頭道：「好的，麻煩柳局長了，下面該我們辦事了。」

接著，邵宏宇向韓明強走去，然後從隨身手提包中拿出一份文件和一枝筆遞給韓明強，面色嚴肅地道：

「韓明強同志，我們紀委查證後確認，你涉嫌重大貪污、受賄等嚴重腐敗問題，現在依照程序，正式對你實施雙規，請你在規定的時間、規定的地點，把你的問題交代清楚。現在，請你在文件上面簽字吧。」

當看到邵宏宇向自己走來的時候，韓明強就感覺到有些不妙了，他在心中拼命地祈禱著，千萬不要找上我啊，千萬不要找上我啊！

然而，邵宏宇最終還是在他的面前停了下來。

他聽到邵宏宇這番話後，臉色立即蒼白起來，聲音顫抖地說道：

「邵……邵書記，我沒有犯法啊，我真的沒有犯法啊，要不，你給副市長韓明輝打個電話，他是我哥哥，他對我非常瞭解的，我真的沒有必要貪污受賄啊。」

都這個時候了，韓明強還在做最後的抵抗，搬出自己哥哥來，希望能夠壓制一下邵宏宇，讓他對自己有所忌憚。

然而，邵宏宇臉色更見陰沉地說：

「韓明強，你是你，你哥哥是你哥哥，不可一概而論，你有沒有犯法不是你哥哥說了算的，要以證據為基礎。我相信，韓副市長即便知道我們雙規你了，也會對我們的行動非常支持的。其他的就不要囉嗦了，先在這上面簽個字吧，你有沒有問題，我們到紀委好好談一談就知道了。」

聽到邵宏宇不帶一絲感情的話語，韓明強知道自己完蛋了，對方連自己哥哥都不顧忌，自己要想脫身是沒有希望了。

他只能用顫抖的手在文件上簽下自己的名字，隨後在幾名紀委工作人員的「攙扶」下，緩緩地向外走去。

快到門口的時候，韓明強突然轉過頭來，恨恨地看向柳擎宇，怨毒地說：「柳擎宇，真沒有想到，我最終還是栽在你手裡，看來，我韓明強這次真是輕敵了啊！」

柳擎宇聽了淡淡一笑，說道：「韓明強，其實你根本不是敗在我的手裡，你是敗給了你自己。」

韓明強一愣，問道：「為什麼？」

柳擎宇侃侃說道：「你要是不貪污受賄，會被紀委抓住證據嗎？你要是一心為民，會被紀委帶走嗎？你要是向林小邪同志一樣盡心盡職地工作，我會和你作對嗎？如果你不貪婪，你會走到今天嗎？所以，**你不是敗給了別人，而是敗給了自己的貪欲**。人的欲望是沒有止境的，如果不懂得克制，早晚會走上一條犯罪之路。」

韓明強被邵宏宇等人帶走了，會議室內再次恢復了安寧。

此刻，所有人看向柳擎宇的眼神全都變了，風光好幾年的韓明強在柳擎宇上任才短短的幾個月內便折戟沉沙。

韓明強當著所有黨組成員的面被雙規，也給所有黨組成員狠狠地敲響了一記警鐘。眾人對柳擎宇不由得充滿了敬畏，眼前這位年輕的城管局局長真的一點也不嫩，也不好惹啊。

韓明強被帶走的同時，在縣委常委會議室內，縣委常委擴大會議也即將開始。

會議室內所有常委們都已經到齊了，建設局局長王啟建也到了，但是柳擎宇卻沒有到。

所有人都在等待，因為縣委書記夏正德並沒有宣布會議開始。

賀光明看向縣委辦主任，說道：「陳主任，柳擎宇到底是怎麼回事？你通知他了嗎？為什麼他到現在還沒有來？」

「已經通知了，要不我再給他打個電話催一催？」陳凡宇道。

夏正德沉聲道：「不用，我們就再等一等。」夏正德的臉色顯得十分凝重，聲音中帶著幾分憤怒和不滿。

看到縣委書記的表情，賀光明沒再說什麼，心想，柳擎宇在這種會議上遲到，最丟面子的是夏正德，他樂見其成。

時間，一分一秒地過去。所有人依然在等待著。

這時，夏正德的手機響了。夏正德看了眼電話號碼，笑了，邁步向門口走去。

眾人愕然，想不明白夏正德為什麼要向門口走去，難道是去迎接柳擎宇嗎？

夏正德打開房門。

這時，門外傳來一陣雜亂的腳步聲。

不是一個人。一個人沒有這麼多的腳步聲。

會是誰讓夏正德到門口去迎接呢？

門口人影一閃，一個身穿灰色休閒裝、五十多歲的男人出現了。

這個人出現在門口的時候，所有人都站起身來，目光中帶著幾分震驚。

竟是蒼山市紀委書記孟偉成。

他怎麼來了？他可是蒼山市市委常委、紀委書記啊，怎麼會這個時間出現在常委擴大會上呢？

一時間，所有人都滿腦子的疑問。

夏正德走過去，伸出手來，說道：「孟書記，說實在的，我想說歡迎您到我們景林縣來，但是這句話我真的說不出口，我感覺愧對市委對我的信任。」

孟偉成和夏正德握了握手，安慰道：「你不必自責，你能夠做到這種程度，市委已經相當滿意了，你們景林縣在你來之前已經積重難返，現在只能破而後立了。走吧，咱們先開會，別讓同志們等得著急了。」

說著，孟偉成率先向主席位上走去。

在孟偉成身後，進來了八名紀委的工作人員。

看到孟偉成身後竟然還帶著人，很多人眼神中多了幾分畏懼之色。畢竟紀委書記可不會輕易出動的，但凡出動，必是大事。

孟偉成冷冷地掃了一下在場眾人，沉聲道：

「我知道，我突然到來。肯定讓在場的各位都感覺到十分疑惑和吃驚，就在一天之前，我都沒有想過我會親自來景林縣。然而這一次，我不得不來，因為景林縣的問題實在是太嚴重了。嚴重到我這個紀委書記不來都不行了。」

會議室的氣氛一下子凝重許多。沒有一個人敢大聲呼氣，生怕孟偉成下一個就點到了自己的名字。

包天陽的腦門在冒汗了。心有些發虛，雙腿和雙手都在顫抖。因為剛才孟偉成在說話的時候，目光曾經在自己身上瞟了一眼，雖然那一眼十分隨意，看起來就好像是無意間掃過一般，但是那一瞬間，包天陽害怕了。

他努力給自己鼓勁：「包天陽，怕個鳥啊，上次薛文龍垮臺時，紀委動作那麼大都沒能把你怎麼樣，這次紀委能夠把你怎麼樣呢？對，把腰桿挺起來，紀委不可能找到你任何證據的，只要沒有證據，他們是絕對拿你沒有什麼辦法。」

包天陽的腰桿漸漸挺直了。

這時，孟偉成再次說話了：

「現在，我也就不再廢話了，直接進入主題。下面，我宣布將要被紀委雙規的人員名單，請聽到名字的人直接在文件上面簽字，然後請配合一下我們紀委人員的工作，自動跟著我們走。

「被念到名單的同志們不要說什麼自己是冤枉的，我可以明確地告訴你們，凡是被念到的，沒有一個是冤枉的，甚至在座的各位中還有漏網沒有被念到的，我要告訴大家的是，法網恢恢，疏而不漏，任何人膽敢違反法律，貪污、受賄，膽敢侵吞國家和老百姓的利益，我們紀委的這把正義之劍早晚都會砍在你的頭上的，我希望在座的各位能夠好自為之。」

聽到孟偉成這番話，在座眾人的臉色更加蒼白了，越來越多的人腦門上開始冒汗。這個市紀委書記的氣場實在是太強大了。強大到讓他們不敢逼視的地步。眾人只能深深地把頭低下去，希望念到的不是自己的名字。

孟偉成的目光直接落在包天陽的身上：

「包天陽、徐建華、王啟建、白長喜四位同志，請你們在文件上簽字，跟我們去一趟市紀委吧。」

孟偉成的話剛說完，八名紀委工作人員立刻分成四個小組分別站在四人身後，同時，拿出一份文件和筆放在四人面前。

會議室內所有人都傻眼了。這絕對是大手筆啊！一下子雙規四個人。一個縣委常委、一個副縣長、兩個局長。

聽到自己名字被念到，包天陽、徐建華和王啟建、白長喜四個人立馬石化了，腦門上汗水直往下流。

沒有任何跡象、沒有任何前兆，他們就這樣被雙規了，這也太誇張了一些。

白長喜不服氣地說道：「孟書記，我非常不服，為什麼雙規名單中沒有柳擎宇？他昨天帶隊強拆引發了極大的社會反彈，老百姓對他都恨之入骨了，為什麼不雙規他呢？」

孟偉成沒有說話，看向夏正德。

夏正德淡淡笑道：「白長喜同志，你可能還不知道，昨天那場炒作得沸沸揚揚的鬧劇不過是韓明強導演出來的而已，根本不足為信！難道你們沒有注意到，本來應該參加這次會議的柳擎宇並沒有出現嗎？我可以告訴你，他現在正帶著全體城管人員向海悅天地娛樂城的方向趕去。他們的目的就是拆除海悅天地娛樂城。

「我不知道你清不清楚，但是我知道，建設局的王啟建同志肯定非常清楚，海悅天地娛樂城整個都是違建，至於昨天柳擎宇看到的那份文件，根本就是王啟建、徐建華等人聯手搞出來的一份假文件而已。柳擎宇昨天之所以選擇退走，為的就是拿到這份文件作為證據。」

聽夏正德說出詳情，賀光明臉色大變。

因為他記得，昨天柳擎宇還特地向他確認了一下那份文件上他的簽字是不是真的，現在孟偉成確認這份文件是假的，自己危險了。

此刻，徐建華和王啟建的臉也慘白無比。他們終於知道柳擎宇為什麼興師動眾地搞**那麼一齣大戲**了，原來整個過程都是柳擎宇設定好的，目的就是拿到這份文件。

陰險，柳擎宇真是太陰險了。

這時，孟偉成再次說道：「夏正德同志提到了海悅天地娛樂城，我不得不再次宣布一件事，在這次事件中，在徐建華等人聯手炮製的這份假文件中，有賀光明同志的簽字，所以，我和市委王書記商量之後決定，先給予賀光明同志行政記大過處分，回去之後上常委會討論後下發正式公文。」

聽到處分，賀光明身體頓時軟了下來。自己的仕途前程算是完了。作為官場中人，有了這樣一個嚴重的處分，恐怕以後在升遷的時候，領導是絕不會再考慮自己了。

想到此處，賀光明對柳擎宇真的是恨之入骨。他怎麼也沒有想到，自己竟然再次被柳擎宇給算計了。

那個交件上的字的的確確不是他簽的，當時是為了配合鄒文超等人，他不得不承認那是他簽的，他沒有想到，柳擎宇那麼問，竟然是給他挖坑等著他跳，而且他真的傻傻地跳了下去。

太陰險了。

柳擎宇真是太陰險了。

孟偉成宣布了對賀光明的處分後，他此次景林縣之行的主要任務也結束了。

包天陽、徐建華等人全都被紀委工作人員帶了出去，隨後，孟偉成在會議室內做了語重心長地講話。在講話中，他再次強調官員必須遵守各種制度和法律，並且不要心存僥倖心理，否則必定被抓。

說完，孟偉成拒絕了景林縣的挽留，直接帶走被雙規的幾人，返回了蒼山市。

此時，柳擎宇那邊正如夏正德所說的，正帶著城管人員再次浩浩蕩蕩地向海悅天地娛樂城方向走去。

直到此刻，城管局眾人才明白柳擎宇昨天為什麼宣布所有人在上午十點鐘之前不得離開局裡了，原來柳擎宇早就策劃好，今天要再次進行強拆。

這一次，由於大部分人都在上班，路上行人並沒有昨天龍翔帶隊的時候那麼多，但是這一次，眾人的氣勢比昨天還要高。因為昨天他們實在是太憋屈了，回去之後，心情都十分低落壓抑。

好不容易想要做件好事，結果卻無功而返，那種失落感是十分強烈的。

今天得知韓明強被雙規，彷彿投下了一枚震撼彈，沒有人敢相信在城管局呼風喚雨、背景強大的韓明強竟然會被縣紀委雙規了！

當柳擎宇再次宣布要依法強拆海悅天地娛樂城後，所有的工作人員都沸騰了。

這個回馬槍殺得太及時，太讓人熱血沸騰了。

不過，也有人擔心，今天會不會出現意外，有人阻攔呢？

眾人的擔心不無道理。

當柳擎宇他們再次殺到海悅天地娛樂城外面的時候，鄒文超、董天霸、馬小剛、徐海濤、包曉星五人大吃一驚。急忙叫來保安人員出去阻擋柳擎宇。

隨後，鄒文超率眾來到柳擎宇面前，鄒文超氣衝衝地說：

「柳擎宇，你昨天已經知道我們這裡不是違建，今天怎麼又來了？我們那份文件呢？趕快還給我們。」

「真是不好意思啊，那份文件恐怕沒有辦法還給你們了。」柳擎宇冷冷說道。

鄒文超大怒：「為什麼？」

柳擎宇笑道：「那份文件昨天我已經作為證據交給縣委夏書記了。」

鄒文超徹底暴怒，用手指著柳擎宇的鼻子說道：「柳擎宇，你……太混蛋了。」

「我混蛋？鄒文超，你自己睜開眼睛看一看，你們這個建築佔據了整整半條馬路，這還不算是違建嗎？你以為你有背景就了不起了嗎？我告訴你，你們錯了，老百姓的眼睛是雪亮的，領導也不是瞎子，你以為隨便搞了一個正常手續就可以把違章建築變成合法建築嗎？我告訴你，不可能！來人啊，給我拆！」柳擎宇一聲令下。

鄒文超此刻也是急眼了，雙手岔開，擋在柳擎宇面前，怒吼道：「誰敢拆？你們要拆，必須先從我的身上壓過去！」

看到鄒文超都這樣了，其他幾個人也紛紛和鄒文超一樣，雙手岔開，擋在了城管局眾人的面前。

這時，柳擎宇拿出手機撥通了一個電話：「好了，你們可以行動了。」

很快，警笛聲從附近響起，隨後，一大幫員警衝入現場，把鄒文超等人圍在當中。

鄒文超看到這種情況，立刻指著其中一個帶隊人說道：

「你們知道我是誰嗎？我爸是市委副書記鄒海鵬！你們要敢動我們，我爸會扒了你們的皮的！我告訴你們，白長喜局長是我的哥們，我一個電話，他就得屁顛屁顛地跑過來，敢動我們，你們會後悔終生的。」

柳擎宇嘿嘿一陣冷笑：「鄒文超，你不要再忽悠人了，我實話告訴你吧，現在白長喜恐怕已經被雙規了，而且我也向市公安局舉報你了，市公安局的人應該馬上就到。一個保外就醫的人能夠活蹦亂跳地出現在這裡，這根本就有違醫學常理。」

柳擎宇話音剛落，外面又是一陣警笛聲響起，隨後一輛警車開了過來。

車門一開，三名員警從車上走了下來，來到鄒文超的面前，為首一名員警拿出自己的警察證伸到鄒文超面前，沉聲道：

「鄒文超，我是市公安局刑偵處的副處長嚴城，我們正在調查你涉嫌以非法手段辦理保外就醫的事，現在請你跟我們走一趟吧。」

鄒文超看到這裡，立時就傻眼了，他怎麼也沒有想到，柳擎宇竟然還有這麼一手。

這時，兩名員警已經伸手抓住了鄒文超的胳膊。因為嚴格意義上來說，鄒文超現在還是犯人。

鄒文超立刻使勁想要掙脫兩名員警，但是兩人卻把他的胳膊抓得死死地。

鄒文超雙眼充滿怨毒地看著兩名警官，怒吼道：「你們知道我是誰嗎？我爸是市委副書記鄒海鵬！得罪了我，你們沒有好果子吃。」

警官淡淡一笑：「對不起，我是員警！我不管你爸是誰，只要你是犯罪分子，我們就會毫不猶豫地抓捕！帶走！」

說完，警官衝柳擎宇笑了一下，帶著鄒文超轉身離去，整個過程迅雷不及掩耳，絲毫不拖泥帶水，酷勁十足。

隨後，在景林縣警方的協助下，馬小剛、包曉星等人全被帶走了。

大老闆都被抓了，那些保安們立刻一哄而散。在柳擎宇的指揮下，海悅天地娛樂城這處嚴重阻礙觀瞻、影響交通、妨害老百姓出入的違法建築終於被拆除了。

有圍觀者把柳擎宇指揮城管人員拆除的畫面發到網上後，網民一片譁然。原來那些大罵柳擎宇的人都驚呆了，這些人立刻話風一變，對柳擎宇大加讚揚，一時間，網路輿論立刻翻轉，柳擎宇的大名迅速為廣大網民所熟知。

此刻，蒼山市市委常委們也已得知景林縣發生的一切。

鄒海鵬和董浩兩人聚在一起，顯得十分焦慮，臉上充滿了疲憊之色。

不得不說，這次景林縣風波風雲變幻之快，是兩人誰也沒有料到的。他們更沒有想到，本來已經是必勝之局的鄒文超他們竟然在一夜之間翻盤。

早晨起來上班的時候，他們看了網上的新聞，依然堅定地認為柳擎宇已經完蛋了，他們終於可以出一口氣了。

卻沒有想到，不久之後，就得知市紀委書記親臨景林縣，縣委常委會上雙規了包天陽等人，以及鄒文超、董天霸相繼被帶走的消息。

這種打擊對他們來說是致命的。

鄒海鵬辦公室內，兩個人不停地抽著菸，房間籠罩在一股濃濃的煙霧中。

他們知道，這一次，自己的前景十分不妙。

他們的猜測是正確的，就在第二天上午，省委發佈公文，對鄒海鵬、董浩兩人利用權力私自放出鄒文超之事給予全省通報批評處理，行政記大過處分，三年之內不得提拔。

鄒海鵬本來還準備等市長李德林調走之後接任市長之位呢，這一次的處罰將他所有的夢想全部破滅了。

三年之內不得提拔，如今他已經五十四歲了，三年後就五十七歲，等到那時候，他就算想要被提拔也沒有機會了。可以說，他這輩子就是這樣了。

董浩的情況和鄒海鵬也差不多。兩人唯一欣慰的一點，就是兩人的職位並沒有被調整。兩人現在對柳擎宇可說是恨之入骨。

他們知道，鄒文超和他們能夠有今天這種結局，柳擎宇要承擔主要責任。所以，現在他們心中對柳擎宇充滿了仇視。

和他們一樣，對柳擎宇充滿仇恨的還有市委常委、副市長韓明輝。

他非常清楚，自己弟弟被雙規的背後是柳擎宇在上下其手，所以，他把這筆帳都記在了柳擎宇的頭上，憋足了心思，想要找到一個合適的機會狠狠地收拾柳擎宇一頓。

這個機會在半年之後就來了。

自從韓明強被雙規後，柳擎宇對縣城管局進行了大力整頓，林小邪被提拔到常務副局長的位置上，主管城管執法大隊等諸多核心部門，陳大林、龍翔的分工也進行了調整，每個人都分到了重要的主管部門。

雖然劉天華也有一些金錢問題，但是由於他的問題並不是特別嚴重，被柳擎宇調整到工會去，擔任了工會主席，原來的工會主席吳宇豪則頂替了劉天華之位。

對城管局下面的各個直屬單位的一二把手，柳擎宇也採取了輪崗制，一些不合格的領導直接撤換。

在柳擎宇的大刀闊斧下，城管局差不多半年左右的時間便走上了正軌。在其他一些地方，城管局的工作人員不被老百姓理解，甚至被老百姓所仇視的現象，在景林縣已經基本上不存在了。

相反，城管局的工作人員由於這半年來一直本著以民為本、為民辦事、文明執法的理念，他們的所作所為獲得了老百姓的充分認可。而柳擎宇更是嘗試著在城管人員中加入一部分女性執法人員，此舉更是大獲成功。

面對女城管人員真摯、柔性的勸導，原本不遵守規定的小商販們漸漸理解了城管的職責，再加上城管們想辦法幫助商販們解決經營和客流的問題，讓他們無須違規占道經營便可以獲得比以前更多的收入，商販們對城管人員十分理解和尊重。

時間眨眼間便進入了九月份。

由於柳擎宇的出色表現，市委常委會經過集體討論後決定，調柳擎宇到蒼山市新華區擔任副區長，級別由正科級提升到副處級。

至於柳擎宇的分工，柳擎宇在接到通知的時候還並沒有明確，這需要等到了以後才能確定。但是柳擎宇的排位卻已經確定了，在所有副區長中排名第三。

接到任命書後，柳擎宇不禁感慨良多。

對城管局局長這個位置他還真是有些捨不得離開，因為他發現，在這個位置上，只要真心為老百姓辦事，是可以做出成績的。是可以獲得老百姓認可的。但是，柳擎宇也清楚，**身在官場，身不由己**，而且自己要想為更多的老百姓做實事，必須走到更高的位置才行。

因為**只有站得高，才能看得遠**。

新任的局長，景林縣方面也確定好了，是由縣委辦的一個科室主任侯大偉過來擔任，這個人是縣委書記夏正德的嫡系人馬，由他來擔任局長，可以確保柳擎宇之前所制定的諸多舉措順利實施下去，讓城管局這種為民辦事的風格可以持續下去。

在辦完交接手續之後，柳擎宇第二天，便乘坐公車趕往蒼山市報到。縣委書記夏正德以及景林縣城管局的一干嫡系人馬們親自把柳擎宇送上了公車，和他一一揮手告別。

在路上，柳擎宇接到市委書記王中山的電話：

「柳擎宇，到蒼山市後，先到我的辦公室來一趟，我有重大事情要向你交代。」

柳擎宇聽了一愣，有些納悶，自己才剛剛確定到蒼山市新華區區政府上任，市委書記王中山有什麼事情需要向自己交代呢？

柳擎宇心中懷著種種疑問來到市委書記王中山秘書的辦公室內。王中山的辦公室是裡外兩個套間。裡面的房間是王中山的辦公室，外面的房間是王中山秘書秦傑的辦公室。

柳擎宇進來時，在秦傑的辦公室內已經坐著四個人等待向王中山彙報工作。這幾個柳擎宇不太熟，四個人中有兩個是縣委書記，一個是市衛生局局長，一個是副市長，級別都比柳擎宇高。

秦傑看到柳擎宇，立刻主動過來和柳擎宇握了握手，然後笑著說道：

「柳區長，你稍等一會兒，王書記正在裡面聽取彙報，王書記說了，你過來後，我就可以帶你進去。」

說到這裡，秦傑又看向幾個等候的領導，抱歉道：「各位領導，真是不好意思啊，因為王書記有吩咐，所以只能麻煩大家再稍微多等一會兒了。」

眾人雖然心中不滿，但卻不能說什麼，畢竟這是市委書記吩咐的，卻對柳擎宇留意了一下，尤其是剛才聽秦傑喊柳擎宇「區長」，這更讓人震驚了。

要知道，柳擎宇看起來也就是二十出頭的樣子，雖然眼神有些滄桑，但是他的面孔一看就是個毛頭小夥子啊，頂多也就是大學剛畢業，這樣年紀輕輕的人可以擔任區長，就算是副區長，那也是副處級啊。這太讓人驚訝了。

一時間，眾人的目光紛紛向柳擎宇看了過來。

柳擎宇顯得十分淡定，坐下後，便靜靜地等待著，對眾人看過來的目光，他只是報之以淡淡的一笑。

過了一會兒，一個四十多歲的男人從王中山辦公室內走了出來，秦傑對柳擎宇說道：「柳區長，你現在可以進去了。」

柳擎宇微微點點頭，站起身來，看了一眼在座等候的眾人說道：「各位領導，給大家添麻煩了。」

說完，這才邁步向王中山的辦公室走去。

柳擎宇這句話，令眾人原本稍微有些不滿的情緒平復了下來，心中暗道：「嗯，這個年輕人很有禮貌啊。」

看到走進來的柳擎宇，王中山不由得一笑，站起來和柳擎宇握了握手，說道：「柳擎宇，你是不是心中有很多的疑問啊？」

柳擎宇看到王中山給自己如此高的禮遇，心中有些感動，要知道，就算是一個副市長來了，王中山也未必會站起來和對方握手。

面對王中山的問話，柳擎宇也不隱瞞，回答道：「是啊，王書記，我心中真是有很多疑問啊。」

雙方落座之後，王中山表情嚴肅了許多，沉聲道：

「柳擎宇，你可能不太清楚，這一次你之所以能夠從城管局局長位置提拔到副區長位置，是我大力舉薦的結果，畢竟你之前不管是在關山鎮也好，在城管局局長位置上也好，在短短一年多的時間內全都做出了十分突出的成績，所以，對於我提出破格提拔你的提議，倒是沒有哪個常委們有異議。

「但是，問題卻出在提拔之後，到底讓你去擔任什麼職務很有歧見，有人提議讓你到市民政局去當副局長，也有人提議讓你去市團委或者市政協去過渡一下，我本來是希望把你提拔到市裡最發達的路北區來工作的。因為我十分欣賞你。但是對我的這個提議，很多常委十分不贊同。最後經過一番爭論之後，才確定讓你到新華區去擔任這個副區長。」

聽王中山這麼一說，柳擎宇才知道這裡面竟然還有這麼多的曲折。

柳擎宇是個十分瀟脫之人，深諳大恩不言謝的道理，便說道：「王書記，我想這個副區長恐怕不是那麼好當的吧？」

王中山點點頭，說道：

「是的，這個副區長不是那麼好當的，區長鄭曉成是市委常委、副市長韓明輝的人，區委書記姜新宇是市長李德林的人，常務副區長包一峰是市委副書記鄒海鵬之人，在區政府，其他幾個副區長中，除了你以外，沒有一個是我的人，可以說，在你來之前，整個新華區我根本就安插不進去人手，李德林、韓明輝和鄒海鵬那撥人把整個新華區防守得滴水不漏，不容任何人插手。如果不是這一次你的前任副區長因為嚴重腐敗問題被查處，就連你這個副區長我也根本安插不進去。

「問題也就在這裡。在你的四周，可以說沒有一個是我的人，無法給你有力的支持。而據我所知，韓明輝、鄒海鵬、董浩等人對你早已經是恨之入骨，希望想辦法把你整倒，現在你直接進入了他們的大本營，他們肯定會想方設法為難你，給你穿小鞋的。怎麼樣，要不要我想辦法把你調出來？」

柳擎宇聽到王書記的說明之後，淡淡說道：「王書記，不用調了，我就去新華區，您是知道的，我這個人喜歡挑戰，越是有挑戰的地方，我越喜歡去。」

王中山點點頭道：「好，我就喜歡你這種性格。這也是我把你放在那裡的主要原因，現在的新華區由於被鄒海鵬等人把持得太久了，已經失去了動力和活力，呈現一片死氣沉沉的局勢，而且裡面的問題很多，再不儘快解決，恐怕會出大事的。

「尤其是新華區的經濟，最近這幾年在蒼山市五個區中從排名第二逐漸滑落到倒數第一，並且已經連續三年處於墊底位置，所以，雖然你的分工還沒有明確，但是在常委會上，由我提議讓你負責招商引資的工作卻是確定了的，招商局是你的分管部門。區招商局這幾年來的業績也是十分糟糕，錢沒少花，項目卻沒有拉來幾個。」

柳擎宇心領神會地說：「您放心吧，我會把招商工作抓起來的。」

就在柳擎宇和王中山在這邊的談話進行著的時候，新華區區政府內。

區長鄭曉成正在和市委常委、副市長韓明輝通電話。

韓明輝沉聲道：「曉成啊，柳擎宇今天就要去你們區裡報到了，他的分工你考慮得怎麼樣了？」

鄭曉成是個聰明人，他早就得知韓明輝的弟弟被柳擎宇整倒的消息，曉得韓明輝對柳擎宇恨之入骨，便道：

「老領導，這個我還沒有考慮好呢，柳擎宇的分工，您有什麼指示？」

韓明輝滿意地點點頭，對於鄭曉成的這種態度他十分滿意，說道：

「嗯，指示談不上，我只是提一些建議吧，我聽說柳擎宇之前是景林縣城管局出來的，所以由他來分管城管工作是不錯的；而且，環保工作現在也越來越受到國家的重視，柳擎宇同志的能力很強嘛，可以由他來分管一下。至於農業方面，也可以讓他試試嘛。」

聽到韓明輝的這些提議，鄭曉成便知道，這一次韓明輝是決定把柳擎宇往死裡整，這些分管部門都是矛盾突出，很容易出問題，不容易出政績的部門，他毫不猶豫地說道：「好的，老領導，那我就把您說的這些都分配給柳擎宇。」

韓明輝笑著說道：「好的，曉成啊，我只是給你提出一些建議啊，怎麼分工，還是你這個區長說了算。」

掛斷電話後，韓明輝咬著牙說道：「柳擎宇啊柳擎宇，這次我要是不整倒你，我就不叫韓明輝。」

柳擎宇沒想到的是，他人還沒有到達新華區區政府呢，整個區政府便已經傳開了，說是柳擎宇得罪了鄒海鵬、董浩和韓明輝三大常委，還說什麼三大常委準備好好收拾柳擎宇一番，這次把柳擎宇調到新華區，便是為了收拾他。

一時間，這種小道消息漫天飛舞，幾乎整個區政府從上到下都知道這個消息了。

身為區政府的工作人員，誰敢得罪市委常委啊，更何況是三大常委一起得罪了，於是，在柳擎宇還沒有到的時候，整個區政府的所有工作人員便已經暗暗下定決心，絕不能向柳擎宇靠攏，要和柳擎宇劃清界限，有多遠，就離他多遠。省得成為三大常委的打擊對象。

當柳擎宇從王中山那裡走出來，按照流程報到完，被市委組織部副部長送到新華區區政府後，柳擎宇的工作便算是正式開始了。

在這次上任的過程中，柳擎宇發現了一個十分明顯的現象，那就是整個歡迎儀式十分簡單，很多應有的環節全都略去，而副部長把柳擎宇送到任之後，連午飯都沒有吃便離開了。

隨後，柳擎宇被區政府辦主任陳正偉領到了前任副區長的辦公室內。

這是一個十分奢華的辦公室。看著辦公室內的擺設，柳擎宇不由得一皺眉頭。

辦公室內的擺設實在是太奢侈了。真皮沙發、真皮座椅、大理石的茶几，精緻奢華到極點的吊燈。所有的一切都在昭示著兩個字──奢華。

以這種裝修檔次，恐怕就算是省委書記辦公室都未必有如此程度。

進入辦公室之後，柳擎宇的第一個感覺便是陷阱。

這絕對是一個陷阱。

如果自己真的要了這間辦公室，其他領導，尤其是級別比柳擎宇高的領導到了這間辦公室以後，只要隨便看一眼這裡的裝修，恐怕就會對自己生出不好的印象。

畢竟，領導也是人，他們看到下屬的辦公室比自己的辦公室裝修得還要豪華，心中能舒服嗎？

在官場上，不管是用車也好，辦公室的配備也好，包括住房條件等都是有一定規範的。如果你太誇張的話，領導早晚都會給你小鞋穿的。

前任副區長為什麼會被雙規，看看這豪華的辦公室就知道了。

柳擎宇看了一眼陳正偉，說道：「陳主任，這就是為我準備的辦公室嗎？」

陳正偉點點頭：「嗯，是的，不知道柳區長您對這間辦公室滿意不滿意？」

在陳正偉看來，柳擎宇這樣年輕的副區長，肯定喜歡奢華，而且這樣做正好給柳擎宇挖下了坑。

柳擎宇聽完陳正偉的話後，搖搖頭說：

「這間辦公室太奢華了，恐怕區長辦公室都沒有這麼奢華，我承受不起，這樣吧，你給我找一間向陽的辦公室，裡面擺一台電腦、一個書櫃、一套辦公桌椅、一套會客的沙發就可以了，所有的擺設都要按照規矩來，總不能我的辦公室配備比區長的還豪華吧，那樣區長知道了，肯定會記恨我的。陳主任，這個要求不會讓你為難吧？」

柳擎宇直接拿話點了陳正偉一下，他要讓陳正偉知道，雖然我年輕，但是你的小心思，我早就看出來了。

陳正偉聽了，臉上立時露出尷尬之色，連忙點頭說道：「好的，好的，那我這就為柳區長重新準備一間新的辦公室。您先在這裡坐一會，等準備好了我過來喊您。」

說完，陳正偉轉身離開了。

等陳正偉離開後，柳擎宇走到窗口處，靜靜地望著窗外，陷入了沉思之中。

從王中山那裡出來，柳擎宇便意識到自己這次來新華區擔任副區長，絕對是一個強勁的挑戰，可以說，在這整個新華區裡，幾乎處處都是自己的對手，或者是韓明輝、董浩、鄒海鵬的嫡系人馬，他們這些人肯定會千方百計地算計自己的。

只有這樣，他們才能討好自己背後的領導。

怎麼樣才能在這惡劣的環境中生存下來，是自己所面臨的主要任務。

現在，工作還沒有正式開始呢，自己便遭到了暗算，這更是讓柳擎宇感受到自己在新華區的險惡處境。

過了差不多一個半小時左右，陳正偉走了過來，把柳擎宇帶到距離這個房間不遠的一處向陽的辦公室內，隨後看向柳擎宇，說道：「柳區長，您看這間辦公室可以嗎？」

柳擎宇掃視了一下，感覺不管是檔次還是佈局都還算不錯，點點頭道：「嗯，可以，就這裡吧。」

「好，那您先忙，我出去了，有什麼事，您打我辦公室電話。」陳正偉說完便出去了。

坐在辦公桌前，柳擎宇望著空蕩蕩的房間，除了一些傢俱擺設以外，一無所有，不由得一陣苦笑。他知道，從現在開始，自己在新華區的工作就算正式開始了，**萬事起頭難，自己必須想辦法找到突破口才行。**

這時，柳擎宇辦公桌上的電話響了。是政府辦主任陳正偉打來的：

「柳區長，區長讓我通知您，下午兩點半到大會議室參加區政府黨組會議。」

「好的，我知道了。」

下午兩點半，柳擎宇提前三分鐘來到會議室。

會議室內已經坐了兩個副區長，柳擎宇向兩人點點頭，然後便坐在自己的位置上。

新華區區政府一共有一個區長，七個副區長，全都是黨組成員。召開黨組會議其實也就是召開區長會議。柳擎宇在七個副區長中排名第三，僅次於區委常委、副區長張超。

自己在幾個副區長中排名很靠前，柳擎宇知道，這是市委書記王中山為自己努力爭取的結果。自己是王中山在新華區唯一的一枚重量級棋子，要想讓自己在新華區做出成績，甚至能夠攪動新華區的局勢，一個合適的位置肯定是必不可少的。

過了一會兒，隨著會議時間的到來，其他黨組成員陸續抵達。

兩點半整，區長鄭曉成準時邁入會議室大門。

落座後，鄭曉成笑著說道：

「今天召開這個黨組會議，主要是咱們區政府班子成員先見見面，然後把分工再重新劃分一下。由於柳擎宇同志到我們新華區前，市委便把柳擎宇同志的排名確定下來了，而且柳擎宇要主抓經濟和招商這一塊，所以之前主管這兩個領域的同志，需要把自己主管的領域貢獻出來，畢竟，這是市委的決定。雖然之前大家都見過面了，為了讓柳擎宇同志能夠對大家都有一個明確的認識，咱們再重新自我介紹一下吧。」

隨後，眾人紛紛進行了自我介紹，柳擎宇把眾人的名字和排名都記住了：區長是鄭曉成，後面是常務副區長包一峰，然後是區委常委、副區長張超，接著是他自己，在他後面，分別是金秋磊、王鐘、吳宏偉、孫浩然四位副區長。

等介紹完，鄭曉成笑著說道：「好，下面我先把柳擎宇同志的分工說一下，之前主管這些領域的副區長到時候可以和柳擎宇做一下交接。」

說完，鄭曉成拿出筆記本來念道：

「柳擎宇同志主要負責經濟、招商引資、環保、城管、衛生、食品藥品監督管理、計劃生育、文化廣播電視、雙創等方面工作。分管區招商局、環保局、衛生局、愛衛辦、食品藥品監督管理局、計生局、文廣局、雙創辦、紅十字會。聯繫區總工會、文聯、共青團、婦聯。」

聽到鄭曉成念完後，包一峰、金秋磊、王鐘三個人看向柳擎宇的目光中，全都多了幾分不滿。因為以前招商局是包一峰這個常務副區長主管的，是個有油水的部門；而環保局以前是由金秋磊主管的，城管局是由王鐘主管的，現在全都交到了柳擎宇的手中。

而且柳擎宇的前任局長以前分管的部門本來不太多，現在依然全部歸柳擎宇來分管，這樣一來，相當於柳擎宇從別的副區長那裡搶飯吃了。別人怎麼能看柳擎宇順眼呢？

柳擎宇不是傻瓜，看到幾人的目光，便知道自己又被鄭曉成給算計了，鄭曉成肯定是藉著分工給自己樹立起了敵人。

柳擎宇淡淡地看了鄭曉成一眼，發現鄭曉成也正向自己看過來，兩人相視一笑。

柳擎宇從鄭曉成的目光中看到了不屑之色。雖然鄭曉成隱藏得很深，但是柳擎宇卻還是感受到了。柳擎宇心中冷笑一聲：「鄭曉成，不要把我柳擎宇當成傻瓜，以後有你後悔的那一天。」

散會後，柳擎宇回到自己辦公室內，立刻沉思起來。

既然自己的分管部門確定了，那麼下一步自己要做的就是**抓權**。

柳擎宇雖然剛剛進入官場才一年多，但是非常清楚，如果身為副手，不能把自己分管的部門給抓緊的話，那麼和光桿司令沒有什麼區別?!

而從鄭曉成給自己分工的情況來看，有些部門是由別的副區長原來主管的，他硬生生地從別人那裡拿過來塞給自己，雖然表面上看是向著自己，但是實際上，這卻是極其陰險的一招。

畢竟，人家主管那麼長時間了，上上下下的關係全都通暢。現在他接手過來，下面的局長未必就理自己，如果是那樣的話，自己依然是一個光桿司令。

身為一個區政府的四把手，**在沒有任何人脈關係、四面楚歌的情況下，自己應該如何破局呢？**

時間，一分一秒地過去，柳擎宇依然在沉思著。

不知不覺，柳擎宇拿出了最愛抽的中國紅鑽石菸，點燃抽了起來。

破局？如何破？

全面突破？不可能，自己剛到，根本沒有那種實力。

只能**破其一點，然後逐漸由點到線，由線到面**。

但是自己分管領域這麼多，應該選擇哪一點作為突破口呢？

這個點的選擇也是十分關鍵的，如果選擇不好，恐怕就算突破了，也起不到什麼作用。

到底該怎麼做？

柳擎宇反覆思考，權衡著，突然，眼前一亮。

突破點確定了。

招商局！就是招商局！

柳擎宇思慮良久之後，終於把突破點確定在了招商局上。

之所以選定招商局為突破點，柳擎宇是經過深思熟慮、認真思考的。

因為之前柳擎宇曾經上網查閱過有關招商局的資料，知道再過兩個月，就是省裡組織的跨省經濟交流團的交流時間了，到時候蒼山市招商局也要組織人員跟團前往河西省省會南平市，與河西省進行經濟交流，而這次經濟交流的重頭戲便是招商引資，互通有無。

河西省是一個經濟大省，在重工業、輕工業還是製藥業等領域都十分發達，所以，整個白雲省上下對於這次省際之間的經濟交流十分重視。

柳擎宇相信，到時候每個市都會組成招商引資專業團隊的，畢竟河西省有錢、有項目的企業非常多，只要能夠引進來一兩家大型企業就足以支撐一個縣區的發展了。

但是問題在於，柳擎宇看過前幾次白雲省與其他省分之間舉行的省際經濟交流會的結果，幾乎每一次交流會的時候，蒼山市在招商引資這一塊幾乎都是墊底的，比起白雲省其他地市幾個項目幾個項目地引進來，蒼山市簡直少得可憐，每次能夠弄到一兩個中小型項目就已經非常不錯了。

至於新華區，每次交流幾乎全都是空手而歸，就算有那麼一兩次弄回來一兩個有意合作的，最終也都流產了。可以說，這幾年新華區招商引資十分失敗，很顯然，招商局身為招商引資的主要負責部門，責任重大。

而柳擎宇剛剛到任，市委書記王中山便把發展經濟和招商引資這麼重要的任務交給了他，如果他不能在這次交流會上做出成績的話，不僅對不起王書記，更容易被韓明輝、鄒海鵬、董浩那些人抓到把柄，甚至要求把自己給拿下，這是柳擎宇絕對不能容忍的。

要想做出成績，光靠自己一個人是絕對不行的，一幫能幹的下屬必不可少，招商局工作人員的素質和能力就顯得尤為重要了。

請續看《權力巔峰》5 政治博弈

權力巔峰 卷4 鬥爭策略

作者：夢入洪荒
發行人：陳曉林
出版所：風雲時代出版股份有限公司
地址：10576台北市民生東路五段178號7樓之3
電話：(02) 2756-0949
傳真：(02) 2765-3799
執行主編：朱墨菲
美術設計：吳宗潔
行銷企劃：林安莉
業務總監：張瑋鳳

初版日期：2019年12月
版權授權：蔡雷平
ISBN：978-986-352-772-5
風雲書網：http://www.eastbooks.com.tw
官方部落格：http://eastbooks.pixnet.net/blog
Facebook：http://www.facebook.com/h7560949
E-mail：h7560949@ms15.hinet.net
劃撥帳號：12043291
戶名：風雲時代出版股份有限公司

風雲發行所：33373桃園市龜山區公西村2鄰復興街304巷96號
電話：(03) 318-1378
傳真：(03) 318-1378
法律顧問：永然法律事務所 李永然律師
北辰著作權事務所 蕭雄淋律師

行政院新聞局局版台業字第3595號 營利事業統一編號22759935

定價：270元

國家圖書館出版品預行編目資料

權力巔峰 / 夢入洪荒著. -- 初版. -- 臺北市：風雲時代, 2019.10- 冊； 公分

ISBN 978-986-352-772-5（第4冊：平裝）--

857.7 108013698